Personne n'est parfait

Du même auteur
chez le même éditeur

361
Au pire, qu'est-ce qu'on risque ?
Aztèques dansants
Dégâts des eaux
Drôles de frères
Faites-moi confiance
Histoire d'os
Jimmy the Kid
Kahawa
La Mouche du coche
Le Contrat
Le Couperet
Les Sentiers du désastre
Levine
Mauvaises nouvelles
Moi, mentir ?
Moisson noire 2001 (Anthologie sous la direction de Donald Westlake)
Mort de trouille
Motus et bouche cousue
Ordo
Pierre qui roule
Pourquoi moi ?
Smoke
Trop humains
Un jumeau singulier
Adios Schéhérazade
Argent facile

Sous le pseudonyme de Richard Stark

Backflash
Comeback
Firebreak
Flashfire
La Dame
La Demoiselle
Le Septième

Donald Westlake

Personne n'est parfait

Traduit de l'anglais (États-Unis)
par Henri Collard

*Collection dirigée par
François Guérif*

Rivages/noir

Retrouvez l'ensemble des parutions
des Éditions Payot & Rivages sur

www.payot-rivages.fr

Ce livre a paru aux éditions Gallimard en 1978, sous le titre
La joyeuse magouille. La traduction a été complétée,
pour la présente édition, par Patricia Christian.

Titre original : *Nobody's perfect*
© 1977, Donald E. Westlake
© 2007, Éditions Payot & Rivages
pour la présente édition
106, bd Saint-Germain – 75006 Paris

ISBN : 978-2-7436-1737-0

*À James Hale,
qui fait presque mentir le titre de cet ouvrage.*

PRÉLUDE

1

Dortmunder, affalé sur une chaise en bois, à dossier dur, observait son avocat qui s'efforçait d'ouvrir un attaché-case noir. Deux languettes étaient censées jouer, lorsqu'on appuyait sur deux boutons luisants, mais ni l'une ni l'autre ne fonctionnait. Dans les cagibis alentour, les prévenus et leurs avocats commis d'office chuchotaient de concert, à élaborer des alibis débiles, des requêtes illusoires et de douteuses négociations avec le procureur. Ils plaideraient les circonstances atténuantes, échafauderaient de dérisoires dénis de justice, et, en désespoir de cause, feraient appel à la clémence du tribunal sans avoir la moindre chance d'aboutir. Mais dans cette cabine-ci aux murs d'un vert administratif, éclairée par un énorme globe lumineux – linoléum noir au sol, porte vitrée en verre dépoli, corbeille à papiers cabossée et table de bois en piteux état avec chaises assorties – il ne se passait strictement rien si ce n'est que l'avocat, désigné par une Cour indifférente et un destin malveillant, n'arrivait pas à ouvrir son fichu attaché-case : « Juste un…, marmonnait-il, c'est seulement que… je ne sais pas pourquoi… je vais… c'est seulement un… »

Dortmunder, bien entendu, n'aurait même pas dû se trouver là, à attendre une audience préliminaire sous une bonne centaine de chefs d'inculpation pour cambriolage alors qu'il se savait tout simplement, une fois encore, victime d'un sort contraire. Pendant deux semaines – deux pleines semaines – il avait « tapissé » cette boutique de réparation télé, il avait même confié à l'atelier en question une Sony portative en excellent état et s'était fait extorquer le prix de six tubes neufs et de neuf heures de main-d'œuvre. Or, pas une seule fois la voiture de patrouille de la police ne s'était aventurée dans la ruelle qui desservait les arrière-boutiques, se contentant de marauder occasionnellement le long des devantures, sans plus. En outre, les flics ne venaient jamais dans les parages à l'heure où finissait la dernière séance du cinéma porno local car ils étaient invariablement garés de l'autre côté de la rue, face au cinéma en question, à lancer de leurs sièges des regards écœurés aux clients qui passaient furtivement devant eux comme si leur désapprobation moralisatrice pouvait, d'une certaine façon, compenser leur impuissance judiciaire. « Si on avait le pouvoir de vous arrêter et de vous remettre entre les mains des autorités compétentes pour une castration suivie d'un programme de réhabilitation auprès de la Sainte Vierge, on le ferait », envoyaient-ils télépathiquement aux adeptes honteux qui les recevaient cinq sur cinq en s'éloignant précipitamment, mains profondément enfoncées dans les poches, échine courbée sous le regard réprobateur de la société, pendant que le panneau d'affichage flashait dans leur dos son séduisant message : FRANGINES DU SEXE, frangines du sexe, FRANGINES DU SEXE, frangines du sexe…

Dortmunder, instruit par sa série noire personnelle, s'était évertué à parer à toute éventualité. Un coup d'œil rapide à la feuille de papier scotchée à la vitre du guichet du cinéma lui avait révélé les horaires de *Frangines du sexe* : 19 h, 20 h 45, 22 h 30. Ce qui signifiait que la dernière séance se terminerait à minuit un quart. Par conséquent, à 22 h 30 précises, par une nuit de novembre claire et froide, Dortmunder, au volant de sa camionnette, s'était engagé dans la ruelle et avait lentement dépassé l'accès arrière du magasin de télés pour aller se garer trois portes plus loin. Utilisant deux clefs, une pince-monseigneur et le talon de son pied gauche, il avait accédé à la boutique et, durant une heure et demie d'affilée, avait rassemblé la plus grande partie des récepteurs télé, des postes radio et autres appareils, près de la porte de derrière, l'opération bénéficiant de l'éclairage conjugué d'un réverbère et de la lampe antivol au-dessus de la caisse vide. Lorsqu'il fut 0 h 25 à sa montre, ainsi qu'à la pendule, au-dessus de l'établi, dans l'arrière-salle, et aux neuf radioréveils qu'il avait dédaignés, les jugeant de trop petit profit pour s'en encombrer, il avait ouvert la porte de l'atelier, avait ramassé deux postes télé – un Philco et un RCA – et avait franchi le seuil, pour se retrouver dans la brutale et blanche lumière de quatre phares. (Les flics, ça se croit dispensé de se mettre en code dans les rues de la ville.)

C'est justement cette nuit-là – cette nuit entre toutes – qu'un des flics avait eu le besoin pressant d'aller pisser un bock. Dortmunder s'était retrouvé menotté, on lui avait lu ses droits et on avait remis ses téléviseurs à leur place. Après ça, il avait été obligé d'attendre à l'arrière de la voiture de patrouille pendant que le foutu flic se dirigeait vers les poubelles pour se soulager. Se soulager. « Moi aussi, j'aurais besoin d'un peu de soulagement dans la vie », avait marmonné Dortmunder, mais personne ne l'avait entendu.

Et maintenant, il avait devant lui cette pâle imitation d'un avocat commis d'office. Un jeunot – quatorze ans, tout au plus – aux cheveux noirs mal peignés, avec des joues rebondies et des doigts boudinés qui s'acharnaient sur les boutons de l'attaché-case, une cravate criarde, nouée en paquet, une veste à carreaux jurant avec la chemise écossaise et une boucle de ceinturon ornée d'un cheval sauvage cabré. Dortmunder le regarda faire pendant un petit moment, en silence.

– Vous voulez un coup de main ? finit-il par proposer.

L'avocat leva la tête, sa figure joufflue rayonnant d'un espoir soudain.

– Vous croyez pouvoir y arriver ?

Et c'était à ce type qu'incombait la tâche de lui éviter la prison !… Le visage impassible, Dortmunder tendit le bras, saisit l'attaché-case par la poignée et, lui faisant décrire un grand arc de cercle au-dessus de sa tête, l'abattit vivement sur la table. Les gâchettes jouèrent avec un déclic, la serviette s'ouvrit et un épais sandwich, viande froide et tomates, tomba à terre.

L'avocat fit un saut sur sa chaise, son visage tout entier arrondi de stupéfaction – yeux, bouche, joues, narines –, avant de regarder fixement son attaché-case grand ouvert. À l'intérieur, des documents en désordre se mélangeaient à un *News* encore plié au beau milieu de sachets en plastique contenant ketchup, moutarde, sel et poivre. Y traînaient aussi un petit aérosol, un paquet de mouchoirs en papier et une poignée de tickets de cinéma usagés répandus çà et là. L'avocat contemplait le tout comme s'il n'avait jamais rien vu de pareil et Dortmunder, se saisissant du sandwich, le flanqua dans l'attaché-case.

– Voilà, il est ouvert maintenant, dit-il.

L'autre le regarda fixement et Dortmunder comprit qu'il était sur le point de monter sur ses grands chevaux. Il ne manquait plus que ça ! Voilà que son propre défenseur le prenait en grippe !

– Eh bien, dit l'avocat, qui semblait chercher les termes adéquats pour exprimer son état d'âme. Eh bien…

Dortmunder poussa un soupir et, au même instant, la porte de la cabine fut ouverte d'une poussée. Un personnage fit son apparition.

Non, pas un personnage, une personnalité. Il se tenait dans l'embrasure de la porte, emplissant le réduit de sa magnificence comme s'il avait été transporté jusque-là à bord d'un nuage doré. Tel le sommet du mont Olympe, son auguste crâne était nimbé de la blancheur éclatante d'une chevelure léonine et sa silhouette pansue élégamment sanglée dans un complet aux fines rayures dont la coupe impeccable s'harmonisait à merveille avec la fraîcheur immaculée de sa chemise, une sobre cravate foncée et l'éclat lustré de ses chaussures noires en contrepoint. Son regard lançait des étincelles et, si la rondeur épanouie de ses joues promettait paix et prospérité, sa moustache poivre et sel garantissait conscience professionnelle, dignité et la certitude d'une tradition bien assise. Le lointain écho d'une fanfare de trompettes semblait accompagner son apparition sur le seuil pour se suspendre dans l'air au-dessus de lui tandis qu'il se figeait, superbe, la main sur la poignée de la porte.

Il parla.

– John Archibald Dortmunder ?

Une impressionnante voix de baryton à la puissance tranquille évoquant l'acajou et le miel résonnait dans la cabine.

Dortmunder n'avait plus rien à perdre.

– Voilà, dit-il. Présent.

– Je m'appelle J. Radcliffe Stonewiler, annonça l'apparition en faisant un pas en avant. Je suis votre avocat.

PREMIER MOUVEMENT

1

Léonard Blick était magistrat à New York depuis douze ans, sept mois et neuf jours, et la dernière occasion qui lui fut donnée d'éprouver quelque surprise dans le prétoire remontait à douze ans, sept mois et trois jours, une prostituée ayant baissé culotte devant lui, dans l'intention de lui prouver qu'elle n'avait pu racoler un officier de police en bourgeois, étant donné la période du mois qu'elle traversait. Le juge Blick usa de son autorité et de son marteau pour contraindre cette entreprenante personne à réintégrer son sous-vêtement et à quitter la salle d'audience, mais il ne vit plus, dès lors, année après année, qu'un très ordinaire défilé de poivrots, voleurs, dérouilleurs d'épouses, ex-maris mauvais payeurs de pensions alimentaires, voyageurs sans titre de transport et militaires déserteurs, dont aucun ne sut retenir son attention.

Quelques assassins étaient passés devant lui en audience préliminaire mais il les avait trouvés sans intérêt, le genre d'individus juste bons à sortir un couteau lors d'une dispute de bar. Tout cela était si terne, si fade et si abominablement prévisible que dans la quiétude de leur vaste demeure de Riverdale, le juge Blick avait plus d'une fois confié à son épouse, Blanche : « Si jamais un malfrat intéressant se présente devant moi, je te jure que je le laisserai partir, ce salopard. » Mais cela n'était jamais arrivé et – il en était certain – cela n'arriverait jamais.

– … Trente dollars, ou trente jours ferme, annonça-t-il à un accusé de fort médiocre farine, celui-ci allant même jusqu'à faire ses comptes sur ses doigts. Affaire suivante !

– … Caution fixée à cinq cents dollars. Détention maintenue à défaut…

– … Permis de conduire suspendu pour quatre-vingt-dix jours…

– … Interdit de communiquer d'aucune façon avec ladite ex-femme… Affaire suivante !

L'affaire suivante, d'après le dossier, sur le pupitre du juge Blick, concernait un vol qualifié. Rien de sensationnel. Le type avait été pris alors qu'il dévalisait un atelier de réparation télé. Un nommé John Archibald Dortmunder, chômeur, âgé de quarante ans, deux fois condamné à des peines de prison pour vol qualifié, n'ayant pas encouru d'autres condamnations, n'ayant pas de sources connues de revenu, assisté d'un avocat commis d'office. De toute évidence un paumé, autrement dit un prévenu miteux de plus, dans une affaire miteuse, et deux miteuses minutes de plus dans la carrière judiciaire de l'honorable Léonard Blick.

Mais un frémissement dans la salle d'audience, comme celui qui agite le champ de blé sous le souffle d'une brise soudaine, incita le juge à lever les yeux de ses papiers pour regarder les deux hommes qui s'avançaient vers le banc de la Cour. Le prévenu, au demeurant, était immédiatement reconnaissable : personnage morose, en complet gris, aux épaules affaissées… Mais qui était donc cet autre qui marchait près de lui et déclenchait des vagues de récognition effarée dans les rangs de pochards, de putes et d'auxiliaires de la justice ? Le juge Blick reporta son regard sur le dossier ouvert : « Défense : Willard Beecom. » Il leva de nouveau les yeux pour constater que l'homme qui s'approchait n'était pas un quelconque William Beecom, c'était…

… C'était J. Radcliffe Stonewiler ! En personne, bon sang de bonsoir ! Un maître du barreau parmi les plus fameux du pays, un homme dont le don pour dégotter les célébrités, les nantis et les puissants n'égalait que son sens de la publicité. Si une actrice enragée se jetait à la tête d'un paparazzo pour le frapper avec son appareil photo, c'était J. Radcliffe Stonewiler qui la défendait contre l'accusation de coups et blessures. Si un groupe de rock était accusé d'avoir fait entrer dans le pays de l'héroïne en contrebande, J. Radcliffe était celui qui le représentait. Et qui prenait la défense d'un roi du pétrole arabe contre une action en recherche de paternité versée aux débats dans un palais de justice de Los Angeles ? J. Radcliffe Stonewiler, bien sûr.

Mais par tous les saints, que faisait-il donc ICI ? Pour la première fois dans sa carrière de magistrat, le juge Blick était sidéré.

Il en allait de même pour toutes les personnes présentes dans la salle. Les spectateurs murmuraient entre eux, comme des figurants dans une scène de foule de Cecil B. De Mille. Jamais le juge Blick n'avait assisté à une telle effervescence, pas même lorsque la racoleuse avait laissé choir sa culotte. La seule personne nullement impressionnée par la conjoncture – si l'on excepte le prévenu lui-même qui se tenait devant la Cour, lugubre et fataliste, comme un cheval de chiffonnier – était le greffier du juge Blick qui se leva et donna lecture de l'acte d'accusation d'une voix aussi pâteuse qu'à l'ordinaire, pour enfin poser la question rituelle : le prévenu avait-il l'intention de plaider coupable ou non coupable ?

Ce fut Stonewiler qui répondit de son organe ample, modulé et impérieux, en déclarant : « Non coupable ! »

Non coupable ? Non coupable ? Le juge Blick écarquillait les yeux. En voilà une idée ! Le concept même d'un accusé dans sa salle d'audience qui serait innocent lui paraissait tellement saugrenu qu'il en était presque impossible à ses yeux. Le juge Blick fronça le sourcil en direction de l'accusé : le bonhomme était coupable jusqu'au trognon, il suffisait de le regarder. Il répéta : « Non coupable ? »

– Absolument pas coupable, votre Honneur, répondit l'avocat. Et j'ai l'espoir, poursuivit-il d'une voix de tribun haranguant la foule, d'éviter, avec le soutien de votre Honneur, une tragique erreur judiciaire.

– Avec mon soutien, hein ? reprit le juge Blick en plissant ses yeux en boutons de bottines.

« Pas de coups tordus dans ma salle d'audience », se dit-il avant de s'adresser au greffier :

– L'officier ayant procédé à l'arrestation est-il présent ?

– Oui, votre Honneur... Officier de police Fahey ! Officier de police Fahey !

L'officier de police Fahey, un énorme Irlandais sanguin, vêtu de bleu marine, s'avança avec assurance, prêta serment et fit son simple récit. Il était en tournée, dans une voiture radio, avec son équipier, l'officier de police Flynn, ils venaient de s'engager dans une ruelle, derrière une rangée de boutiques, quand ils aperçurent le prévenu... « Ce type là-bas... » qui sortait par une porte, avec un poste télé dans chaque main. Le type s'était figé dans les faisceaux de leurs phares, alors les policiers descendirent de voiture « pour contrôle » et découvrirent une trentaine de récepteurs télé et d'autres appareils similaires, entassés tout près de la porte, afin, sans nul doute, d'être transportés à l'automobile du prévenu, stationnant à proximité. Le prévenu ne fit en l'occurrence aucune déclaration, il fut appréhendé, informé de ses droits, amené au commissariat et écroué.

Le juge Blick écouta le témoignage avec le calme et la sérénité que créent les situations familières. Les policiers, décidément, savent s'exprimer avec netteté : bang, bang, bang, les mots tombaient, énonçant les faits avec la régularité d'une semelle de flic pendant sa ronde. Le juge Blick faillit se prendre à sourire en écoutant cette réconfortante berceuse.

– Voilà qui me paraît fort explicite, agent Fahey, répondit-il.

– Merci, votre Honneur.

Le juge Blick tourna un œil soupçonneux vers l'avocat du prévenu : « La défense désire-t-elle procéder à un contre-interrogatoire ? »

J. Radcliffe Stonewiler, souriant et très à l'aise, le remercia d'une gracieuse inclinaison de tête.

– S'il plaît à votre Honneur, j'utiliserai un peu plus tard mon droit d'interroger l'officier de police. Non que j'aie à contester sa façon de présenter les faits, tels qu'il les a lui-même observés. J'estime excellente l'exposition que nous venons d'entendre et je tiens à féliciter l'officier de police Fahey pour la clarté et la précision de son témoignage. Peut-être tenterons-nous, tout à l'heure, de mettre au point quelques menus détails, mais, présentement, je voudrais que mon client prêtât serment et, avec la permission de votre Honneur, donnât sa propre version des événements.

– Mais certainement, Maître, répondit le juge Blick.

Le prévenu donc, ayant prêté serment et s'étant assis, se mit à débiter l'absurde histoire que voici :

– Je m'appelle John Archibald Dortmunder et j'habite, seul, au 217 de la 19ᵉ Rue Est. Autrefois, j'avais mené une existence répréhensible, mais, après mon deuxième plongeon, alors que j'étais en liberté surveillée, j'ai renoncé à mes activités illicites et suis devenu un honnête citoyen. Il y a trois ans que je suis sorti de prison, mais, pendant mon séjour en cabane, les choses ont beaucoup changé dans le monde du spectacle. Dans le temps, avant que j'aie plongé, y avait deux sortes de films à voir, ceux qui passaient dans les cinémas et ceux qu'on vous projetait soit dans une arrière-boutique, soit dans le garage d'un quelconque particulier, et là, ce qu'on vous montrait, c'était… heu… des hommes avec des femmes… Mais quand je suis sorti, plus question d'arrière-boutiques, ces films-là, ils étaient affichés dans les vraies salles de cinéma. Moi, j'en avais jamais vu dans une vraie salle et ça m'intriguait. Alors, hier soir, je me suis rendu dans un quartier éloigné, où personne ne me connaît, et j'ai garé ma voiture dans une ruelle, pour pas que quelqu'un la repère et j'ai été voir un film qui s'appelle *Frangines du sexe*.

À ce point du récit, l'avocat du prévenu intervint pour faire consigner les heures figurant au programme du cinéma et établir que la dernière séance de *Frangines du sexe* avait pris fin à 0 h 12, c'est-à-dire cinq minutes avant 0 h 17, heure à laquelle, selon le rapport de la police, le prévenu avait été appréhendé. Le défenseur proposa également à la Cour d'entendre le prévenu résumer le film *Frangines du sexe* et en évoquer les principaux épisodes, afin de prouver qu'il avait bien assisté à la projection, mais la Cour estima que cela n'était pas nécessaire et invita le prévenu à poursuivre ses élucubrations ridicules.

– Eh bien, votre Honneur, quand ce film *Frangines du sexe* s'est terminé, je suis sorti et je suis retourné dans le passage pour chercher ma voiture, et c'est là que j'ai vu les deux bonshommes. Ils étaient descendus de leur bagnole et ils trafiquaient quelque chose à la porte de derrière d'une des boutiques, alors moi, je leur ai crié comme ça : « Hé là ! » Ils m'ont regardé, ils sont remontés, vite fait, dans leur bagnole et ils se sont tirés. Du coup, j'ai été à la porte, où je les avais aperçus d'abord, c'était la porte de service d'un atelier de réparation, et j'ai vu deux postes télé abandonnés au milieu du passage. Je me suis dit que quelqu'un allait les voler, ces postes, si on les laissait là, alors je les ai ramassés pour les rentrer dans l'atelier, mais la police est arrivée au même moment et m'a arrêté.

Le juge Blick considéra le prévenu avec un air presque déçu : « C'est donc cela, votre version de l'affaire ? C'est cela ? »

– Oui, votre Honneur. (Mais lui-même ne semblait pas très fier de son laïus.)

Le juge Blick poussa un soupir : « Très bien, dit-il. Mais auriez-vous l'amabilité d'expliquer à la Cour pourquoi vous n'avez pas raconté cette si intéressante histoire aux représentants de l'ordre qui vous ont appréhendé ? »

– Eh bien, votre Honneur, répondit Dortmunder, comme je l'ai dit tout à l'heure, j'avais mené autrefois une vie délictueuse, je suis fiché et tout, et je me suis rendu immédiatement compte comment la police, elle voyait les choses. Alors j'ai pensé que ça ne valait pas la peine d'essayer de lui faire changer d'avis. Je me suis dit que j'avais intérêt à me taire, en attendant de pouvoir expliquer la situation au juge.

– À moi, en quelque sorte.
– Oui, votre Honneur.

Le juge Blick reporta son attention sur J. Radcliffe Stonewiler, en disant d'une voix quasi plaintive : « C'est donc cela ? C'est pour accréditer cela que vous êtes ici ? »

– Très certainement, votre Honneur. (Stonewiler ne semblait aucunement démonté.) J'en ai fini avec Monsieur Dortmunder, poursuivit-il, et, s'il plaît à votre Honneur, je vais passer maintenant au contre-interrogatoire de l'officier de police Fahey.

Sur injonction de la Cour – et tandis que le prévenu se faufilait à sa place – « coupable jusqu'aux oreilles, y avait qu'à le regarder ! » – l'officier de police Fahey revint à la barre. Stonewiler, tout sourire, s'avança vers lui et dit : « Monsieur l'officier de police, je sais que nous empiétons impudemment sur votre temps de repos, aussi vais-je m'efforcer d'être aussi bref que possible. »

La figure rougeaude, à la lourde mâchoire, de l'O.P. Fahey ne trahit aucune émotion, tandis que, du regard, il défiait Stonewiler. On devinait sans peine ses pensées : « Tu m'auras pas avec tes feintes. Si t'espères me faire tourner chèvre, tu te fous le doigt dans l'œil. »

Stonewiler, imperturbable, reprit : « Monsieur l'officier de police, puis-je vous demander de me décrire simplement la position du prévenu, à l'instant où vous l'avez aperçu ? »

— Il était en train de passer la porte, dit l'O.P. Fahey, avec un poste télé dans chaque main.

— Il sortait ? Il s'avançait vers vous, dans le faisceau de vos phares ?

— Il s'est arrêté quand il nous a vus.

— Est-ce qu'il était déjà arrêté quand vous l'avez aperçu ?

— Il s'était figé sur le pas de la porte, mais il était en train de sortir.

— Avant que vous l'ayez aperçu ?

— Il était tourné vers le dehors, déclara l'O.P. Fahey avec une pointe d'irritation. Il sortait forcément, puisqu'il était tourné vers la rue.

— Mais il n'était pas en mouvement, Monsieur l'officier de police, quand vous l'avez repéré, n'est-ce pas ? Je cherche seulement à mettre les choses bien au point... En somme, qu'il fût en train de pénétrer dans ce magasin, ou d'en sortir, il était figé sur place, quand vous l'avez vu.

— Tourné vers le dehors.

— Mais figé sur place.

— Oui, figé sur place. Mais face à la rue.

— Merci, Monsieur l'officier de police.

S'adressant à la Cour, Stonewiler enchaîna : « Avec la permission de votre Honneur, je voudrais tenter une expérience. »

Le juge Blick lui jeta un regard noir : « Des petites fantaisies, maintenant, Maître ? »

— Pas de fantaisies, votre Honneur. Une banale vérification... Ai-je votre permission ?

– Faites, Maître, dit le juge Blick. Mais n'abusez pas.

– Merci, votre Honneur.

Stonewiler pivota et s'en fut vers une porte latérale, qui – le juge le savait – donnait sur une petite salle d'attente. Stonewiler ouvrit la porte, fit signe à quelqu'un qui se trouvait dans la pièce et, aussitôt, deux hommes apparurent, chacun portant un récepteur télé. Ils placèrent les appareils à terre, puis repassèrent la porte en la laissant ouverte. La porte, cependant, pourvue d'un système à ressort, commença lentement à se refermer, mais Stonewiler l'arrêta de la main, avant qu'on n'entende le déclic du pêne. La porte resta entrebâillée d'un centimètre et demi. Stonewiler revint se placer devant la Cour, et, avec des sourires équitablement répartis entre l'O.P. Fahey et le juge Blick, déclara : « Si la Cour m'y autorise, je voudrais solliciter la participation de l'officier de police Fahey... Monsieur l'officier de police ? »

L'O.P. Fahey jeta un coup d'œil indécis au juge Blick, mais le juge gardait toujours le vague espoir d'assister à quelque événement intéressant, aussi se contenta-t-il de dire : « À vous de décider, Monsieur l'officier de police. Si vous le souhaitez, vous pouvez coopérer avec Maître Stonewiler. »

Le policier dévisageait Stonewiler, exsudant la méfiance par tous ses pores : « C'est pour faire quoi ? »

Stonewiler tendit la main : « Je vous demanderais simplement de prendre ces deux appareils et de les rapporter dans la pièce à côté. »

Le front du policier se creusa de rides : « Pour prouver quoi ?

– Peut-être rien, avoua Stonewiler, avec un sourire

soudain humble. Nous verrons ça quand nous aurons fait l'essai.

L'O.P. jeta encore un regard soucieux au juge Blick, puis il considéra les postes télé, et enfin la porte. Il semblait avoir du mal à se décider. Mais, après un coup d'œil au prévenu, affalé sur sa chaise dans l'attitude de la défaite, un sourire confiant joua sur ses lèvres.

— C'est bon, dit-il. D'accord.
— Merci, Monsieur l'officier de police.

Stonewiler s'effaça, pour laisser le passage à l'O.P. Fahey qui s'était levé et se dirigeait vers les postes télé. Il les souleva par les poignées et, cherchant à donner l'illusion que leur poids combiné ne l'impressionnait guère, il s'avança vers la porte. Mais devant le seuil, il hésita, les téléviseurs à bout de bras. Enfin, il posa l'un des appareils à terre et, d'une poussée, ouvrit la porte. Il ramassa alors l'appareil, mais déjà la porte se refermait d'elle-même. Rapidement, avant que le battant ne claque, l'O.P. Fahey se retourna et retint la porte avec son postérieur.

— Stop ! tonna J. Radcliffe Stonewiler, pointant un long index manucuré en direction de l'agent de police Fahey qui, docilement, s'immobilisa, un poste télé dans chaque main, le derrière tendu. Le battant s'ouvrit, hésita et revint pour appliquer une tape légère sur les fesses policières.

Stonewiler, désignant toujours l'agent du doigt, se tourna vers le juge.

— Votre Honneur, s'écria-t-il d'une voix puissante, semblable à celle qui avait interpellé Moïse des profondeurs du buisson ardent. Je m'en remets à la Cour... Cet homme est-il en train d'entrer, ou est-il en train de sortir ?

2

May demanda : « Et le juge a marché ? »

Dortmunder hocha lentement la tête en un geste d'égarement. Toute cette affaire lui apparaissait trop déconcertante encore pour faire l'objet d'un examen.

May, en le voyant hocher la tête, hocha la sienne, le sourcil froncé, ne sachant si elle avait bien compris :

« Le juge n'en a pas cru un mot… », suggéra-t-elle.

– Je ne sais pas ce qu'il a cru, dit Dortmunder. Y a qu'une chose dont je suis sûr, c'est que je suis rentré chez moi avec six années d'avance.

– Ce qu'il te faut, c'est une bière, déclara May qui, aussitôt, alla en chercher une à la cuisine.

Dortmunder se cala dans son fauteuil, ôta ses souliers d'une secousse, et se détendit dans le fouillis familier de sa propre salle de séjour. L'adresse, au demeurant, qu'il avait donnée au procès n'était pas celle de cet appartement, où, d'ailleurs, il ne vivait pas seul – Dortmunder avait, en effet, pour principe de ne jamais dire la vérité aux autorités, quand un mensonge pouvait faire l'affaire – mais c'était ça, son chez-lui, son château fort, son refuge contre les coups de bélier et les coups de griffe du monde extérieur. Or, il n'avait, à aucun moment, nourri l'espoir de terminer sa journée à son domicile, les chaussures ôtées, les pieds sur le vieux pouf marron, regardant May qui lui rapportait une bière de la cuisine. « On est bien chez soi », dit-il.

— T'aurais pas une allumette ? demanda-t-elle. (Une nouvelle cigarette tressautait au coin de sa bouche.)

Il lui échangea une pochette d'allumettes contre la bière en boîte et s'en offrit une bonne rasade, tandis qu'elle allumait sa cigarette. May fumait à la chaîne, mais ses mégots étaient si réduits qu'ils ne tenaient plus entre ses lèvres, aussi ne pouvait-elle jamais allumer la cigarette neuve à la précédente. Il en résultait une crise permanente d'allumettes dans le ménage Dortmunder-May, et Dortmunder était le seul cambrioleur au monde qui, après avoir dévalisé la caisse ou le coffre d'une quelconque société, prenait le temps d'emplir ses poches avec des pochettes publicitaires d'allumettes, éditées par la société en question.

May s'installa dans le deuxième fauteuil, mit le cendrier à portée de sa main gauche, aspira, enveloppa sa tête d'un nuage de fumée et dit : « Raconte-moi tout. »

— C'est dingue, lui répondit-il. Ça n'a pas de sens.
— Raconte quand même.
— Y a donc cet avocat qui s'amène…
— J. Radcliffe Stonewiler.

Dortmunder fronça les sourcils, réfléchit : « J'ai dû voir sa tête quelque part… dans un journal, peut-être bien… »

— Il est célèbre !
— Ouais, je m'en suis rendu compte. En tout cas, il s'amène, il fout à la porte le connard désigné d'office et il me dit : « C'est bon, Monsieur Dortmunder, nous disposons d'une heure et demie à peu près pour mitonner une bonne histoire. »

— Et toi, qu'est-ce que t'as répondu ?

– Je lui ai dit que, même s'il disposait d'un an et demi pour la mitonner, son histoire, y avait une chose de sûre : mes carottes à moi étaient cuites.

– Tu ne savais donc pas qui il était ?

– Je voyais bien que c'était un avocat pour riches, admit Dortmunder. Au début, j'ai pensé qu'il s'était trompé de cabine et j'arrêtais pas de lui dire : « Écoutez, moi, mon nom c'est Dortmunder et je suis accusé de cambriolage. Mais lui, il insistait : « Racontez-moi exactement ce qui s'est passé. » Ce que j'ai fini par faire. « Les flics m'ont cueilli la main dans le sac », je lui ai dit, mais il a simplement hoché la tête : « Ne vous inquiétez pas. Quand la vie devient dure, les durs viennent à l'aide. » « Faudra venir au nord du département, alors. Au trou. Là où on va me mettre », que je lui réponds.

– On ne dit pas des choses pareilles à J. Radcliffe Stonewiler.

– Pour moi, c'était pas la joie.

– Je m'en doute, convint May. Alors, qu'est-il arrivé ?

– Ce sacré Stonewiler, il m'a fait répéter je ne sais combien de fois tous les détails de l'affaire et puis il est sorti pour téléphoner et quand il est revenu, il était accompagné d'un petit mec tout maigriot, un nommé George.

– Qui c'est, ce George ?

– Stonewiler, il a dit : « Voici mon expert cinématographique. Raconte-lui le film, George. » Alors George, il me raconte tout ce qu'il y a à savoir sur ce film, *Frangines du sexe*, pour que je puisse le resservir au juge, s'il me le demandait. Sauf qu'à mon avis, un film pareil, on n'a même pas le droit d'en parler dans une salle d'audience. Tu te rends compte que, maintenant, on vous fait voir sur grand écran une fille qui prend son…

– Peu importe le film, dit May. Ensuite, qu'est-ce qui s'est passé ?

– C'est Stonewiler qui a tout manigancé. Il a même écrit ce que je devais dire et me l'a fait recopier pour que je l'aie bien en tête. Pas mot à mot, mais fallait que je puisse tout déballer tranquillement, sans me tromper. Tout ça me paraissait foireux, tu vois, parce qu'il ne m'avait pas parlé de son intention de faire passer le flic pour un con. Il m'avait juste expliqué le topo, comme quoi j'étais en train de *rentrer* les télés au lieu de les *sortir*… tu parles ! Même des mômes en cours de cathé, ils auraient pas avalé ça ! J'arrêtais pas de lui dire : « Pourquoi qu'on essaierait pas de s'entendre avec le juge ? Pourquoi on plaiderait pas coupable en échange d'une peine moins lourde ? » Mais Stonewiler, il me répondait : « Faites-moi confiance. »

– Et tu as décidé de lui faire confiance ?

– Pas vraiment, dit Dortmunder. Je le croyais complètement givré mais d'un autre côté, il avait l'air plein aux as et sûr de lui, et puis, merde, j'avais rien à perdre… Alors, finalement j'ai répondu que j'étais d'accord et j'ai fait comme il m'a dit. Le juge me regardait avec la tête de quelqu'un qui réfléchit au moyen de rétablir la torture et voilà que Stonewiler fait son petit numéro avec le flic dans la porte et, d'un coup, je vois que le juge, il a envie de se marrer. Il regarde le flic, avec son cul tendu en arrière et les télés qui lui tirent les bras et il se frotte la bouche en faisant « hum, hum », et puis il dit quelque chose comme : « J'admets, cher Maître, que vous avez fait naître un doute dans les esprits, quant au bien-fondé de l'accusation même si, dans mon esprit, un doute subsiste quant au bien-fondé de vos assertions… Non-lieu ! » Et me voilà chez moi.

La moue de May, nonobstant la cigarette au coin de sa bouche, exprimait à proportions égales l'étonnement et le ravissement : « Quel talent ! dit-elle. Y a pas beaucoup d'avocats de par le monde qui s'en seraient sortis comme lui. »

– Faut que je m'estime heureux, pour sûr, admit Dortmunder.

– Mais pourquoi ? Pourquoi s'est-il donné cette peine ?

– J'en sais rien.

– Qu'est-ce que ça va te coûter ?

– Je ne sais pas, dit Dortmunder. Il ne me l'a pas dit.

– Enfin… Il ne t'a rien dit du tout ?

Dortmunder tira une carte d'affaires gravée de sa poche poitrine : « À la fin, dans la salle du tribunal, il m'a serré la main et puis il m'a donné ça, en me disant d'appeler le mec. » Dortmunder fronça les sourcils et lut le nom figurant sur la carte, comme si les syllabes qui le composaient pouvaient le mettre sur la voie : « Arnold Chauncey… Qu'est-ce que c'est que ce nom-là ? »

« Arnold Chauncey »… Prononcées par May, les syllabes paraissaient tout aussi énigmatiques. Elle secoua la tête : « Qui ça pourait être ? »

– Je ne sais pas. Stonewiler m'a filé cette carte, il m'a dit d'appeler le type, il m'a souhaité bonne chance et il s'est tiré.

– Tu dois l'appeler, quand ?

– Aujourd'hui.

– Tu devrais le faire maintenant.

– J'ai pas envie, dit Dortmunder.

May fronça les sourcils :

– Pourquoi ?

– Les gens vous rendent pas service pour le plaisir, déclara Dortmunder. Ce mec, Chauncey, il veut quelque chose.

– Et alors ?

– Toutes ces magouilles, ça me rend nerveux. Je vais pas l'appeler, répliqua Dortmunder en prenant son air buté. (C'était une vraie tête de mule quand il voulait.)

– T'as accepté les services de cet avo... », commença May, mais le téléphone sonna.

Elle lança à l'appareil un bref coup d'œil irrité, mais se leva, traversa la pièce et répondit à la deuxième sonnerie. Dortmunder avala quelques gorgées de bière, puis entendit May qui disait au téléphone : « Ne quittez pas ! » Elle se tourna vers Dortmunder : « Pour toi. »

Dortmunder enfonça la tête dans les épaules et se rencogna dans son fauteuil. Il n'était pas d'humeur à parler au téléphone à qui que ce soit. « Qui c'est ? » demanda-t-il.

– J. Radcliffe Stonewiler.

– Ah..., fit Dortmunder.

Il n'avait donné à Stonewiler ni son numéro de téléphone ni son adresse véritable.

Il dit : « C'est donc ça, le jeu », se leva, alla prendre le récepteur et demanda : « Stonewiler ? » Mais ce fut une créature de sexe féminin et à l'accent anglais qui lui répondit : « Ne quittez pas, s'il vous plaît. Je vous passe Monsieur Stonewiler. » Et il y eut un déclic.

Dortmunder dit dans le récepteur : « Allô... », mais,

ne recevant pas de réponse, il se tourna vers May, l'air contrarié : « Qui c'est ? »

May articula d'une voix chuchotée : « Sa se-créter-re. »

— Heu, fit Dortmunder, et le téléphone lui répondit : « Allô » avec la voix profonde et énergique de Stonewiler. « Ouais, fit Dortmunder. Allô. »

— Je viens de parler avec Monsieur Chauncey, déclara Stonewiler. (Son ton était à la fois enjoué et péremptoire.) Il me dit ne pas avoir encore reçu votre coup de fil.

— J'y pensais, répondit. Dortmunder.

Stonewiler reprit : « Monsieur Dortmunder, vous devriez passer chez Monsieur Chauncey et bavarder un moment avec lui. C'est dans la Soixante-Troisième Rue Est. Vous pourriez y être dans une demi-heure. »

Dortmunder poussa un soupir. « C'est sans doute ce que je vais faire, dit-il. D'accord. »

— Vous avez l'adresse sur la carte.

— Ouais, je l'ai vue.

— Au revoir, Monsieur Dortmunder.

— Ouais, au revoir, dit Dortmunder.

Il raccrocha, et tourna un œil morne vers May qui avait repris son fauteuil et le regardait à travers la fumée de sa cigarette. « Il m'a pas menacé », dit-il.

May n'avait pas compris : « Je comprends pas », dit-elle.

— Il aurait pu dire : « Je vous ai sorti de la mélasse, je pourrais vous y replonger. » Il aurait pu dire : « J'ai le bras long, je pourrais vous en faire baver. » Y a plein de choses qu'il aurait pu m'envoyer dans les gencives, mais il m'a rien envoyé du tout.

May fixait toujours sur lui un regard soucieux : « Et alors ? »

— Le coup de pas me menacer, c'est bien plus menaçant que les menaces.

— Qu'est-ce qu'il voulait ?

— Je suis attendu chez Chauncey dans une demi-heure.

— Vaut mieux y aller.

— Écoute, May. Ça me plaît pas, tout ça.

— Vaut quand même mieux y aller.

Dortmunder exhala un soupir : « Oui, je le sais. » Il s'assit et commença à se rechausser.

May, sourcils froncés, le regardait pensivement.

— Juste une chose, dit-elle alors qu'il se levait pour sortir.

— Quoi ? fit Dortmunder en la regardant.

— Ce truc… sortir en marche arrière quand on porte quelque chose des deux mains, c'est vrai, ça. Les gens le font.

— Bien sûr. C'est même grâce à ça que je suis ici ce soir.

— Mais alors, comment se fait-il que tu faisais face à la voiture de police ?

— Parce que la porte, elle était pas à ressort, expliqua Dortmunder. Je l'ai ouverte, j'ai ramassé les postes de télé et je suis sorti.

— Et ça leur a suffi ? demanda May, le froncement de ses sourcils encore plus accentué.

— Ils ont pas posé de questions sur le mécanisme de la porte, répondit Dortmunder. Ils auraient pu, mais Stonewiler les a si bien embobinés que toutes les pensées étaient tournées vers le cul de ce flic.

May hocha la tête pensivement.

– T'as intérêt à ouvrir l'œil avec ces gens-là, dit-elle.
– C'est bien ce que je me disais, répondit Dortmunder.

3

Au troisième passage de Dortmunder devant la maison, en cet âcre après-midi de novembre, la porte d'entrée s'ouvrit et un type, à la longue chevelure jaune, passant la tête dans l'entrebâillement de l'huis, appela : « Monsieur Dortmunder ? »

Dortmunder ralentit l'allure, mais ne s'arrêta pas tout à fait. Il inspecta brièvement le trottoir opposé, faisant mine de ne pas avoir vu le personnage ni entendu son appel, mais, l'instant d'après, il abandonna le jeu, s'arrêta et tourna la tête.

La maison faisait partie d'une rangée d'hôtels particuliers de trois étages en pierre de taille, dans une rue tranquille, bordée d'arbres, près de Park Avenue. Une luxueuse résidence dans un luxueux quartier. La façade en était assez vaste, et une douzaine de larges marches en béton conduisaient à la porte, située au deuxième niveau. Des fleurs, du lierre et quelques plantes vertes en pots de ciment occupaient l'espace à droite des marches. Dortmunder avait mis vingt minutes pour arriver à destination en métro et passé un quart d'heure à surveiller la maison tout en réfléchissant à la situation. Il avait beau contempler ladite demeure – parfaitement anonyme, si ce n'est que d'évidence, il fallait de l'argent pour vivre ici , il n'arrivait pas à comprendre pourquoi le maître des lieux s'était donné la peine de le faire acquitter sur une accusation de cambriolage pour ensuite l'inviter chez lui. Il avait fait le tour du pâté de maisons une première fois afin de se faire une idée des environs, une seconde parce qu'il espérait trouver un accès à l'arrière de la résidence – il n'y en avait pas – et une troisième uniquement parce que la promenade l'aidait à réfléchir.

Et voici que maintenant, un type, grand, élancé, le cheveu jaune, complet bleu marine à fines rayures, chemise blanche et cravate à motifs bleu sombre, était sorti de la maison, après avoir appelé Dortmunder par son nom, et, du haut du perron, lui souriait.

Dortmunder ne se pressa pas. Arrêté sur le trottoir, il examina le gars, comme il avait, quelques instants plus tôt, examiné la maison. Et ce qu'il vit ne le rassura guère. Tout dans ce personnage, âgé d'une quarantaine d'années, bien bronzé et, apparemment en excellente forme physique, attestait une prospérité authentique et de bon ton...

Tout... à l'exception de la crinière jaune qui lui tombait jusqu'aux épaules, cascadant en longues vagues du haut de son crâne. Une chevelure ni négligée, pourtant, ni coquette, mais tout à fait virile. Celle d'un chevalier en croisade. Non, celle, plutôt, d'un de ces envahisseurs vikings qui jadis avaient commis tant de dégâts sur les côtes anglaises. Oui, c'était bien une de ces belles brutes de vikings, avec, en sus, toute la civilisation que l'argent peut acheter.

Il semblait disposé, en outre, à se laisser reluquer par Dortmunder jusqu'à la fin des siècles. Il était là, tout souriant, se laissant examiner et examinant en retour, et ce fut, finalement, Dortmunder qui leva la séance, en haussant la voix pour demander : « C'est vous, Chauncey ? »

– Arnold Chauncey, confirma l'autre.

Il fit un pas de côté et un geste vers la porte ouverte :

– Entrez donc, voulez-vous ?

Dortmunder haussa les épaules, opina du chef et gravit les marches avant de précéder Chauncey pour entrer dans la maison.

Un grand hall d'entrée, recouvert de tapis, aboutissait à une porte ouverte, qui laissait entrevoir une salle, avec ses fauteuils aux accoudoirs délicatement sculptés, son parquet nu et étincelant et ses hautes fenêtres. Sur le côté gauche du hall, s'amorçait un escalier à la moquette rouge et à la rampe de bois sombre. La lumière blanche qui filtrait de l'étage supérieur suggérait un puits de lumière tout en haut des marches. À droite, de part et d'autre du hall d'entrée, se trouvaient deux doubles portes coulissantes fermées, également en bois sombre. Sur les murs pâles, étaient suspendus quelques grands tableaux enchâssés dans de lourds encadrements au-dessus de nombreux guéridons aux pieds fuselés. Un calme feutré et fort distingué régnait dans la maison.

Chauncey entra à son tour, ferma la porte derrière lui et désigna l'escalier en disant : « On va monter au salon. »

Il avait un de ces accents atlantoïdes que les Américains croient anglais et les Anglais américain. Dortmunder, quant à lui, le jugeait « bidon ».

Une fois au salon – une sorte de salle de séjour sans télévision – Chauncey insista pour que Dortmunder prenne un confortable fauteuil à oreilles, tendu de velours, et lui demanda ce qu'il désirait boire. « Bourbon, lui répondit Dortmunder. Avec glace. »

– Parfait, dit Chauncey. J'en prendrai aussi.

Le bar – bien approvisionné et même équipé d'un petit réfrigérateur – était encastré dans la boiserie, au fond de la pièce, sous un rayonnage chargé de livres.

Tandis que Chauncey versait, Dortmunder inspectait la pièce dans son ensemble : les tapis persans, les tables et les fauteuils, certainement anciens, les grandes lampes ouvragées et les tableaux aux murs. Ils étaient nombreux et assez petits, à l'exception d'une grande toile, longue de près d'un mètre, peut-être, un peu moins haute, qui représentait une scène médiévale de genre : un maigre gaillard, au ventre proéminent, vêtu d'un habit multicolore de bouffon et coiffé d'un bonnet à grelots, gambadait le long d'un chemin, en jouant d'une petite flûte. Le chemin descendait vers une zone de ténèbres, à la droite du tableau. À la suite du bouffon venait un groupe d'individus, au visage tendu, aux yeux fixes. De toute évidence, ils représentaient le genre humain sous ses nombreux aspects : un moine gras, un grand chevalier armé de pied en cap, une petite femme boulotte, un panier au bras... pour n'en citer que quelques-uns.

Chauncey, qui apportait son verre à Dortmunder, demanda : « Ce tableau vous plaît-il ? »

Le tableau ne plaisait pas plus à Dortmunder qu'il ne lui déplaisait. « Pour sûr », dit-il.

– C'est un Veenbes, dit Chauncey qui, planté près du fauteuil de Dortmunder, contemplait la toile avec un sourire pensif, comme s'il remettait en question la place qu'elle occupait sur le mur, ou sa propre position vis-à-vis d'elle, ou même les droits qu'il pouvait avoir sur elle.

« Le nom de Veenbes vous dit quelque chose ?

— Non.

Le bourbon était délicieux, d'un corps particulièrement moelleux.

— C'est un maître flamand de la première époque, disait Chauncey, un contemporain de Brueghel, qu'il a, d'ailleurs, peut-être, influencé. Les avis sont partagés. Cela représente *La Folie conduisant l'homme à la ruine.* (Chauncey sirota son bourbon, puis, de la tête, désigna le tableau, avec un petit rire.) Et aussi la femme, bien entendu.

— Pour sûr, dit Dortmunder.

— Ce tableau a été évalué à quatre cent mille dollars, dit Chauncey, du ton qu'il aurait pris pour constater qu'il faisait beau pour la saison, ou pour annoncer qu'il avait acheté une paire de pneus antidérapants.

Dortmunder leva les yeux sur le profil de Chauncey – peau bronzée, nez aigu, longs cheveux jaunes – puis reporta son regard morose sur le tableau. Quatre cent mille dollars ? Pour une peinture qui servait sans doute à couvrir une tache d'humidité sur le mur ? Il y avait des choses dans la vie que Dortmunder ne comprendrait jamais pour la bonne raison que la plupart étaient dues au fait que les gens étaient tout simplement cinglés.

« Je veux que vous le voliez, annonça Chauncey.

Dortmunder releva les yeux sur son hôte : « Tiens donc ? »

Chauncey éclata de rire, alla s'asseoir dans un fauteuil, et posa son verre sur la table-tambour, à sa droite.

— J'imagine que Stonewiler ne vous a soufflé mot des instructions que je lui ai données.

— Non, il a rien dit.

— Parfait, c'est bien ce qui était convenu. (Il jeta, de nouveau, un coup d'œil au tableau et reprit :) Il y a trois mois, je lui ai dit de me trouver un filou. (Ses yeux brillants pétillèrent en s'arrêtant sur la figure de Dortmunder.) J'espère que le terme ne vous choque pas.

Dortmunder haussa les épaules : « Ça peut désigner tout un tas de gens. »

Chauncey sourit : « Évidemment. Mais il me fallait un filou d'un genre très précis : un voleur professionnel, plus tout jeune, qui, dans son métier, a fait preuve d'habileté, sans pour autant amasser une fortune, qui a écopé, au moins une fois, d'une peine de prison, mais qui n'a jamais été condamné, ni même inculpé, pour autre chose que le vol. Ni pour attaque à main armée, ni pour meurtre, ni pour incendie volontaire, ni pour kidnapping. Pour vol, un point c'est tout. Ça a demandé trois mois pour trouver l'homme en question et le destin a voulu que cet homme soit vous.

Chauncey s'interrompit, sans doute pour appuyer son effet, et but quelques petites gorgées de bourbon, en observant Dortmunder par-dessus le bord de son verre.

Dortmunder sirotait, lui aussi, son bourbon, lorgnant Chauncey par-dessus son verre à lui. Ils s'étudièrent ainsi, de derrière leurs verres respectifs, pendant un bon moment – Dortmunder commençait même à loucher – et puis Chauncey reposa son verre sur la table-tambour. Dortmunder abaissa son verre sur ses genoux et Chauncey, avec un haussement d'épaules qu'il voulut gêné, déclara : « J'ai besoin d'argent. »

Dortmunder demanda : « À qui elle est, cette peinture ? »

Chauncey parut surpris : « À moi, bien sûr. »

– C'est sérieux, votre truc ? Vous voulez la faire voler ?

– Que je vous explique, dit Chauncey. Je possède

une assez jolie collection d'œuvres d'art, du XVᵉ et du XVIᵉ siècle surtout, qui se trouvent soit ici, soit dans mes autres pied-à-terre, et, bien entendu, tout est dûment assuré.

— Ah, fit Dortmunder.

On ne décelait plus dans le sourire de Chauncey la moindre trace de confusion : « La combine vous l'avez devinée, je parie, dit-il. J'aime la peinture pour elle-même, aussi n'ai-je jamais éprouvé le besoin d'exhiber mes possessions. Si donc je m'arrange pour qu'un tableau me soit volé, à un moment où le liquide me fait cruellement défaut, il ne me restera qu'à toucher l'argent de l'assurance et à accrocher ma toile dans quelque endroit retiré, ce qui me permettra de profiter simultanément de l'œuvre d'art et du fric.

— Ça peut se faire sans l'aide d'un voleur, répliqua Dortmunder. Vous cachez votre machin dans un placard et vous prétendez qu'un casseur vous l'a chouravé.

— Oui, sans doute, dit Chauncey. Mais il y a des os... (De nouveau son sourire se nuança d'une pointe de gêne, mais Dortmunder, cette fois, put constater que la gêne était grandement atténuée par un sentiment d'auto-complaisance.)

Il dit : « Quels os ? »

— Je suis très dépensier, répondit Chauncey. Inutile de vous raconter ma vie, mais l'argent, je l'ai eu par héritage, et je crains de n'avoir jamais bien su le gérer. Mes agents comptables, en règle générale, sont furieux contre moi.

Dortmunder, qui jamais n'avait eu de comptable à son service, dit : « Ah bon. »

— Le fait est, reprit Chauncey, que j'ai déjà fait le coup deux fois.

— Fait quoi ? Un casse bidon ?
— Deux fois, répéta Chauncey. Et la deuxième fois, la compagnie d'assurances n'a pas caché sa méfiance, même si elle n'a pas poussé les choses trop loin. Il n'empêche que si je refais ça une troisième fois, ces gens vont commencer à se fâcher.
— C'est bien possible, dit Dortmunder.
— J'ai idée qu'ils n'auront de cesse que la machination ne soit prouvée.
— C'est bien possible.
— Aussi faut-il que le vol soit un vol véritable, poursuivit Chauncey. Or, pour voler un tableau, un professionnel n'a d'autre moyen que d'entrer dans la maison par effraction...
— Pendant que vous êtes en voyage...
— Jamais de la vie ! (Chauncey hocha la tête, eut un petit rire et conclut :) C'est la dernière des choses à faire.

Dortmunder avala une goulée de bourbon : « Alors comment vous voyez ça ? »
— Je vais organiser un dîner, dit Chauncey. Ici même. Je logerai, à ce moment-là, deux couples qui occuperont les chambres du troisième. Des gens immensément riches. Il y aura, soit dit en passant, pas mal d'objets de valeur dans leurs chambres, et les gens seront, eux, à table, en bas. Ces invités-là et aussi ceux que je recevrai à dîner appartiennent donc tous à la classe possédante, la plupart des femmes seront couvertes de bijoux... enfin, vous voyez... Aussi vais-je engager des gardes pour la soirée. Et c'est au cours du dîner, alors que ma présence sera dûment constatée, ainsi que celle des gardes de l'agence privée, que les voleurs s'introduiront dans la maison par le toit, qu'ils

ratisseront les chambres d'amis, qu'ils ratisseront ma propre chambre – allez-y doucement, s'il vous plaît ! –, qu'ils voleront le Veenbes dans cette pièce-ci et qu'ils décamperont comme ils étaient venus.

— Avec des gardes privés plein la maison ?

— Ils seront tous occupés à veiller, au rez-de-chaussée, sur la personne de mes hôtes et sur leurs bijoux. (Chauncey haussa derechef les épaules, avec un sourire paisible et satisfait.) Aucune compagnie d'assurances ne pourra soupçonner un vol truqué dans ces conditions.

— Vos invités, ils seront en cheville avec vous ?

— Bien sûr que non. Pas plus que les gardes.

— Qu'est-ce qu'on fait avec les affaires qu'on aura raflées ?

— Vous les gardez. Mais, mes affaires à moi, vous me les restituez, bien entendu. Et vous me rendez le tableau.

— Dites plutôt qu'on vous le revend, corrigea Dortmunder.

Chauncey opina du bonnet. Son sourire satisfait englobait maintenant Dortmunder. Il venait d'arriver à la conclusion qu'ils étaient, l'un comme l'autre, gens d'esprit et d'astuce.

— Mais voyons ! Il est normal que vous touchiez votre part dans la transaction.

— Exact.

— Vous garderez déjà, cela va sans dire, ce que vous aurez récolté dans les chambres d'amis, dit Chauncey.

— Ces trucs-là, ça n'entre pas en ligne de compte.

— Non, vous avez tout à fait raison... Très bien... Je vous ai dit à combien l'assurance avait estimé le tableau, et je ne crois pas m'être trompé. Les journaux vont, d'ailleurs, parler du vol et il est probable qu'ils donneront le montant de l'estimation.

– Quatre cent mille.

– Je vous en offre vingt-cinq pour cent.

– Cent mille.

– Oui.

– Quand ?

– Dès que j'aurai touché l'argent de l'assurance, bien sûr. Si je disposais de cent mille dollars, je n'aurais pas besoin de monter une opération comme celle-ci.

Dortmunder dit : « En ce cas, vous récupérerez la peinture quand vous nous aurez payés. »

Chauncey parut suffoqué : « Mais... mon cher monsieur Dortmunder, je suis un honorable citoyen, à la réputation bien établie. Cette maison m'appartient et je possède également d'autres résidences. Je ne vais donc pas lever le camp et disparaître du jour au lendemain. Vous pouvez compter sur moi pour toucher votre dû.

– Vous arnaquez la compagnie d'assurances et vous invitez vos amis dans votre maison pour que je les soulage de leurs biens. Je vous confierais pas mon sandwich au jambon cinq minutes, même si on était enfermés dans une cabine téléphonique. »

Chauncey éclata d'un rire bruyant et, apparemment, sincère : « Bon sang ! s'exclama-t-il. Stonewiler a eu la main heureuse ! Monsieur Dortmunder, nous pouvons faire affaire, tous les deux, nous nous comprenons parfaitement.

– Peut-être bien, dit Dortmunder.

Chauncey mit un terme à son explosion de gaieté et, soudain sérieux, pointa sur Dortmunder un doigt qui ne badinait pas : « Serez-vous capable, demanda-t-il, de conserver le tableau le temps nécessaire ? En veillant à ce qu'il ne subisse aucun dommage et sans vous le faire voler ?

— C'est quoi, le délai ?

— Si j'en crois mes expériences passées, il faut six mois à l'assurance pour terminer son enquête et reconnaître mes droits.

— Six mois ? C'est bon. Je garderai la peinture six mois, après quoi vous me donnez l'argent et moi, je vous rends le tableau. (Dortmunder tourna la tête pour regarder la toile une fois de plus et il l'imagina au-dessus du divan, dans la salle de séjour de May. Mais oui, pourquoi pas ? Ça ferait pas mal du tout.)

— Faut que j'y réfléchisse, dit Chauncey. Que j'analyse la situation. Mais, à part ça, puis-je vous considérer, dès à présent, comme mon associé ?

Dortmunder dit : « Ce que vous voulez, en somme, c'est un casse tout ce qu'il y a de régulier. Personne pour nous donner la main à l'intérieur, pas de portes qu'on laisserait ouvertes, rien de tout ça. »

— N'y comptez pas ! dit Chauncey. Mais je peux vous aider à préparer l'opération, vous laisser, par exemple, examiner les lieux, mater la baraque... c'est bien comme ça qu'on dit ? Je peux aussi vous montrer l'emplacement des fils correspondant au système d'alarme... ce genre de choses.

— Parce qu'il y a une alarme ?

— Bien entendu. Toutes les portes et fenêtres sont reliées à un système d'alarme. C'est Watson Security qui a fait l'installation. Si on force une porte ou une fenêtre ou bien si un fil est coupé, le signal est donné chez Watson, dans la 46e Rue. La compagnie avertit alors la police et envoie également une de ses voitures de surveillance.

– Merveilleux, dit Dortmunder.

– Vous devez savoir comment vous introduire dans un endroit sans déclencher les sirènes, tout de même ?

– Pour un boulot dans une maison particulière ? Si c'était moi la compagnie d'assurances, je flairerais du louche.

– Non, je ne le crois pas, déclara Chauncey d'un ton raisonnable, comme s'il avait étudié longuement cet aspect de la chose. J'aurai ici un certain nombre de gens célèbres et riches, vous comprenez ? Une princesse, une héritière et un émir du pétrole, entre autres. Les échotiers vont annoncer cette réception et ce dîner. Et il y a là de quoi donner des idées à une bande de hardis cambrioleurs.

– Si les journaux en parlent vraiment, alors, d'accord.

– Ils en parleront, je vous le garantis. Ça ne passera, peut-être, que dans « Les Potins de Suzy » du *Daily News*, mais il en sera fait mention dans la presse, au moins une fois.

Dortmunder, calé dans son fauteuil, faisait tourner un reste de bourbon dans son verre, tout en méditant. En un sens, c'était dingue, le coup de voler à un mec un objet de prix, pour le lui restituer ensuite, mais, d'un autre côté, il s'agissait d'un vol par effraction simple et honnête, avec complicité intérieure, et cette complicité intérieure n'était pas celle d'une bonne rancunière ou d'un plombier cupide, mais celle du cave en personne. Dortmunder vivait depuis si longtemps sur le salaire de May, qui était caissière au supermarché Safeway, qu'il en oubliait presque ses complexes, néanmoins il était grand temps qu'il rapportât au foyer un peu de braise, gagnée par lui.

Chauncey dit : « Eh bien, qu'en pensez-vous ? Pouvons-nous envisager cette collaboration ? »

— Peut-être, répondit Dortmunder. Mais faut d'abord que j'inspecte la maison et que je voie quelle cordée je peux mettre sur pied.

— Quelle cordée ?

— Je parle des gars qui feront le travail avec moi. C'est pas un job pour casseur solitaire.

— Non, certainement pas. Avez-vous déjà volé un tableau ?

— Pas un grand comme çui-là.

— Dans ce cas, il faut que je vous montre comment on procède. C'est une technique très délicate, il s'agit, en effet, de ne pas abîmer la toile pendant son transport.

— On l'emporte et c'est tout, dit Dortmunder.

— Il n'en est pas question, répliqua Chauncey. Il faut faire cela en professionnel. Vous allez couper la toile au ras du cadre…

— On n'embarque pas le cadre ?

— Jamais. Un voleur d'objets d'art se sert d'une lame de rasoir. Il détache la toile de son cadre, la roule, en y mettant tout son soin, afin que la couche de couleur ne se craquelle ou ne se casse, et il obtient quelque chose qui se manipule bien et que l'on cache aisément.

— Le cadre reste donc ici…

Dortmunder regarda à nouveau la peinture, en se demandant s'il arriverait à trouver un cadre suffisamment grand chez Woolworth. À moins qu'il ne la punaise tout simplement au mur.

Je vous expliquerai tout cela, dit Chauncey. Mais peut-être voulez-vous visiter la maison d'abord ?

— Oui.

— Et puis-je rafraîchir votre potion ?

Dortmunder regarda son verre. Il ne restait au fond qu'un mince anneau ambré. « Oui », dit-il. Pendant que son hôte s'exécutait, Dortmunder s'approcha du tableau pour l'examiner de plus près, observant les irrégularités et les traces du pinceau sur la toile. Ce ne serait pas évident à transporter.

Chauncey lui apporta un bourbon et s'arrêta, pour sourire au tableau. « C'est beau, n'est-ce pas ? » (Sa voix trahissait une affection presque paternelle.)

Dortmunder, qui ne regardait pas du tout le travail de l'artiste mais uniquement la peinture sur la toile, répondit :

– Ouais c'est bien. (Il se retourna vers Chauncey, l'air perplexe.) Vous allez devoir me faire confiance, pas vrai ?

Haussant un sourcil, Chauncey eut un sourire en coin :

– Comment entendez-vous cela ? demanda-t-il.

– Supposons que j'embarque cette peinture et que je la ramène pas…

Le sourire de Chauncey s'épanouit et il hocha la tête : « C'est à considérer, bien entendu, mais il y a deux détails qui me rassurent. Premièrement, cela m'étonnerait qu'avec un tableau aussi connu et aussi coté, vous trouviez un acheteur qui vous en donne plus que mes vingt-cinq pour cent. Deuxièmement, il y a la mission dont j'ai chargé notre ami Stonewiler.

– C'est-à-dire ?

– Le fait est que j'ai demandé à Stonewiler de me trouver deux sujets, expliqua Chauncey. Le premier sujet – vous, en l'occurrence – devait être un voleur professionnel qui jamais ne s'était rendu coupable d'un acte de violence. Vous n'êtes pas un homme dangereux, Monsieur Dortmunder.

Un type n'aime pas s'entendre dire qu'il n'est pas dangereux. « Heu », fit Dortmunder.

– L'autre sujet qu'il devait me dénicher, poursuivit Chauncey, était un tueur à gages. (Son sourire avait maintenant un éclat radieux et triomphant.) Et le plus étrange, ajouta-t-il, c'est que cette partie de la mission a été menée à bien en un rien de temps.

4

Quand Dortmunder entra au bar et grill O.J. d'Amsterdam Avenue, le même soir, à 11 heures, trois habitués étaient engagés dans une discussion, avec Rollo, le barman, sur les avantages comparés de l'école privée et de l'école publique.

— Je vais te dire ce que j'aime pas dans les écoles privées, expliquait l'un des habitués. Tu envoies ton gamin là-dedans et c'est comme si tu le mettais sous serre, tu comprends ? Il y connaîtra pas des gens de tous bords et il sera pas préparé à la vraie vie.

— La vraie vie ? répondit un de ses interlocuteurs. Tu veux savoir ce que c'est la vraie vie dans une école publique ? Tes gosses... ils se font racketter, violer et tout le bordel. T'appelles ça la vraie vie, toi ?

— Bien sûr, répliqua le premier. Savoir cohabiter avec toute la palette du genre humain, c'est bien ça la vie.

— Tu veux dire que, toi, tu serais prêt à envoyer ton gosse au milieu de nègres ou de youpins ? De ritals ou d'espingos ? s'indigna son interlocuteur d'une voix teintée d'un mépris incrédule.

— Une seconde, intervint le troisième habitué. Il se trouve que je suis d'ascendance irlandaise et j'estime que, là, tu me dois des excuses.

Les deux autres le regardèrent, complètement éberlués.

— Hein ? fit le principal intéressé.

— À moins que tu préfères un marron dans l'œil pour te remettre les idées en place, suggéra l'Irlandais.

— Pas ici, intervint Rollo qui se retira de la conversation pour gagner l'extrémité du bar et demander à Dortmunder : « Comment va ? »

— Impec, répondit Dortmunder.

— Vous, c'est le double bourbon, déclara Rollo, en lui versant une généreuse mesure d'une bouteille portant l'étiquette : « Bourbon. Vins et Spiritueux Amsterdam. Spécial Maison. » Il poussa le verre vers Dortmunder, en ajoutant : « Vous me réglerez en sortant. »

— D'accord. Y a quelqu'un ?

— Vodka-vin-rouge. (Rollo de la tête désigna le fond de la salle.) L'est derrière...

— Bien, dit Dortmunder. J'en attends deux autres. Le Xérès... vous ne l'avez pas vu depuis un bout de temps, çui-là...

— Un petit sécot, genre professeur ?

— C'est ça. Et le Bière-et-Sel.

Rollo fit la grimace : « Çui-là, faut pas compter sur lui pour faire marcher le commerce. »

— Il préfère ne pas trop boire, expliqua Dortmunder. Il est chauffeur.

— Moi, je suis partisan des transports en commun, dit Rollo. Bon, quand ils se pointeront, je vous les envoie.

— Merci.

Dortmunder, son bourbon à la main, s'éloigna des habitués qui continuaient à discuter ferme (ayant abandonné le sujet de l'éducation, ils en étaient à celui de la religion après un détour par celui de l'ethnicité et les esprits commençaient à s'échauffer) pour se diriger vers l'arrière-salle du bar, longeant deux portes, ornées de silhouettes de chiens (pointers et setters), dépassant la cabine du téléphone, dont l'odeur faisait croire que quelques pointers s'y étaient oubliés, pour enfin pénétrer, par la porte verte, tout au bout de la salle, dans une petite pièce carrée, tapissée jusqu'au plafond de caisses d'alcool et de bière. Sur le sol en béton, au milieu de l'espace réduit, délimité par les caisses, il y avait une table vétuste, recouverte de feutre vert, et une demi-douzaine de chaises. Au-dessus de la table pendait une ampoule nue, avec son réflecteur rond, en fer-blanc, unique source de lumière en ce lieu. Et, assis devant la table, un monstre à l'apparence à moitié humaine, enveloppait de son énorme patte velue un grand verre, dont le contenu ressemblait à du soda-cerise.

Dortmunder, tout en fermant la porte derrière lui, salua le prodige d'un signe de tête, en disant : « Quoi de neuf, Tiny [1] ?

— 'soir, Dortmunder. (La voix de Tiny évoquait celle d'une grenouille dans un bidon d'essence, en moins musical.) Une paie qu'on s'est pas vus. »

Dortmunder s'assit en face de lui : « T'es superbe, Tiny, dit-il, commettant un mensonge éhonté.

Tiny, en effet, affalé sur sa fragile chaise, ses vastes épaules charnues saillant sous une veste marron étriquée, ses yeux tapis sous un front en surplomb, faisait plutôt penser à un de ces croque-mitaines dont on menace les enfants qui refusent d'aller au lit.

Mais celui-ci partageait, de toute évidence, l'avis de

---

1. *Tiny* : en anglais, « minuscule ». *(N.d.T.)*

Dortmunder quant à sa mine superbe, car il opina du bonnet, l'air rêveur, mais approbateur.

– Toi, en revanche, dit-il enfin, t'as une gueule à faire peur. T'étais plus girond en cabane.

– Le démarrage a été un peu lent, admit Dortmunder. Depuis quand t'es dehors ?

– Depuis dix jours. (Tiny froissa dans son poing le revers de sa propre veste.) J'ai encore sur le dos les fringues que fournit gracieusement l'État.

– Je crois que je suis sur un bon coup, dit Dortmunder. Mais on va attendre que les autres arrivent, comme ça j'aurai pas à répéter.

Tiny haussa les épaules et les aiguilles de tous les sismographes de l'hémisphère nord oscillèrent.

– C'est pas le temps qui me manque, répondit-il avant d'avaler un tiers de son liquide rouge.

– C'était comment au trou ? demanda Dortmunder.

– Comme d'hab. Tu te souviens de Baydlemann ?

– Ouais.

– Il est tombé dans une cuve de lessive, fit Tiny dans un éclat de rire qui rappelait le son d'un coup de tonnerre lointain.

– Ah bon ? Il a été blessé ?

– Son pouce gauche est resté à peu près intact.

– C'est sûr que Baydlemann s'est fait beaucoup d'ennemis en taule, dit Dortmunder.

– Ouais, fit Tiny. J'en étais.

Un court silence suivit, les deux hommes remuant leurs propres et respectives pensées. Dortmunder sirotait sa consommation, dont le goût ne rappelait que de très loin le nectar nommé bourbon dégusté chez Chauncey quand la porte s'ouvrit devant un bonhomme râblé, à la démarche fringante, au visage ouvert et à la chevelure tirant sur le rouge carotte, qui portait d'une main un demi de bière et, de l'autre, une salière.

– Salut, Dortmunder, dit-il. Je suis en retard ?

– Non, t'es juste à l'heure, répondit Dortmunder. Tiny Bulcher, je te présente…

– J'ai essayé un autre parcours, enchaîna le nouveau venu. J'étais pas sûr de mes temps…

– Ton minutage est au poil, déclara Dortmunder. Tiny, voici Stan Murch… Il sera notre…

– Tu vois, poursuivit Stan Murch, en posant verre et salière sur la table pour tirer une chaise, avec l'autoroute de l'ouest fermée, ça change tout. Maintenant, les anciens itinéraires, tintin !

– C'est toi le driveur ? demanda Tiny.

– Le meilleur, répondit Murch posément.

– C'est à cause d'un driveur que j'ai fait mon dernier séjour en cabane. Il a voulu contourner un barrage en prenant un autre itinéraire et il s'est gouré de virage. Résultat, on est arrivés derrière les barrières alors qu'il croyait être devant et on a foncé en plein dans la zone quadrillée.

– C'est dur, ça, fit Murch avec empathie.

– Un type du nom de Sigmond. Tu connais ?

– Je ne crois pas, non, répondit Murch.

– Il te ressemblait un peu, dit Tiny.

– Tiens donc.

– Les flics nous ont encerclés et, avant de sortir de la voiture, je lui ai brisé la nuque. Ensuite, on a juste dit qu'il avait eu les cervicales brisées. Le coup du lapin, rapport à l'arrêt brutal.

Nouveau petit silence. Stan Murch buvait sa bière pensivement, Dortmunder savourait une gorgée de bourbon pendant que Tiny Bulcher séchait le reste de sa vodka-vin rouge. Puis Murch hocha lentement la tête, comme s'il en était arrivé à une conclusion.

— Le coup du lapin, commenta-t-il. Ouais, généralement le coup du lapin, ça pardonne pas.

— Comme moi, répondit Tiny.

La porte s'ouvrit de nouveau, cette fois devant un personnage maigre et de petite taille, portant lunettes, complet de drap et, sur un plateau rond de bar, une bouteille de bourbon Amsterdam, Spécial Maison, un verre de quelque chose qui, malgré son apparence, n'était pas un soda-cerise et un petit verre ambré de xérès.

— Salut, dit le gringalet. Le barman m'a demandé d'apporter tout ça.

— Salut, Roger ! dit Stan Murch. Où t'étais passé ?

— Oh, fit le gringalet, l'air vague, un peu partout. Ici et là.

Il posa le plateau sur la table et s'assit. Aussitôt, Tiny s'empara de sa deuxième vodka-vin rouge.

— Tiny Bulcher, voici Roger Chefwick.

Tiny salua d'un signe de tête par-dessus son verre et Roger dit :

— Très heureux.

Dortmunder se tourna vers Tiny.

— Roger, c'est notre crocheteur.

— Notre fantastique crocheteur, enchérit San Murch.

Roger Chefwick semblait heureux et gêné.

— Je fais de mon mieux, répondit-il en cueillant délicatement son verre de xérès sur le plateau.

Tiny s'envoya une rasade du mélange rouge et déclara :

— Moi, je suis le cravateur-porteur. Un fantastique cravateur-porteur.

— Je suis sûr que vous êtes très fort dans votre partie,

assura Chefwick poliment. (Puis, désignant le verre de liquide vermeil :) « C'est vraiment une vodka-vin rouge ?

— Bien sûr, répondit Tiny. Et pourquoi pas ? Ça donne un peu de goût à la vodka et ça corse le vin.

— Ah bon, fit Chefwick avant de tremper les lèvres dans son xérès.

Murch reprit : « Dis donc, Roger, quelqu'un m'a dit que t'as fait de la cabane, au Mexique. »

Chefwick parut gêné et légèrement contrarié d'avoir à aborder le sujet : « Ah oui, fit-il. Mais c'était un malentendu. »

— On m'a dit aussi que t'as essayé de détourner un wagon de métro sur Cuba.

D'un geste assez brusque, Chefwick posa son xérès sur le tapis vert de la table : « Je ne comprends vraiment pas comment des rumeurs aussi stupides ont pu se propager jusqu'ici. Et avec une telle rapidité.

— Mais enfin, insista Murch. Qu'est-ce qui s'est passé, au juste ?

— Pas grand-chose, répondit Chefwick. Tu sais que je suis amateur de trains électriques.

— Absolument. J'ai vu ton installation dans ta cave.

— Eh bien, reprit Chefwick, Maude et moi on était au Mexique, et à la gare de Veracruz, il y avait des wagons du métro de New York usagés qui attendaient d'être embarqués pour Cuba et je… euh… je voulais juste monter à bord pour jeter un coup d'œil, bredouilla Chefwick un peu gêné, et j'ai commencé à bidouiller ici et là. Malheureusement le wagon s'est ébranlé, il a gagné de la vitesse et je me suis retrouvé sur une ligne nationale en direction de Guadalajara en essayant, avec la plus grande difficulté, de ne pas me faire rattraper par l'express de 14 h 30. Mais de là à raconter que j'ai détourné un wagon de métro sur Cuba ! La police mexicaine m'a d'abord accusé d'avoir volé le wagon à Cuba ! Néanmoins, avec l'aide de Maude, les choses sont rentrées dans l'ordre au bout d'un jour ou deux. Ce qui, malheureusement, ne saurait être le cas des rumeurs et autres potins qui circulent ici, conclut Roger avec une certaine irritation.

– J'ai fait un casse avec un crocheteur qui était un petit plaisantin, répondit Tiny Bulcher d'un ton abrupt. Une fois, il m'a filé un verre qui fuyait et une autre fois, un cigare qui a explosé.

Dortmunder et Murch le regardaient avec circonspection.

– Et alors ? fit Dortmunder.

– Après avoir vidé la chambre forte de la banque, je l'ai poussé dedans et je l'ai enfermé. Il n'avait qu'à s'en sortir de l'intérieur, puisqu'il était si fort.

– Et il a réussi ? interrogea Dortmunder.

– C'est le directeur de la banque qui l'a libéré le lundi matin. J'ai entendu dire qu'il était toujours au trou.

– Je ne trouve pas votre plaisanterie très amusante, fit Roger Chefwick avec une expression compassée.

– Le coup du cigare non plus, c'était pas drôle, répliqua Tiny.

Il se retourna vers Dortmunder :

« On est bien tous au complet, maintenant ? »

Dortmunder s'éclaircit la gorge, avala quelques lampées de bourbon et dit : « Ce que j'ai à vous proposer, c'est un simple turbin de mise en dedans. Pas de coups vicieux, pas d'hélicoptères, pas de réglage de montres à la seconde, on entre gentiment par une

61

fenêtre d'en haut, on ramasse ce qui traîne en cours de route, et on embarque le truc important qui se trouve être un tableau. »

Tiny intervint :

— Il a de la valeur, ce tableau ?

— Une valeur de quatre cent mille dollars.

— Et l'acheteur, on l'a ?

— On l'a, dit Dortmunder.

Il exposa l'affaire en détail et conclut : « En somme faut se la donner question système d'alarme et gardes privés, mais on peut tabler sur un coup de main sérieux de l'intérieur et sur un acheteur solide. »

— Et sur vingt-cinq mille par tête, dit Stan Murch.

— Plus, lui rappela Dortmunder, tout ce qu'on aura raflé dans les étages.

— Six mois de délai, je suis pas chaud, objecta Tiny. J'aime bien palper mon fric tout de suite.

— Le mec, faut qu'il attende que l'assurance le rembourse, expliqua Dortmunder. Il m'a dit, et c'est logique, que s'il avait les cent mille en liquide, il aurait pas besoin de monter un coup pareil.

Tiny haussa ses massives épaules.

— Allez, c'est bon, dit-il. Je trouverai à m'occuper d'ici là. Des crânes à fendre, il y en aura toujours.

— Très juste, acquiesça Dortmunder. (Puis il se tourna vers Roger Chefwick.) Qu'est-ce que t'en penses ?

— Je connais Watson Security et ses installations, dit Chefwick avec une pointe de dédain. Ça se désamorce les doigts dans le nez.

— Alors tu marches avec nous ?

— Avec plaisir.

— Bien, dit Dortmunder.

Il parcourut des yeux sa cordée – le génial et fantasque crocheteur, le driveur fonceur monomaniaque, la bête des grandes profondeurs – et il en fut satisfait.
– Bien, répéta-t-il. Je vais établir le plan d'action avec le commanditaire, et je vous recontacterai.

5

Dortmunder, assis sur le divan, la table basse lui servant de repose-pieds, une bière dans la main droite et, dans la gauche, un sandwich, pain blanc-galantine, le tout inondé de mayonnaise, suivait tant bien que mal de son œil ensommeillé le film *Les Anges aux figures sales*, programmé, ce jour-là, sur la chaîne WN EW, canal cinq, quand on sonna à la porte. Les paupières de Dortmunder battirent lentement, mais rien d'autre ne bougea. Et, une minute plus tard, ce fut May qui traversa la salle de séjour, remorquant la mince et sinueuse traînée de fumée qui s'échappait d'une cigarette piquée au coin de sa bouche, et essuyant ses mains savonneuses sur un torchon. Elle s'interposa, un instant, entre Dortmunder et le récepteur télé (ce qui fit encore ciller Dortmunder) et passa dans l'entrée pour ouvrir la porte.

Une voix forte et plutôt irritée couvrit le fond sonore des *Anges aux figures sales* : « Où est-il ? »

Dortmunder poussa un soupir. Il s'emplit la bouche de pain, de mayonnaise et de galantine et se redressa légèrement sur le divan pour attendre l'inévitable.

Dans l'entrée, May parla sur un ton apaisant, mais, apparemment, sans grand succès. « Que je lui dise deux mots ! » insista la voix forte et irritée, puis il y eut un bruit lourd de pas et apparut un personnage sec, au nez aigu, à l'œil chagrin. « Toi ! » dit-il, le doigt pointé sur

Dortmunder. May, l'air inquiet, était entrée sur les talons de l'homme au nez fin, en disant, avec une bonne humeur pathétique : « T'as vu qui est là, John ? Andy Kelp ! »

Dortmunder avala une bouchée de pain blanc et de galantine mayonnaisée : « Je le vois, dit-il. Il me bouche la télé. »

– T'as un turbin ! brailla Kelp, au paroxysme de l'indignation.

Dortmunder agita son sandwich, comme pour chasser une mouche : « Tu veux pas te pousser un peu ? Je vois plus le film. »

– Je me pousserai pas.

Kelp se croisa les bras, d'un geste résolu et se cala sur le tapis, les jambes légèrement écartées, pour marquer sa volonté inébranlable.

Il répéta : « T'as un turbin, Dortmunder. T'as un turbin, et tu m'en as rien dit ! »

– Exact, dit Dortmunder.

Il but un peu de bière.

– Quand j'y pense !... Qu'est-ce que j'ai pu te ramener comme boulots ! reprit Kelp, outré. Et maintenant c'est toi qu'en as un et tu m'élimines.

Tiré de sa léthargie, Dortmunder se redressa encore un peu, renversa de la bière sur son pouce et dit :

– Oui, en effet. Parlons-en des boulots que tu nous as trouvés. Un gamin qui nous kidnappe !

– Jamais il nous a kidnappés !

– Et la banque ? poursuivit Dortmunder. On se fait une banque et on paume le blé dans ce putain d'océan Atlantique.

On a quand même gagné deux plaques chacun dans le coup de la banque, protesta Kelp.

Dortmunder lui jeta un coup d'œil chargé de mépris écœuré :

– Deux plaques par tête de pipe ? C'était quoi, déjà ? Des dollars, ou des pesos ?

Kelp changea brusquement de tactique. Passant de l'hostilité à la conciliation, il ouvrit les bras et dit :

– Allez, Dortmunder. C'est pas juste !

– Je cherche pas à être juste, rétorqua Dortmunder. Je suis pas un arbitre, moi. Je suis un cambrioleur qui essaye de gagner sa croûte.

– Sois pas comme ça, Dortmunder, fit Kelp d'une voix implorante maintenant. On forme une équipe vraiment géniale.

– Un zeste de génie supplémentaire et on crèverait de faim.

Il contempla le sandwich dans sa main gauche.

« Moi, si j'avais pas eu May, je serais bel et bien mort de faim, reprit-il en mordant vigoureusement dans son casse-croûte.

Kelp, les yeux écarquillés d'horreur, regardait Dortmunder mâcher.

« Dortmunder », commença-t-il. Mais il n'alla pas plus loin et se contenta d'ébaucher un geste désemparé. Finalement, c'est vers May qu'il se tourna : « Parle-lui, May... C'était ma faute, si la banque s'est abîmée dans l'océan ? »

– Ça l'était, décréta Dortmunder.

Kelp en fut comme foudroyé : « M-m-m-ais... Comment ça ? »

– J'en sais rien, dit Dortmunder, mais c'était ta faute. Et c'est encore par ta faute qu'on a été obligés de piquer la même émeraude six fois. Et c'est encore par ta faute qu'on a kidnappé ce môme surdoué qui nous a étouffé la rançon. Et c'est encore par ta faute…

Kelp recula vivement, éberlué par le nombre et la variété des chefs d'accusation. Les bras grands ouverts, il leva la tête et invoqua le Ciel, en disant : « Ce que j'entends dans cette pièce dépasse l'entendement ! »

– Eh bien, va voir dans une autre pièce.

N'ayant reçu aucune aide céleste, Kelp, derechef, se retourna vers May : « Écoute, May, tu peux pas faire quelque chose ? »

May ne pouvait rien faire, elle le savait bien, mais elle tenta néanmoins l'impossible :

– Enfin, John… Toi et Andy faites équipe depuis si longtemps…

Dortmunder lui jeta un regard lourd.

– Ouais, on était justement en train d'égrener nos souvenirs.

Puis il fixa résolument la pub où des danseuses en tutu évoluaient sur une bombe géante de déodorant aux accents du *Prélude à l'après-midi d'un faune*.

May secoua la tête.

– Je suis désolée, Andy.

Kelp poussa un soupir. Le visage sévère, il demanda d'un ton solennel :

– Dortmunder ? C'est ton dernier mot ?

– Oui, répondit l'interpellé sans quitter des yeux les danseuses.

Kelp se drapa dans sa dignité mise à mal comme dans un boa de plumes : « Adieu, May, fit-il, d'un ton cérémonieux. Je regrette que cela finisse ainsi. »

– Ça ne nous empêchera pas de nous voir, dit May, avec une grimace navrée.

– Je crains que si, May. Merci pour tout. Salut.

– Salut, Andy, dit May.

Kelp quitta la pièce, sans un regard pour Dortmunder et, quelques secondes plus tard, ils entendirent claquer la porte d'entrée. May se tourna vers Dortmunder et sa grimace, maintenant, était plus contrariée que navrée : « C'était pas sympa, John », dit-elle.

Les danseuses avaient enfin cédé la place aux *Anges aux figures sales*. Dortmunder dit : « Je voudrais bien regarder ce film tranquille.

– T'aimes pas les films.

– J'aime pas voir les films dans les salles de cinéma, dit Dortmunder, mais j'aime bien les vieux films qu'on passe à la télé.

– Et Kelp, tu l'aimes bien aussi.

– Quand j'étais môme, j'aimais les cornichons aussi. Un jour je m'en suis tapé trois bocaux.

May protesta : « Andy Kelp n'est pas un cornichon. »

Dortmunder ne répondit pas, mais il se détourna un instant de l'écran, pour lancer un coup d'œil à May. Quand ils eurent, tous les deux, médité sur la vérité que May venait d'énoncer, Dortmunder reporta son attention sur la télévision.

May s'assit près de lui, sur le divan, fixant sur son profil un regard intense : « John, dit-elle, tu as besoin d'Andy Kelp et tu devrais être le premier à t'en rendre compte. »

Dortmunder serra les lèvres.

– C'est vrai, insista-t-elle.

– J'ai autant besoin d'Andy Kelp que de dix à vingt ans de cabane.

– Écoute, John, dit-elle en lui posant la main sur le

poignet. J'admets que, depuis quelques années, les gros coups que vous avez tentés ont mal tourné...

— Et c'est Kelp qui me les a amenés, ces gros coups.

— Eh bien, justement, dit May. Cette fois, c'est pas lui qui t'amène l'affaire. C'est une affaire qui t'appartient, tu l'as décrochée tout seul... Alors, même s'il a le mauvais œil dans ses boulots à lui... mais t'y crois pas, au mauvais œil, avoue ! Pas plus que je n'y crois, moi... Mais même si...

Dortmunder la regarda, le sourcil froncé : « Qu'est-ce qui te fait dire que j'y crois pas, au mauvais œil ? »

— Eh bien, les gens de bon sens...

— J'y crois, moi, au mauvais œil, et aussi aux pieds de lapin, à pas passer sous une échelle, au chiffre treize... et...

— Pattes, corrigea May.

— ... aussi aux chats noirs qui traversent devant... Quoi ?

— Pattes de lapin, dit May. Je crois que pour un lapin, on dit pas pieds, mais pattes.

— Pattes, pieds ou coudes, j'en ai rien à cirer ! déclara Dortmunder. Appelle ça comme tu voudras, en tout cas, j'y crois, moi. Et que ça existe ou pas, Kelp est un porte-poisse quand même. Il m'en a assez fait voir !

— Peut-être que c'est toi, le porte-poisse, suggéra May très doucement.

Dortmunder, stupéfait, lui lança un regard indigné.

— Peut-être que... quoi ?

— Après tout, reprit-elle, ces coups-là, c'est grâce à Kelp que tu as pu les faire. Et tu peux pas lui mettre sur le dos tous les ennuis que vous avez eus, donc c'est peut-être que c'est toi son porte-guigne.

Jamais, au cours de toute son existence, Dortmunder n'avait eu à subir une attaque aussi vile. Il regarda May comme s'il la voyait pour la première fois.

– Je ne suis pas un porte-guigne, articula-t-il lentement, en détachant chaque syllabe.

– Mais je le sais, voyons, dit-elle. Et Andy n'en est pas un non plus. D'ailleurs, ce job ne vient pas de lui, c'est toi qui le lui proposes.

– Non, fit Dortmunder.

Il retourna à sa télé d'un œil mauvais sans même voir les silhouettes qui s'agitaient sur l'écran.

– Mais merde, John, explosa May, de plus en plus agacée. Il va te manquer, Andy, et tu le sais.

– Le cas échéant, je rectifierai le tir.

– Réfléchis, reprit-elle. Pense que tu n'auras personne avec qui discuter. Pense qu'au boulot, tu n'auras personne qui te comprendra vraiment.

Dortmunder grommela. Il se renfonça dans son siège, les yeux fixés sur le bouton de réglage du volume et non plus sur l'écran. Sa mâchoire était si serrée que sa bouche disparaissait presque sous son nez.

– Faut retravailler avec lui, John, dit May. Ça vaudra mieux pour tous les deux.

Silence. Dortmunder gardait le regard fixe sous un rideau de sourcils.

– Faut retravailler avec lui, John, répéta May. Vous allez vous retrouver, toi et puis Andy, comme au bon vieux temps… John ?

Dortmunder remua ses épaules, se cala différemment, recroisa ses chevilles, s'éclaircit la gorge :

– Je vais y réfléchir, marmonna-t-il.

– Je savais bien que tu changerais d'avis ! glapit Kelp en jaillissant de l'entrée.

Dortmunder se redressa d'un sursaut. May et lui, interloqués, regardaient Kelp faire des bonds dans la pièce, un énorme sourire éclairant sa figure.

– Je croyais que t'étais parti, dit Dortmunder.

– J'ai pas pu, expliqua Kelp. Pas avec ce malentendu entre nous.

Il se saisit d'une chaise, la traîna jusqu'au divan, s'assit à la gauche de Dortmunder et, se penchant en avant plein d'ardeur, demanda : « Alors, c'est quoi ce boulot ?

Mais il se redressa aussitôt, l'air soucieux, et avec un coup d'œil en direction de la télé, reprit :

« Pas tout de suite. Regarde ton film jusqu'au bout.

Dortmunder fronça les sourcils, presque mélancolique.

– Non, éteins, dit-il. Je crois que ça finit mal.

6

– Linda, murmura Arnold Chauncey, en attirant la fille tout contre lui.
– Sarah, répliqua-t-elle.
Elle le mordit assez cruellement et sortit du lit.
– Sarah ?
Par-dessus les draps en désordre, Chauncey se frotta la joue en contemplant les lignes épurées de la fille mince qui lui tournait maintenant le dos pour se pencher vers son jean drapé sur un fauteuil Louis XV. Étonnant à quel point elle se ressemblaient, Sarah et Linda, pensa-t-il. Sous cet angle-là, du moins. Bon nombre de jolies femmes avaient en commun ce type de silhouette allongée rappelant les contours d'un violoncelle.
– Comme tu es belle, dit-il.
Son désir sexuel venait d'être satisfait, aussi son commentaire était-il purement celui d'un amateur éclairé.
– Quel que soit mon nom ! répliqua-t-elle.
Elle avait l'air assez en colère, ainsi que le prouvait sa maladresse à enfiler sa petite culotte, couleur lavande. Une teinte qui ne la favorisait pas du tout.
Chauncey s'apprêtait à dire « Ne pars pas », quand il remarqua l'heure à la pendule sur la cheminée : presque 22 h 30. Le rendez-vous avec Dortmunder

aurait lieu dans une demi-heure et s'il n'avait pas fait cette malencontreuse gaffe, il serait peut-être resté au lit, en l'oubliant tout à fait. Mais pour le moment, c'était bien sa négligence qui le sauvait une fois de plus de sa négligence. « Tu dois partir ? » se contenta-t-il de demander à la pauvre Sarah.

Par-dessus son épaule, elle lui lança un regard chargé de rancune et il remarqua qu'elle avait le nez beaucoup plus fort que Linda. Mais le front était le même, les sourcils aussi. Ainsi que les épaules, du reste. La gent féminine était d'une variété infinie mais les hommes avaient des goûts assez limités dans leur choix.

– Quel salaud tu fais ! dit-elle.

Chauncey éclata de rire, et s'assit au milieu de ses oreillers.

– Oui, sans doute, répliqua-t-il.

Avec tant de « Linda » dans le monde, pourquoi faire l'effort d'apaiser les « Sarah » ? pensait-il en la regardant s'habiller. Lorsqu'elle s'arrêta devant le miroir pour réarranger ses cheveux et retoucher son maquillage, ses mouvements exprimaient clairement une intense indignation mêlée d'humiliation. À voir sa moue boudeuse encadrée par les dorures de son miroir rococo, il se rendit compte combien elle était banale. Cette exquise glace du XVIIe dont la surface sombre et brillante était enchâssée dans des massifs de roses qui s'enroulaient en son pourtour, surplombés par des chérubins dorés, était faite pour refléter de plus nobles visages, des sourcils plus épais, des regards plus impériaux. Et qu'avait-il placé devant elle ? Une collection de beautés sans envergure, des visages faits pour les miroirs ordinaires dans les toilettes d'une station essence, à côté du séchoir électrique.

— Je suis un infâme, dit Chauncey d'un ton lugubre.

Elle se tourna aussitôt vers lui, se méprenant sur le sens de ses paroles.

— Oui, Arnie. Le pire de tous, répliqua-t-elle. (Mais déjà sa voix avait l'accent du pardon.)

— Oh, fiche le camp, Sarah, dit Chauncey soudain pris d'irritation.

Furieux contre lui-même parce qu'il était depuis toujours un panier percé, furieux contre elle parce qu'elle le lui avait rappelé, furieux en général parce qu'il savait qu'il ne changerait jamais.

Il repoussa les couvertures et bondit hors du lit, s'éloignant à grandes enjambées sans faire cas du visage éberlué de la fille et passa les cinq minutes suivantes à se calmer sous le jet trop chaud de la douche.

C'est l'Oncle Ramsay Liammoir qui avait le mieux défini la personnalité d'Arnold Chauncey, bien des années auparavant, alors que Chauncey était encore collégien interne, dans une région particulièrement aimable du Massachusetts. « Les riches familles commencent en éponge et finissent en robinet... », avait-il écrit à la mère de Chauncey, dans une lettre dont Chauncey ne prit connaissance qu'après la mort de la féroce vieille dame, alors qu'il parcourait ses papiers personnels. « Notre éponge à nous était Douglas Mac-Douglas Ramsay qui édifia notre fortune et permit à une demi-douzaine de Ramsay, de MacDouglas et de Chauncey de vivre dans un confort empreint de distinction et de respectabilité. Certains furent anoblis, d'autres eurent la présidence d'un conseil d'administration. Notre robinet, celui qui dissipera notre patrimoine avant d'avoir vingt ans – si on le laisse en faire à sa tête – c'est ton fils Arnold. »

Là était, de manière indubitable, une des raisons pour lesquelles la vieille dame avait solidement sécurisé le patrimoine de Chauncey (ou matrimoine ? puisque tout lui venait de sa mère) au moyen de nombreux barbelés juridiques. Pas moins de trois comptables et deux juristes devaient donner leur aval chaque fois qu'il décidait de laisser plus de quinze pour cent de pourboire ! Bon, il exagérait, bien sûr, mais à peine.

Il est vrai qu'il était loin d'être pauvre. Contrairement à ce qui était imprimé sur la page 63 de sa déclaration d'impôts, les revenus de Chauncey étaient pour le moins substantiels. Si, au cours d'une année, il ne faisait pas un profit de trois cent mille dollars net, il considérait que les affaires avaient été mauvaises mais ses revenus étaient, d'ordinaire, confortablement supérieurs à ce chiffre. Et confortable, c'est exactement ce que sa vie aurait été s'il n'était, selon les termes de son monologue intérieur, un panier percé.

Dissiper le patrimoine, c'est bien ce qu'avait fait Arnold, témoignant de la perspicacité de son oncle défunt et de sa propre et démentielle prodigalité. Il s'était mal marié et avait payé trop cher les conséquences du divorce. Il avait financé une écurie de course automobile, et avait même couru pendant un temps, jusqu'au jour où il s'était rendu compte qu'il appartenait à une race mortelle. Il possédait des résidences, ou des appartements, entretenus par un personnel adéquat, à New York, Londres, Paris, Antibes et Caracas. Son amour de la beauté – meubles, tableaux, sculptures ou toute autre expression artistique – le poussait à des achats inconsidérés que, même en se restreignant dans d'autres domaines, il n'aurait pu se permettre, or, il était bien incapable de se restreindre en quelque domaine que ce fût.

Et c'est ainsi que Chauncey se voyait obligé de recourir, de temps en temps, pour équilibrer son budget, à des méthodes diverses, mais plutôt risquées, parmi lesquelles l'escroquerie à l'assurance, comme celle qui se préparait, n'était qu'un exemple. Incendie criminel, corruption, chantage, proxénétisme et vol pur et simple avaient constitué d'autres techniques grâce auxquelles il s'était maintenu à flot malgré son train de vie luxueux. Il avait, par exemple, empoché quarante pour cent des droits d'auteur qui revenaient à Heavy Leather, le groupe dont il avait été manager pendant les années soixante, quand il était de bon ton de fréquenter des musiciens de rock. Ce n'est pas qu'il avait cherché à entuber ces pauvres bougres de Glasgow mais, à l'époque, il lui avait semblé que ses besoins à lui étaient plus importants que les leurs. En tout cas, son talent pour l'arithmétique était plus grand que le leur, même si par la suite, sa conscience l'avait, ô combien, aiguillonné comme elle le faisait à l'instant, sous le jet puissant de la douche, tandis qu'il se traitait de panier percé, de gredin, de faiblard jetant son argent par les fenêtres. Un robinet, en vérité, ainsi que ce cher disparu d'Oncle Ramsey l'avait prédit. Vieux con qu'il était.

Il fallut à Chauncey cinq minutes sous le jet de la douche pour oublier combien peu de respect sa propre personne lui inspirait. Sur quoi, il rentra dans sa chambre à coucher, s'essuya, passa le séchoir sur sa longue chevelure blonde – dont la couleur naturellement dorée faisait l'envie de tous ses amis, hommes et femmes – et s'habilla de sombre : mocassins de daim et chaussettes noirs, pantalon noir et pull de cachemire bleu nuit à col roulé. Puis il descendit par l'escalier (il ne prenait presque jamais l'ascenseur) et, dans le vestiaire du hall d'entrée, endossa un caban bleu marine et tira sur ses cheveux blonds un bonnet de laine noir qui accentuait les méplats osseux et la dureté de son visage bronzé. Ayant enfilé des gants de cuir noir pour compléter sa tenue, il prit l'escalier et descendit au rez-de-chaussée bien au-dessous du niveau de la rue côté façade, mais ouvrant, à l'arrière, sur un joli petit jardin aux allées dallées. Massifs de fleurs, buissons et petits arbres étaient plantés dans de grandes jardinières en béton ornementé disposées selon une configuration classique. Ce côté de la maison était recouvert d'un lierre grimpant, tout comme les trois murs hauts de deux mètres quarante ceinturant la propriété. En ce mois de novembre, le jardin n'était que branches nues et souches noirâtres mais en été, lorsque Chauncey n'était quasiment jamais à New York, il devenait un lieu de beauté.

Chauncey, silhouette sombre sur fond de nuit, le traversa et se dirigea vers une porte sans poignée, encastrée dans un coin du mur du fond. Il tira un trousseau de sa poche, l'ouvrit et s'engouffra dans l'obscurité totale d'un passage pratiqué dans un mur épais séparant deux résidences voisines dont les façades donnaient sur une rue latérale. En réalité, le mur en question, apparemment le vestige d'une construction ancienne, était fait de deux épaisseurs de vieille brique crayeuse séparées par un couloir de moins d'un mètre de large, sur lequel on avait, plus récemment, tendu un treillis soutenant un fouillis de plantes grimpantes qui formait un toit dense et feuillu. Le passage était traîtreusement jonché de pierraille et de brisures de brique, mais Chauncey s'y déplaçait d'un pied léger, frôlant les deux parois de ses épaules, son bonnet tricoté accroché, à tout instant, par les branches pendantes de lierre.

Au bout du couloir, il y avait une autre porte en bois, aussi discrète que la première, que Chauncey ouvrit avec la même clef. Il sortit sur un terre-plein pavé de briques, comme s'il émergeait du sous-sol d'un hôtel particulier fort semblable au sien.

Le lieu de rendez-vous avec Dortmunder et son spécialiste des systèmes d'alarme avait été fixé à deux carrefours de là. En s'en approchant, par le côté sud de Madison Avenue, Chauncey ralentit l'allure, avec l'espoir d'apercevoir Dortmunder avant d'être repéré par lui. Il était près de 23 heures, et la chaussée grouillait de taxis pressés, de bus empêtrés dans les bouchons et de voitures particulières lentes, mais les trottoirs étaient presque vides. Chauncey, son haleine s'échappant en petits nuages, s'arrêta net, avant d'atteindre le croisement et, le front plissé, se mit à inspecter les quatre coins du carrefour. Mais Dortmunder n'était nulle part en vue.

Un pépin ?... Chauncey était convaincu d'avoir « pigé » Dortmunder. Dortmunder, avec son attitude en « retrait », ses maigres ambitions et sa mentalité défaitiste. Un être, assurément, tout disposé à se laisser diriger par une personnalité forte, personnalité que Chauncey s'attribuait tout naturellement. Le choix de Stonewiler l'avait pleinement satisfait et il était convaincu que Dortmunder n'essaierait pas de jouer au plus malin.

Lui-même, au demeurant, n'avait pas la moindre

intention de manquer à ses engagements. Il paierait ses cent plaques à ce type et bon vent.

Mais, en attendant, où était-il donc passé ? Déconcerté, Chauncey recula de quelques pas pour se poster dans l'entrée sombre d'une boutique, et, aussitôt, son talon gauche s'appuya sur quelque chose de mou et qui bougeait.

— Ouille ! brailla quelqu'un tout près de son oreille. Vous m'écrasez le pied !

Chauncey pivota, effaré : « Dortmunder ! Qu'est-ce que vous fichez-là ? »

— La même chose que vous, répondit Dortmunder qui descendit sur le trottoir en boitillant, suivi d'un personnage efflanqué, à tête d'intellectuel, qui portait de grandes lunettes et une de ces trousses de cuir noir qu'affectionnaient les médecins, du temps où ils faisaient la tournée de leurs malades.

Dortmunder, par-dessus son épaule, jeta à Chauncey un regard hargneux : « Alors ? Vous vous amenez ? »

7

Dortmunder et Chefwick furetaient sur le toit de l'hôtel particulier de Chauncey comme deux chiens de chasse reniflant une piste. Chauncey, debout, éclairé par la lumière oblique venant de la trappe ouverte, les observait, avec un sourire teinté d'optimisme.

Dortmunder, quant à lui, se méfiait du gars Chauncey. Pour un Dortmunder ou un Chefwick, en effet, il était normal de se mettre en planque, ça faisait, plus ou moins, partie de leur métier, mais Chauncey passait pour un citoyen « régulier » et, qui plus est, pour un citoyen riche. Alors que faisait-il tapi dans les encoignures de portes ?

Dortmunder avait la conviction que toutes les professions auréolées d'un certain prestige – le cambriolage, par exemple, ainsi que la politique, le cinéma ou le pilotage d'avion – comptaient de vrais pros qui connaissaient bien leur boulot, mais en attiraient quantité d'autres qui s'intéressaient un peu trop au côté glamour du métier sans se soucier de la qualité du travail, et ceux-là bousillaient tout pour les premiers. Si Chauncey se révélait être un de ces rigolos qui aimaient se la jouer, Dortmunder se verrait dans l'obligation de reconsidérer sa proposition.

Enfin, pour le moment, ils étaient sur ce toit, alors autant étudier sérieusement les lieux. Car même si l'affaire tombait à l'eau, il serait utile de savoir comment s'introduire dans la place à quelque date ultérieure.

L'hôtel particulier faisait partie d'une dizaine de maisons mitoyennes construites à la fin du XIXe siècle, à l'époque où les New-Yorkais bien nantis commençaient seulement à emménager au nord de la 14e Rue. Hautes de trois étages, larges d'environ quatre-vingts mètres, la façade en pierre et les arrières en brique, elles avaient en commun un toit long et plat, coupé par des murettes de brique qui délimitaient les résidences. Trois de ces hôtels, dont celui de Chauncey, comportaient des superstructures, qui abritaient la machinerie des ascenseurs, installés après coup.

Les antennes de télévision poussaient sur tous les toits, comme les poils clairsemés d'une barbe d'adolescent, mais certaines étaient tordues, d'autres penchées, d'autres complètement affalées, témoignant des progrès de la télévision par câble. Le toit était goudronné sur une couche d'isolant bituminé. Le muret en façade avait gardé les traces d'un escalier de secours depuis longtemps démonté.

Tandis que Chefwick étudiait les fils qui couraient sur le toit, reliés aux poteaux téléphoniques et électriques proches, tandis qu'il gloussait, marmonnait et clignotait derrière ses lunettes, Dortmunder s'en était allé explorer l'étendue des toits. Il enjamba les murettes de brique et fit crisser sous sa semelle le revêtement goudronné, pour, enfin, atteindre l'extrémité de la terrasse et s'arrêter face à un grand mur aveugle de brique. Pas tout à fait aveugle, à vrai dire, car on distinguait de loin en loin le contour de fenêtres murées.

Qu'était cette bâtisse ? Dortmunder s'avança, côté

façade, se pencha par-dessus le parapet – en s'efforçant de ne pas capter dans son champ de vision le trottoir qui courait douze mètres plus bas – et constata que la bâtisse en question était un quelconque théâtre ou salle de concert, donnant sur Madison Avenue. De sa position il ne voyait que le côté de l'édifice, avec ses échelles d'incendie et les affiches annonçant le prochain spectacle.

Dortmunder s'éloigna du parapet à reculons et se mit en devoir d'examiner le mur aveugle qui dominait de quatre ou cinq mètres le toit des hôtels particuliers. Tout en haut, il distingua plusieurs jours grillagés, mais aucun ne proposait de solution valable à un être humain cherchant un passage.

Son inspection terminée, Dortmunder rebroussa chemin et vit que Chauncey attendait toujours à côté de la trappe ouverte pendant que Chefwick, suspendu à l'arrière du bâtiment, tête à l'envers, chantonnait gaiement à voix basse tout en examinant le système électrique. L'espace d'une seconde, le contrôleur électrique s'illumina, révélant la concentration absolue de son visage.

Dortmunder continua jusqu'à l'autre extrémité du toit commun, et se retrouva devant un vide, large de trois bons mètres, au-dessus d'une allée desservant un immeuble d'habitation dont les fenêtres calfeutrées étaient toutes masquées par une variété de tentures épaisses, persiennes, écrans japonais, stores et autres volets style New England. Dortmunder s'imagina une planche enjambant le vide de part en part, entre le toit sur lequel il se tenait et une de ces fenêtres, puis se vit immédiatement rampant sur ce pont de fortune. Il chassa aussitôt les deux visions fugaces et, tournant le dos au bâtiment, rejoignit Chauncey et Chefwick qui se nettoyait les mains avec une lingette, tirée de sa sacoche de cuir. « On va passer par là-bas », dit Dortmunder en désignant le mur aveugle sur l'arrière du music-hall.

— Ensuite, la meilleure voie de pénétration serait la cage de l'ascenseur, déclara Chefwick. (Et s'adressant à Chauncey :) Ça nous faciliterait les choses si l'ascenseur n'était pas arrêté au dernier étage.

— Il n'y sera pas, promit Chauncey.

— En ce cas, pas de problème, dit Chefwick. Tout au moins en ce qui me concerne. (Il interrogea Dortmunder du regard.)

Il était temps de mettre les choses au point et Dortmunder dit à Chauncey : « Si vous me parliez un peu du passage par lequel on est venus, çui qui donne dans votre cour, derrière. »

— Oh, il n'est pas question que vous passiez par là, déclara Chauncey. Ça vous obligerait à traverser la maison, avec des gens un peu partout.

— Dites-moi toujours ce que c'est, ce passage…

— Excusez-moi, dit Chauncey, qui s'avança vers Dortmunder, quittant la zone éclairée autour de la trappe. Mais je crains de ne pas avoir compris. Qu'est-ce que vous voulez savoir ?

— À quoi il sert ?

— Vous voulez dire à quoi il était primitivement destiné ? (Chauncey haussa les épaules.) Sincèrement, je n'en sais rien, mais j'ai l'impression qu'à l'origine, ce n'est qu'un mur creux. Il semble, d'autre part, que cette maison ait été un cabaret clandestin, à une certaine époque, du temps de la Prohibition, et c'est là que les portes ont été posées.

— Mais vous, il vous sert à quoi ?

— À rien, je vous assure, dit Chauncey. Il y a quelques années, quand des groupes de rock venaient à la maison, il servait à faire entrer de la dope mais, a priori, je n'ai aucune raison de l'utiliser. Sauf ce soir, bien sûr. À mon avis, il vaut mieux que j'évite d'être vu en compagnie de personnages un peu douteux juste avant que ma résidence ne soit cambriolée.
— D'accord, fit Dortmunder.
— À mon tour de vous poser une question, reprit Chauncey. Pourquoi cet intérêt pour le passage ?
— Je voulais savoir si vous vous preniez pour un héros de bandes dessinées, expliqua Dortmunder.

Chauncey, d'abord surpris, puis amusé, tapa de son index le bras de Dortmunder, qui détestait ce genre de familiarités.

— Je vous garantis, Monsieur Dortmunder, que je n'ai rien de romanesque.
— Tant mieux, répondit Dortmunder.

8

L'un des habitués était couché de tout son long sur le comptoir du bar et grill O.J., dans Amsterdam Avenue, ce jeudi soir, quand Dortmunder et Kelp firent leur entrée. L'habitué appliquait contre sa figure un torchon de bar, humide et d'une propreté plus que douteuse, tandis que trois autres habitués discutaient de la meilleure façon d'arrêter une hémorragie nasale.

— Faut lui foutre un cube de glace dans le cou, disait l'un.

— Tu me fais ça et ch'te golle un bain, avertit la voix du patient, une menace qui se perdit dans les profondeurs du torchon.

— Fais-lui un garrot, suggéra un autre.

— Où ça ? questionna le premier en fronçant les sourcils.

Pendant que les habitués examinaient leur infortuné camarade, essayant de trouver la partie du corps propice à un garrot capable de stopper une hémorragie nasale, Rollo arriva de l'autre côté du bar et, par-dessus les brodequins coqués de son client, salua Dortmunder et Kelp d'un signe de tête.

— Comment ça va ? demanda-t-il.

— Mieux que lui, répondit Dortmunder.

— Il s'en remettra, fit Rollo en ignorant d'un haussement d'épaules la scène digne d'une tragédie antique.

Y a Vodka-vin rouge qui est là. Y a aussi Sherry et Bière-et-Sel.

— On est bons derniers, conclut Dortmunder.

— Sympa de te revoir, dit Rollo à Kelp avec un salut de la tête.

— Sympa d'être de retour, répliqua Kelp.

Pendant que Rollo s'en allait préparer leurs boissons, Dortmunder et Kelp observèrent l'équipe d'urgence. Un des habitués tentait maintenant de fourrer dans le nez du patient des serviettes en papier pendant qu'un autre essayait de convaincre le pauvre bougre qu'il devait compter jusqu'à cent.

— Mais non, on fait ça quand on a le hoquet, dit un troisième.

— Pas du tout. Pour le hoquet, faut boire son verre du mauvais côté.

— Ça, c'est quand on s'évanouit.

— Non ! Quand on tourne de l'œil, faut mettre sa tête entre ses genoux.

— Non, non, non ! Si quelqu'un perd connaissance, tu le gifles.

— Échaye et t'auwas affaire à moi, s'interposa le patient à travers le torchon, la bouche pleine de serviettes en papier.

— Tu te goures, déclara le deuxième au troisième. C'est quand le mec devient hystérique qu'il faut le gifler.

— Absolument pas, répliqua son interlocuteur. Pour l'hystérie, faut de la chaleur. Non attends, c'est peut-être du froid…

— Ni l'un, ni l'autre. La chaleur ou le froid, c'est pour les chocs psychologiques.

— Non, je me rappelle maintenant, rétorqua l'autre.

La chaleur, c'est pour l'hystérie et le froid contre les brûlures.

— Mais t'y connais rien à rien ! Quand y a brûlure, faut mettre du beurre.

— Ça y est ! Maintenant ça me revient ! s'écria le troisième client. Le beurre, c'est excellent contre les saignements de nez !

Tout le monde le regarda. Même le patient.

— Du beurre pour une hémorragie nasale ? interrogea le premier habitué, les mains remplies de serviettes en papier.

— Mais oui ! Faut lui bourrer les narines avec du beurre ! Rollo, passe-nous un morceau de beurre !

— Que dalle ! Vous be bettrez rien dans le dez !

— Du beurre ! fit le deuxième habitué d'un air dégoûté. C'est de la glace qu'il lui faut. Rollo !

Rollo, sans prêter attention aux demandes de beurre et de glace, longea les jambes de son client mal en point, et posa le plateau sur le comptoir pour le faire glisser vers Dortmunder. Sur le plateau étaient disposés une bouteille de bourbon maison de l'Amsterdam Avenue, deux verres emplis de glaçons et un verre contenant, sans aucun doute, une vodka-vin rouge. « À t'à l'heure », dit Rollo.

— Ça marche.

Dortmunder allait ramasser le plateau, mais Kelp le gagna de vitesse. Il saisit même l'objet avec un tel empressement que la bouteille de bourbon se mit à osciller dangereusement et serait tombée, si Dortmunder n'était intervenu à temps pour la remettre d'aplomb.

— Merci, dit Kelp.

— Ouais, fit Dortmunder, en prenant la direction de l'arrière-salle.

Mais Kelp s'arrêta de nouveau pour apporter sa contribution personnelle à l'équipe médicale.

— Ce qu'il faut faire quand on saigne du nez, expliqua-t-il, c'est mettre une pièce en argent sur chaque côté du nez.

Les habitués cessèrent immédiatement leurs querelles pour froncer les sourcils en direction de l'inconnu.

— Aucune pièce en argent n'a circulé dans ce pays depuis 1965, fit remarquer l'un d'eux avec beaucoup de dignité.

— Oh, dit Kelp. Alors c'est sûr que ça pose problème.

— 1966, corrigea un autre habitué.

Dortmunder, qui avait pris de l'avance, se retourna à Kelp.

— Tu t'amènes, oui ? lança-t-il.

— Tout de suite, répondit Kelp en se hâtant vers lui.

Tandis qu'ils longeaient les Pointers et les Setters, Dortmunder reprit :

— Bon... maintenant tâche de te souvenir de ce que je t'ai dit. Tiny Bulcher va pas te faire fête parce que tu lui coûtes cinq plaques ; alors tiens-toi à carreau et laisse-moi causer.

— Compris.

Dortmunder lui jeta un bref regard mais ne dit rien. Arrivés à la porte verte de l'arrière-salle, ils découvrirent Stan Murch, Roger Chefwick et Tiny Bulcher autour de la table tendue de feutre vert. « ... alors je me suis pointé dans sa chambre, à l'hosto, et je lui ai cassé l'autre bras », concluait Tiny.

Chefwick et Murch, les yeux rivés sur Bulcher,

évoquaient des moineaux fascinés par un serpent. Ils accueillirent Dortmunder et Kelp avec des petits sourires éperdus : « Ah vous voilà ! » s'exclama enfin Chefwick, dont l'œil luisait d'un éclat un peu fou. Quant à Murch, il ouvrit les bras en un geste de conviabilité bidon, et claironna : « Salut, les hommes ! Tous présents à l'appel !

— Exact, dit Dortmunder.

D'un débit plus rapide qu'à l'ordinaire, les mots se bousculant sur ses lèvres, Murch commença : « Ce coup-ci, j'ai carrément changé de route, c'est pour ça que j'étais là de si bonne heure. En partant de Queens, j'ai pris Grand Central et j'ai roulé quasiment jusqu'à Triborough…

Pendant ce temps, Kelp posait le plateau sur la table et plaçait une nouvelle consommation devant Bulcher.

— Et voilà, dit-il d'un ton jovial. Vous êtes Tiny Bulcher, n'est-ce pas ?

— Ouais, répondit Bulcher. Et toi, t'es qui ?

— … j'ai alors quitté la Centrale et j'ai tourné à gauche, sous le viaduc et… euh…

— Moi, je m'appelle Andy Kelp. On s'est déjà rencontrés, il y a sept ou huit ans… un petit boulot chez un bijoutier, dans le New Hampshire.

Bulcher dévisagea Kelp d'un œil blafard : « Je t'avais à la bonne, moi ? »

— Tu parles, dit Kelp, en s'asseyant à la gauche de Bulcher. Même que tu m'appelais « mon pote ».

— Ah bon ? fit Bulcher. (Il se tourna vers Dortmunder.) Qu'est-ce qu'il vient foutre ici, mon pote ?

— Il est dans le coup, répondit Dortmunder.

— Tu m'en diras tant ! (Bulcher coula un regard vers

Murch et Chefwick, puis reporta les yeux sur Dortmunder.) Alors, qui c'est qu'y est plus, dans le coup ?

— Personne. C'est une cordée de cinq, maintenant.

— Tiens donc ! Bulcher hochait la tête, en examinant son verre de vodka-vin-rouge, comme si le mot clef de la situation était gravé dessus. Puis il parla, s'adressant toujours à Dortmunder.) Et sa part, elle sortira d'où ?

— Pareil que les autres. On touchera vingt mille par tête.

— Hum, hum... (Bulcher se renversa sur sa chaise qui geignit de terreur, et, l'air rêveur, examina Kelp, dont la jovialité commençait à s'estomper.) Si j'ai bien compris, dit Bulcher, t'es mon pote à cinq mille dollars, hein ?

— En quelque sorte, dit Kelp.

— Jusqu'à ce jour j'ai jamais porté dans mon cœur les mecs qui me coûtaient cinq bâtons, déclara Bulcher. Rappelle-moi voir... où c'est déjà qu'on est devenus potes, tous les deux ?

— Dans le New Hampshire... une bijouterie...

— J'y suis ! (Bulcher opinait du chef, son énorme tête branlant comme un rocher instable, sur le contrefort de ses épaules.) C'est là qu'y avait un double système d'alarme. On n'a jamais pu y rentrer, dans c'te taule. New Hampshire aller-retour, et tout ça pour que dalle.

Dortmunder chercha le regard de Kelp, mais ne le trouva pas. Souriant toujours à Bulcher, Kelp disait : « C'est bien ça. L'engailleur, il s'était foutu dedans. Si j'ai bonne mémoire, tu l'as même drôlement dérouillé. »

— Un peu. Y avait de quoi.

Bulcher ingurgitait lentement de longues rasades de

sa consommation renouvelée, tandis que Kelp continuait à lui sourire, Dortmunder à le considérer, l'air soucieux, et que Murch et Chefwick reprenaient leur numéro de moineaux hypnotisés. Bulcher, enfin, reposa son verre, et dit à Dortmunder : « Il nous servira à quoi ? »

– J'ai déjà travaillé sur le coup, intervint Kelp, sémillant et zélé, sans tenir compte du message tacite de Dortmunder qui se traduisait par « boucle-la ».

Bulcher dévisagea Kelp : « Par exemple ! En quoi faisant ? »

– J'ai inspecté le local... Hunter House que ça s'appelle. Comment on y rentre, comment on en sort.

– On va passer par le toit d'un théâtre de variétés, expliqua Dortmunder qui, plus que tout, désirait que Kelp soit frappé d'une laryngite aussi soudaine qu'aiguë.

– Ah ouais ? Et on paie vingt plaques à ce mec pour nous dire comment on rentre dans un théâtre ? (Bulcher se pencha en s'accoudant sur un avant-bras monstrueux.) Moi, je peux te filer le tuyau pour dix bâtons. T'achètes un billet.

– Je les ai achetés, les billets, déclara Kelp. On va entendre le Grand Orchestre Calédonien de la Reine.

Dortmunder soupira et, exaspéré, hocha la tête avant de s'interrompre pour se resservir du bourbon Spécial Maison. Il but quelques gorgées et avec humeur regarda Kelp qui remplissait son propre verre.

« Tiny, c'est moi qui planifie l'opération, reprit-il. C'est mon boulot. Ton boulot à toi consiste à trimbaler les grosses charges et à éliminer les gens qui se mettent en travers. »

Bulcher désigna Kelp d'un pouce épais comme un épi de maïs : « C'est de son boulot à lui qu'on cause. »

— On a besoin de lui, dit Dortmunder, en croisant ses chevilles sous la table.

— Comment ça se fait qu'on n'a pas eu besoin de lui à notre première réunion ?

— J'étais en déplacement, expliqua Kelp vivement. Dortmunder, il savait pas où me trouver.

Bulcher lui jeta un regard écœuré. Dortmunder en fit autant.

— De la merde, dit Bulcher.

Il se tourna vers Dortmunder :

— T'as pas du tout parlé de lui, l'autre fois.

— C'est qu'à ce moment-là, je savais pas encore qu'on aurait besoin de lui. Écoute, Tiny, entre-temps j'ai été visiter la baraque. Faut qu'on y accède d'en haut, par la cage de l'ascenseur, qu'on descende un mur en briques de quatre ou cinq mètres, qu'on le remonte ensuite et on a pas toute la nuit pour boucler le job. Un cinquième gars sera pas de trop. C'est moi qui dirige l'opération et je te dis qu'on a besoin de lui.

De nouveau, Bulcher porta toute son attention sur Kelp, comme s'il essayait d'imaginer dans quelles circonstances il aurait pu avoir besoin de cet individu.

— C'est à prendre ou à laisser, alors ? demanda-t-il à Dortmunder sans lâcher Kelp des yeux.

— Oui, répondit Dortmunder.

— Bon, ben… dans ce cas…

Un sourire lugubre transforma le rictus de Tiny en un mélange de mauvaise blessure de baïonnette et la craquelure d'une citrouille vieille de six mois.

— Bienvenue à bord, mon pote. Je suis sûr que tu nous seras foutrement utile.

Dortmunder exhala le souffle qu'il retenait depuis un bon moment, et ses épaules s'affaissèrent de soulagement. Le plus dur était passé : « Et maintenant, dit-il, pour en revenir à la soirée de demain… Stan Murch va donc nous conduire au Hunter House en question, un peu avant 20 h 30… »

9

Le local était plein d'Écossais. Ils étaient des centaines à gambader dans les travées, à s'agglutiner dans le foyer et, à chaque instant, il en arrivait de nouveaux contingents. Certains portaient le kilt, d'autres chantaient, certains défilaient bras dessus, bras dessous, et la plupart brandissaient des chopes, des flasques, des bouteilles, des tasses, des verres, des bocaux, des demis, des gobelets ou des cruches, les uns et les autres s'interpellant dans une langue étrange et barbare. On remarquait, jetées autour de bien des cous et flottant derrière bien des dos, des écharpes aux couleurs des équipes les plus populaires de foot ou de rugby. Des bérets à pompons de laine de teinte vive étaient crânement rabattus sur des yeux pleins d'éclairs. Hunter House éclatait de saine joie écossaise.

– Eh bien, voilà autre chose, dit Dortmunder.
– Ma parole, il porte une robe, ce gugusse.
– Un kilt, rectifia Roger Chefwick.

Une section de son train électrique comprenait un passage à niveau de fabrication anglaise où, à chaque passage de train, surgissait un bonhomme sur glissière, habillé d'un kilt et agitant un drapeau rouge. Chefwick était grand connaisseur en matière de kilts.

– C'est tous des Écossais ici, expliqua-t-il.

– Eh ben d'accord ! dit encore Dortmunder. Nous voilà bien !

– J'ai les billets, déclara Kelp, impatient d'emmener son monde dans les combles et de se mettre à l'ouvrage. Suivez-moi !

L'opération, néanmoins, présentait quelques difficultés. Kelp voulait prendre la tête de la troupe, mais il avait beau se tourner dans tous les sens, il trouvait toujours dans son chemin une demi-douzaine d'Écossais. Il faut dire que le rouleau de quinze mètres de corde à linge en vinyle, qu'il avait fourré dans la poche de sa veste, réduisait singulièrement sa souplesse de manœuvre. Toujours est-il que, malgré ses efforts, le groupe faisait du surplace. Ils étaient là, quatre innocents spectateurs sur un radeau, contemplant une mer déchaînée d'Écossais.

Et maintenant quelques-uns se battaient. Là bas, au niveau du deuxième rang, deux ou trois gars se roulaient par terre, s'empoignaient et se balançaient des coups de poing pendant qu'une demi-douzaine de leurs compères essayaient de les séparer, ou de se joindre à eux, difficile de savoir au juste.

– Mais enfin, pourquoi ils se battent ? s'écria Kelp.

Un Écossais qui passait justement par là prit le temps de lui répondre avant de se jeter dans la mêlée pour participer à la discussion : « Ben, tu vois, si c'est pas une histoire de football ou de politique, c'est sûrement à cause de la religion.

– Kelp ! Donne-moi ces billets ! ordonna Dortmunder, avec une brusquerie hargneuse.

Qu'allait-il en faire ? Demander à se faire rembourser ? À contrecœur, Kelp lui tendit les tickets mais

Dortmunder se tourna aussitôt et les remit à Tiny Bulcher.

– C'est toi qui ouvres le passage.
– Pas de problème, dit Bulcher.

Enfermant les billets dans son poing formidable, il se propulsa en avant, remuant coudes et épaules, tamponnant à droite, tamponnant à gauche des Écossais éberlués, et remorquant ses trois équipiers.

Mais quand enfin ils atteignirent le balcon, ce fut pour constater que la foule y était si dense qu'il n'y avait aucun espoir de gagner, sans se faire repérer, la porte donnant sur les combles. « On s'assoit et on attend, décréta Dortmunder.

Et, toujours précédés de Bulcher, ils traversèrent la cohue et trouvèrent leurs fauteuils.

– Dans les chemins de fer, vous seriez la reine des locomotives, dit Chefwick à Bulcher, en s'asseyant.

10

Dans le *New York Post* du mercredi – à la rubrique, qui, à une époque révolue, s'appelait « La page des femmes », mais qui aujourd'hui jouit d'un anonymat discret pour présenter des nouvelles à la mode, des échos mondains et des recettes de cuisine à un public qui, très probablement, n'est féminin qu'à cinquante-deux pour cent – était parue l'information suivante :

Pour quelques jours parmi nous, la Princesse Orfizzi (l'ex-Madame Wayne Q. Trumbull) et son mari, le Prince Électeur Otto de Toscane-Bavière, venus assister au vernissage de la rétrospective Hal Foster, au Moma, séjourneront au domicile new-yorkais de notre jet-setter Arnold Chauncey, qui nous est revenu après son voyage éclair à Brasilia. Également invités d'Arnold Chauncey : MuMu et Lotte de Charraiveu-neuirauville, venus à New York pour rencontrer le créateur de mode Humphrey Lestanza, dans ses nouveaux salons de la 61ᵉ Rue Est. Vendredi, est prévue une soirée chez Chauncey, avec pour invités de marque le Cheik Rama el-Rama el-Rama El, ainsi que la star du grand écran Lance Sheath et Martha Whoopley, l'héritière de l'empire cosmétique bien connu.

Sacré dîner, foutue corvée ! Arnold Chauncey, camouflé sous le masque souriant du maître de maison comblé, présidait la tablée en observant ses invités avec une bienveillance qui n'égalait que celle de Dortmunder observant les Écossais. Pour commencer, Mavis et Otto Orfizzi se vouaient une haine réciproque si peu cordiale et si franchement méprisante, distillant un venin verbal si virulent que personne en leur présence ne se sentait tout à fait à l'abri. MuMu et Lotte de Charraiveuneuirauville, eux, étaient si totalement absorbés par leur propre personne que, dans le meilleur des cas, il ne fallait pas compter sur leur assistance. Quant aux invités non résidents, ils défiaient la patience la plus éprouvée, exception faite, toutefois, de Madame Homer Biggott et de son époux, général de brigade en retraite, qui paraissaient tout simplement défunts. Le Cheik Rama, en revanche, était furieusement en vie : il insultait avec une gaieté suave tout convive sur lequel se posait son œil luisant d'olive noire et lançait des plaisanteries sur le rapide déclin de l'Occident et la prise de pouvoir prochaine du monde arabe en ponctuant le tout inlassablement et sans la moindre vergogne, des noms de l'élite internationale comme s'il ne gravitait qu'au milieu d'eux : au final, il se comportait comme le petit snobinard de nouveau riche qu'il était, fier de son éducation toute britannique à Cambridge.

Mais la pire de tous était Laura Bathing. « Allons mon chou, ça n'a vraiment aucune importance », avait-elle déclaré à Chauncey dès son arrivée lorsque ce dernier lui avait présenté ses excuses (le nom de Laura, à la suite d'une déplorable confusion, n'avait pas été mentionné dans l'article du *Post*). Au cours des deux heures qui suivirent, elle montra, d'ailleurs, à quel point cette omission avait peu d'importance, en cassant, dans une série de petits accidents malencontreux, trois verres, deux assiettes, un cendrier et une lampe de table, en laissant sur son passage une traînée d'éclaboussures de whisky, de vin et de sauce et en invectivant quasiment sans trêve et à tue-tête le personnel domestique de Chauncey, tant et si bien que celui-ci devait résister à la tentation de lui faire remarquer que, de nos jours, il était bien plus difficile de trouver des gens pour servir à table que des convives pour s'y faire servir. Les choses s'arrangeaient d'autant moins que Lance Sheath et MuMu de Charraiveuneuirauville étaient tous deux occupés à courtiser – non, assiéger serait le terme approprié – l'héritière d'une grande marque de produits de beauté, Martha Whoopley, un boudin quadragénaire, informe et fade, dont le visage évoquait un plat de pâtes réchauffé, dont la personnalité avait le zeste d'un tampon hydrophile, et dont la fortune personnelle s'élevait à quelque onze millions de dollars.

MuMu, de toute évidence, nourrissait des rêves de promotion matrimoniale et Chauncey, ignorant que Lance était en ce moment à la recherche d'un commanditaire pour son prochain film, avait songé à brancher Lance sur Laura Bathing. Cette dernière, placée entre le Cheik insulteur et le dos de Lance Sheath – obstinément tourné vers Martha Woopley –, ne s'était guère résignée à son sort et semblait encore plus déterminée à débarrasser la résidence Chauncey de tout ce qu'elle contenait de fragile, et ce, avant la fin du repas.

Quant à Otto Orfizzi, il avait tenté sans succès de s'attirer les bonnes grâces du Cheik en racontant une blague juive qui n'avait amusé personne – non pas à cause de son caractère antisémite, mais parce qu'elle avait été mal racontée, que deux des invités se trouvaient être juifs et que, tout bonnement, elle n'avait rien de très drôle. Mais l'occasion avait permis à Mavis Orfizzi de se tourner vers Chauncey, avec un sourire de feinte commisération.

— Veuillez excuser Otto, le pria-t-elle. Vous ne sauriez imaginer combien il peut être balourd.

Chauncey parvenait à garder le sourire, sachant que ce groupe de harpies et de crapauds vantards allaient sous peu se faire dévaliser, et ce par sa propre entremise.

— Ne vous faites aucun souci, chère Mavis. J'estime que nous devons prendre la vie comme elle vient.

— C'est vrai ? questionna Mavis avec un sourire factice d'apitoiement sur son propre sort. Ce doit être réconfortant de traverser l'existence avec une telle philosophie.

— Ça l'est, en effet, déclara Chauncey. Après tout, nous sommes bien incapables de prévoir les coups durs que le destin nous réserve, n'est-ce pas ?

Et, pour la première fois depuis le début de la soirée, le sourire qu'il accorda à ses invités fut absolument sincère.

11

Joe Mulligan, un costaud rondouillard d'allure imposante, s'arrêta au détour d'un couloir désert pour dégager le fond de son pantalon d'uniforme coincé dans la fente de son postérieur, et constata en se retournant que Fenton était là, et le regardait.

— Huh, hum, fit-il en le saluant d'un petit signe de tête. Rien à signaler dans ce secteur.

Fenton, son chef direct, prit un air sévère.

— Joe, ça ferait bel effet si tout ce beau linge te voyait te balader avec les doigts dans le cul.

— Tu parles ! répliqua Mulligan, d'un ton gêné mais relevé d'une pointe d'indignation. Ils sont encore tous à table. Et puis, un mec a bien le droit de rajuster son pantalon de temps en temps.

— Les costauds un peu ronds plus souvent que les autres, rétorqua Fenton.

Petit personnage sec à la dentition en céramique, il était un tantinet pointilleux en matière de règlement et aurait préféré que les gars s'adressent à lui en l'appelant « Chef », ce qu'ils ne faisaient jamais.

— Tiens, tant que t'es là, va donc jeter un coup d'œil à la porte de service, ajouta-t-il.

Puis portant le doigt à son front en manière de vague salut, il repartit vers l'escalier.

Joe Mulligan, qui faisait partie, ce soir-là, des sept

privés chargés de veiller sur la demeure de Chauncey, avait à l'instar de ses collègues, revêtu un uniforme couleur bleu marine de policier avec, sur l'épaule gauche, un écusson triangulaire portant ces mots : « Agence continentale de Surveillance. » Il avait, au demeurant, les pieds plats et une stature puissante tout en rondeur qui le faisaient ressembler à un policier, comme le voulait la logique puisqu'il avait passé douze ans dans la police de New York avant de quitter la ville et se faire embaucher à Hampstead par la succursale de l'Agence continentale de Long Island.

Dans le temps, un policier qui faisait preuve d'inaptitude ou de stupidité était renvoyé de la ville pour être nommé dans un bled et « Battre la semelle à Staten Island » était alors l'expression la plus courante de la menace qui planait au-dessus des commissariats de la ville. Mais quand les années soixante se mirent à balancer de plus en plus follement à la manière d'un boulet de démolition, la direction des transferts s'inversa et la tranquillité paisible de Staten Island devint de plus en plus recherchée alors que le cœur terrifiant de la ville perdait son attirance d'antan. Mulligan et son équipe en étaient des exemples vivants : ils se retrouvaient à Manhattan, punis parce qu'une banque s'était fait braquer dans leur secteur à Long Island, deux ans auparavant. Personne n'avait démissionné, tous les sept continuaient à faire équipe et Fenton avait résumé la situation en ces termes : « Nous continuerons à travailler aussi bien qu'autrefois, comme à notre habitude. Nous sommes des professionnels et, un jour ou l'autre, nous serons de retour en haut de l'échelle. Nous quitterons New York pour revenir à Long Island, à notre vraie place. »

C'est pour cette raison qu'ils traitaient toutes les missions, même les plus anodines (mariages, concours de chiens, salons du livre...) avec le même sérieux que les troupes du débarquement.

Pour l'opération en cours, trois équipes de deux hommes avaient été constituées, Fenton circulant de l'une à l'autre. Chaque équipe était chargée de surveiller une partie de la maison, y compris les étages supérieurs, malgré les consignes nettement formulées par le client. Celui-ci avait dit, en effet : « Portez toute votre attention sur les issues du rez-de-chaussée et ne vous occupez pas des appartements du haut. » Mais, ainsi que Fenton l'avait dit à ses hommes : « Si on nous engage, c'est parce que nous, on connaît le boulot et que le client, il le connaît pas. »

Les équipes, au demeurant, changeaient de secteur toutes les demi-heures, afin de ne pas relâcher leur vigilance après s'être familiarisées avec les lieux. D'ailleurs, si Mulligan était seul au premier étage, c'est parce que son coéquipier, Garfield, était monté au troisième pour relayer Morrison et Fox, qui allaient, à leur tour, prendre leur faction au premier, tandis que Dresner et Block descendaient au rez-de-chaussée, permettant à Mulligan de rejoindre Garfield aux étages supérieurs.

Mais, d'abord, un coup d'œil à la porte de service... toujours verrouillée et inviolée. Mulligan, par la petite vitre en losange, inspecta la cour noyée d'ombre, ne vit rien d'insolite et s'éloigna.

Des pas dans l'escalier... Mulligan se tourna et vit Dresner et Block qui arrivaient.

– Salut, les mecs, dit-il.

– Ça va ? répondit Block avec un signe de tête en guise de salutation.

– C'est tranquille ? fit Dresner, à son tour.

– On aurait pu faire ça de chez nous et rester dans nos pantoufles, répondit Mulligan. À plus tard, les gars.

Le souffle un peu court, il gravit les deux étages pour rejoindre son collègue Garfield, qui avait entamé sa carrière dans les forces de l'ordre comme flic de la police militaire en Arizona puis à Paris. Garfield, avec sa moustache d'une férocité impressionnante digne d'un shérif de western, s'exerçait à dégainer devant le miroir en pied de la salle de bains privée de Chauncey.

– Ben alors, bougonna Mulligan quelque peu irrité par la remarque de Fenton et la pénible montée des escaliers. C'est Wyatt Earp que t'attendais ?

– Tu t'es jamais rendu compte que j'avais l'étoffe d'un comédien ? demanda Garfield en rengainant avant de caresser sa moustache.

– Non, répliqua Mulligan. On se la fait, cette ronde ?

Ils montèrent donc encore un étage, le dernier cette fois. Bizarrement, celui-ci était plus élégant que les autres, peut-être parce qu'il était strictement réservé aux invités, sous entendu les décorateurs ne s'étaient pas trop préoccupés du côté pratique des choses. La chambre de Chauncey, à l'étage inférieur, était somptueuse bien sûr, mais elle servait également de lieu de travail alors que ces pièces-ci, avec leurs meubles délicats, leurs lits à baldaquin, leurs tapis persans, leurs tentures en coton repassées à la main, leurs papiers peints assortis aux couvre-lits, ressemblaient davantage à un musée. On s'attendait presque à buter contre des cordelières de velours, tendues en travers des portes, afin de permettre au visiteur de voir, tout en lui interdisant de toucher.

Mais deux des suites étaient manifestement occupées par de véritables soudards : vêtements, produits de beauté, bagages ouverts, bouts de papier et autres détritus jonchaient le sol, recouvrant d'une sorte de couche archéologique le site impersonnel d'origine. Mulligan et Garfield parcoururent les lieux en échangeant des commentaires sur ce capharnaüm.

– Je croyais que les nanas, elles portaient plus ce genre de soutiens-gorge, disait Garfield.

– Elles n'en portent plus, répondait Mulligan.

Ils enchaînèrent sur leurs espoirs d'un retour prochain à Long Island.

– Deux ans, ça commence à bien faire, dit Mulligan avec humeur. Il est temps qu'on se casse de New York et qu'on revienne au bon vieux temps.

– T'as pas tort, c'est sûr, renchérit Garfield en se caressant la moustache. Fenton devrait aller voir le Vieux pour plaider notre cause.

– Absolument, acquiesça Mulligan.

C'est pendant qu'ils s'en retournaient vers le couloir central que Mulligan, brusquement, perçut la pression caractéristique du canon d'une arme à feu au creux de ses reins, et qu'il entendit, derrière lui, une voix tranquille prononcer les mots fatals pendant que Long Island s'envolait à tire-d'aile : « Haut les mains ! »

12

En regardant les traits des deux privés à travers les yeux de la cagoule qui lui cachait le visage, Dortmunder eut l'impression de les avoir déjà vus quelque part mais comme ce détail était vraisemblablement erroné et, en l'occurrence, sans importance, il le chassa de son esprit. Aidé de Bulcher, il poussa les gardes désarmés dans le placard d'une des chambres inoccupées puis ils fermèrent la porte à clef, ôtèrent leurs passe-montagne et revinrent dans le corridor central, où un Kelp indéniablement nerveux leur dit en un murmure trembloté : « Je croyais que les gardes, ils devaient rester en bas. »

— Moi aussi, dit Dortmunder.

En fait, ils avaient tous été stupéfiés, lorsqu'en sortant de la cage de l'ascenseur ils avaient entendu un bruit de conversation dans une chambre proche. Ayant, en effet, compté sur un boulot peinard et voulant éviter tout ennui en cas de complications, une fois le boulot accompli, aucun d'eux n'était armé, mais, fort heureusement, une paire de clefs à écrous, tirées de la sacoche noire de Chefwick, avaient fait illusion, intimidant les gardes assez longtemps pour permettre à Dortmunder et à Bulcher de les soulager de leur propre artillerie et de les mettre hors circuit.

— Si on y allait, avant que ça se gâte, dit Bulcher.

Dans son poing cyclopéen, le revolver réquisitionné avait l'air d'un joujou. Il finit par le fourrer dans sa poche de pantalon.

— D'accord, dit Dortmunder. L'escalier est par là. Chefwick et Kelp, vous ratissez les chambres. Tiny et moi, on va chercher le tableau.

Le vol proprement dit fut rapidement perpétré. Dortmunder et Bulcher décrochèrent la toile, la retournèrent, la découpèrent juste au-dessus de la couche de peinture, la glissèrent, soigneusement roulée, dans un carton cylindrique et entourèrent l'ensemble de trois élastiques. Aux étages supérieurs, cependant, Kelp et Chefwick se remplissaient les poches : boucles d'oreilles, colliers, bracelets, bagues, broches, montres, épingles de cravate, une pince à billets en or, serrant une liasse de près de huit cents dollars, et toutes les autres babioles dont l'éclat avait attiré leur œil de pie pillarde. Bulcher et Dortmunder, ce dernier portant le tableau enroulé, firent le même travail dans la chambre de Chauncey, mais leur butin, chose curieuse, se révéla bien maigre. Dortmunder alors retourna au salon et, ayant trouvé sur les lieux deux pleines bouteilles de ce bourbon qui l'avait tant séduit à sa première visite, les fourra sous sa veste de cuir, puis, avec Bulcher, rejoignit les deux autres au dernier étage. « De la jolie camelote », leur chuchota un Kelp tout souriant et dont les nerfs, sans aucun doute, s'étaient miraculeusement apaisés.

Dortmunder ne jugea pas utile d'étouffer sa voix.

— C'est bon, dit-il. Tirons-nous.

Chefwick, utilisant l'un de ses excellents outils, ouvrit la porte de l'ascenseur et Kelp pénétra le premier dans la cage, pour refaire en sens inverse le chemin parcouru à l'arrivée. La cage de l'ascenseur, mesurant environ trois mètres carrés, était revêtue de béton et doublée d'un grillage de poutrelles métalliques qui soutenaient la machinerie. Kelp se propulsa d'une traverse horizontale à gauche, à une autre traverse au fond de la cage, et, de là, aux barreaux métalliques, fixés également au mur du fond, face à la porte. Il grimpa de barreau en barreau, se faufilant le long du moteur électrique, des chaînes et des poulies, groupés au haut de la cage, pour enfin émerger à l'air libre par le panneau ouvert de la superstructure. Il déroula alors une longueur de corde à linge qu'il fit couler par l'ouverture, il attendit que Chefwick y ait assujetti sa sacoche et la toile roulée, et remonta le tout sur le toit. (Dortmunder avait suivi l'opération d'un œil méfiant : Kelp n'allait-il pas laisser tomber cette sacrée toile au fond de la cage – ou plutôt sur l'ascenseur, deux étages plus bas ? Mais, à sa grande surprise, Kelp ne commit aucune maladresse.)

Chefwick fut le deuxième à escalader les barreaux métalliques et à gagner le toit, Bulcher le troisième. Dortmunder pénétra le dernier dans la cage et fit halte sur la première traverse, pour débloquer la porte, qui se referma toute seule. Son pêne, commandé électriquement, eut un léger déclic qui fut immédiatement suivi d'un bourdonnement et d'un tintement de chaînes.

Quoi ? Dortmunder regarda autour de lui et vit bouger les câbles de l'ascenseur... Bouger ? Il regarda vers le bas : l'ascenseur s'élevait vers lui. L'ascenseur montait dans la cage, glissant sur ses câbles, avec de légers cliquetis.

Miséricorde ! Il montait vite !

13

— Et celle-là, Cheik, vous la connaissiez ? demanda, à travers la table, en haussant la voix, le Prince Électeur de Toscane-Bavière, sa figure de pomme, ronde et rouge, tendue parmi les bougies.

— Il me semble probable que je l'aie entendue, répondit le Cheik Rama el-Rama el-Rama El qui, aussitôt, se retourna vers Laura Bathing : « Êtes-vous allée à Londres, ces temps-ci ? » lui demanda-t-il.

— Pas depuis un an, à peu près… Zut !

Le Cheik, narquois, la regarda tamponner la flaque de vin rouge avec sa toute dernière serviette, tandis que la main noire et le bras vêtu de blanc du serveur, engagé par Chauncey, s'insinuaient entre eux pour ramasser les éclats du verre à vin. « J'y suis passé il y a quinze jours », dit le Cheik.

— Mais attention, voyons, espèce d'empoté ! hurla Laura au domestique. Vous allez me mettre du verre dans la viande !

— J'y étais pour acheter une maison à Belgravia, expliqua le Cheik, imperturbable.

Il émit un petit gloussement aux inflexions bien huilées.

— Ces malheureux Anglais, poursuivit-il d'un ton plaisant. Savez-vous qu'ils ne peuvent plus se payer leur propre capitale ? Ils ont tous déménagé à Woking ou à Hendon.

Le Prince Électeur, cependant, essayait de placer sa bonne histoire à Lotte de Charraiveuneuirauville qui ne lui prêtait aucune attention, tout occupée à guetter d'un œil mauvais son mari, MuMu, qui assiégeait Martha Whoopley, héritière des cosmétiques et boudin. « Ce que j'ai toujours ressenti à Saint Louis, disait MuMu, c'est un je ne sais quoi de très réel, à côté de toutes les autres villes qu'il m'a été donné de connaître. Est-ce que vous le sentez aussi ?

Martha Whoopley, de sa langue, refoula des restes de choux de Bruxelles vers les poches de ses bajoues, puis répondit : « Très réel ? Ça veut dire quoi ? »

– Eh bien, après l'agitation de New York, de Deauville, de Paris, de Rome... (MuMu eut un geste gracieux, et la lumière des bougies fit scintiller ses bagues et ses bracelets, modestes échantillons d'une collection considérable)... et de tous ces endroits..., résuma-t-il, ne trouvez-vous pas qu'on se sent plus... plus... oh, je ne sais pas... plus réel, quand on revient à Saint Louis ?

– Plus réel ? Je ne crois pas, non, dit Martha en enfournant un énorme morceau de baguette sans cesser de parler. J'ai passé mon enfance à Saint Louis et j'ai toujours pensé que c'était un trou infâme.

– Mais c'est bien là que vous vivez ?

– J'ai une maison juste à côté de l'usine. Faut tenir les gens de la direction à l'œil.

Vedette de cinéma et activiste de l'environnement, Lance Sheath, qui avait émergé, à la droite de Martha, comme un rocher rugueux, se pencha vers elle avec la virile assurance qui faisait son charme. « Vous devriez passer quelque temps à Los Angeles suggéra-t-il de sa voix grave qui emballait les masses. Ça vous donnerait une idée de ce que sera le monde de demain. »

— À Los Angeles, on a des ateliers de conditionnement, déclara Martha. Un peu en dehors, à Encino. Moi, je m'y plais pas. Tout ce stuc blanc me donne mal aux yeux.

Le Prince Otto, quant à lui, terminait sa blague au bénéfice de ceux qui voulaient bien l'écouter. C'était l'histoire d'une Juive qui, à son arrivée au Fontainebleau Hotel de Miami Beach, avait demandé que le personnel qui achevait de sortir ses bagages de la voiture apportât une chaise roulante pour son mari. « Mais bien entendu, répondait le réceptionniste. Toutes mes excuses, Madame. Je ne savais pas que votre mari ne pouvait pas marcher. » « Oh, il le peut, répliquait la cliente. Mais, Dieu merci, il n'en a pas besoin ! »

Pendant que le Prince riait bruyamment de sa propre plaisanterie, Chauncey se souvint d'une variante qui commençait ainsi : « L'épouse d'un Cheik entre au Dorchester de Londres... » et se terminait : « Il le peut mais, Allah soit loué, il n'y est pas obligé ! » Fallait-il qu'il laisse passer dix minutes avant de la raconter, en gardant un visage impassible ? Non. Après tout, une revanche suffisante arriverait bientôt.

Mavis Orfizzi, cependant, feignait l'horreur en étreignant son maigre corsage devant la lourdeur de son époux.

— Je n'en peux plus, hurla-t-elle à la cantonade avant de se lever d'un bond en renversant sa chaise.

Cet éclat surclassait si nettement le numéro de Laura Bathing que celle-ci cessa aussitôt de houspiller Thomas Jefferson, le serveur.

— Otto, annonça Mavis, par-dessus la tête des

convives, tu es un maladroit et un malotru, aussi bien à table qu'au lit !

— Au lit ? riposta le Prince Électeur, interrompant, sous l'attaque, sa prestation de conteur d'anecdotes. Au lit, je me garde de te toucher, j'ai bien trop peur de m'écorcher les doigts.

— Je n'en peux plus ! cria Mavis.

Constatant sans doute qu'elle en était réduite à se répéter, elle se prit la tête dans les mains, glapit : « Ça suffit ! » et s'enfuit.

Chauncey ne comprit les intentions de Mavis qu'au moment où, dans le silence effaré qui suivit son départ, il perçut un bourdonnement mécanique, lointain, mais persévérant… L'ascenseur… « Non ! » cria-t-il, le bras tendu vers la porte, par laquelle cette sacrée Grecque avait fait sa mélodramatique sortie. Mais il était trop tard… trop tard !… Laissant retomber son bras, Chauncey s'affala sur sa chaise. Au loin, le bourdonnement s'était tu.

14

– Je suis coincé, dit Dortmunder.

Coincé, il l'était bel et bien. Fébrilement, il avait enjambé les traverses jusqu'aux barreaux métalliques, au fond de la cage, mais le temps lui avait manqué pour les escalader et se mettre hors d'atteinte. La cabine s'était élevée, impitoyable, comme une machine exterminatrice dans un vieux feuilleton télé du samedi après-midi, et, avant qu'il ait pu franchir le premier échelon, l'engin l'avait rattrapé et l'avait cloué au mur.

C'étaient ces garces de bouteilles de bourbon qui lui avaient joué un sale tour. Le toit de la cabine, en effet, comportait un rebord, une sorte de moulure, qui, au passage, lui avait éraflé les mollets, lui avait bousculé le fessier, lui avait frotté les omoplates, et lui avait placé un léger gnon à l'occiput, sur quoi l'ascenseur s'était arrêté, juste au-dessus de lui. L'interstice, le long de la cloison, était un peu plus large, mais lorsque Dortmunder essaya de remonter les barreaux vers la liberté, il dut se rendre à l'évidence : les bouteilles, sous sa veste, lui rembourraient le buste et le bloquaient entre le mur et la foutue moulure. Il ne disposait pas non plus d'un espace suffisant pour bouger les bras. Impossible donc d'ouvrir la veste et de sortir les bouteilles. Il pouvait se hisser derrière la cabine et même dépasser son toit de la tête et des épaules, mais le reste de sa personne était pris au piège.

Descendant des hauteurs, le rauque chuchotement de Kelp lui parvint : « Amène-toi, Dortmunder, grouille ! »

Il leva les yeux, mais ne put renverser la tête suffisamment pour apercevoir le sommet de la cage. Et c'est en s'adressant au mur de béton qu'il chuchota sa réponse : « Je peux pas. »

Et puis, venant d'on ne savait où, mais assez proche, retentit un hurlement de femme.

« À la bonne heure ! » marmonna Dortmunder. Puis d'une voix plus forte, il enjoignit à Kelp : « Tirez-vous, tout le monde, et planquez la peinture ! »

– Et toi, alors ?
– Foutez le camp !

Et, pour clore la discussion, il s'aplatit contre la paroi et redescendit péniblement quelques échelons, afin que Kelp ne puisse plus voir sa tête.

La femme ne hurlait plus, mais il y eut soudain un brouhaha de voix, masculines et féminines. En se dévissant le cou, Dortmunder repéra un volet d'aération et à travers l'orifice, il put plonger le regard à l'intérieur de la cabine, voir sa porte ouverte et un bout de palier. Tandis qu'il examinait tout cela, en prêtant l'oreille aux voix d'hommes et de femmes, l'un de ces salauds de gardes – le gros – passa en courant devant la porte ouverte de l'ascenseur.

Il n'y avait plus qu'un parti à prendre et Dortmunder le prit. Il se mit à descendre, se faufilant derrière la cloison de l'ascenseur, s'enfonçant aussi vite qu'il le pouvait dans une obscurité quasi impénétrable, s'engouffrant dans les profondeurs du puits. Va savoir, en effet, si quelqu'un n'allait pas mettre ce satané ascenseur en marche.

Ffffrrrrrrr…

Clic… Zip – zip – zip… Dortmunder dévalait plus vite !… Plus vite !… Mais il ne pouvait prendre de vitesse l'ascenseur, dont les câbles chuintaient et vibraient à hauteur de son coude droit et dont le fond métallique, noir de cambouis – vision de cauchemar d'un dyspeptique – allait fondre sur lui d'un instant à l'autre. Il sentait l'engin au-dessus de sa tête, toujours plus proche, plus proche, inexorable, acharné.

Fffrrrrrrrr… clap…

L'ascenseur s'était arrêté… La tête de Dortmunder, rentrée dans ses épaules, comme celle d'une tortue dans sa carapace, se trouvait à un bon centimètre du plancher de la cabine. Il entendit la porte s'ouvrir et des pas lourds s'éloigner. Un garde, ou, peut-être, plusieurs, qui allaient au rapport… Cela signifiait que l'ascenseur n'était pas au rez-de-chaussée, mais au premier. Encore heureux qu'il n'eût pas achevé son parcours.

« C'est bon, c'est bon, murmurait Dortmunder pour lui-même. Pas de panique ! » alors que la question surgissait en même temps à son esprit : « Et pourquoi pas ? »

Eh bien… Il chercha une réponse et finit par la trouver : « Parce que je veux pas tomber. »

Parfait… Dortmunder descendit, donc, sans panique jusqu'au bas de son échelle de fortune et de la cage de l'ascenseur, mais ce n'est qu'en se cognant douloureusement les orteils du pied gauche qu'il sut qu'il était arrivé. Il avait cru, en effet, poser le pied sur un échelon, mais avait rencontré une surface dure, dix bons centimètres au-dessus du niveau supposé du barreau.

« Ouille », dit-il à haute voix, et les parois du puits répercutèrent son « ouille ».

Il était donc à bout de course. Lâchant l'échelle, il se mit à prospecter le ténébreux espace, lorsqu'une nouvelle et soudaine douleur au genou lui fit comprendre que l'espace n'était pas libre. Un deuxième « ouille » fut émis et répercuté. Puis Dortmunder se mit à tâtonner, en tournant sur lui-même, pour enfin arriver à la conclusion que la masse, à la base de la cage de l'ascenseur, était une sorte de gros ressort. Était-ce possible ? Dans sa tête, il visualisa un schéma explicatif en coupe transversale comme dans le magazine *Comment ça marche ?* Cage de l'ascenseur, ascenseur, mécanisme de l'ascenseur qui se dérègle, ascenseur qui tombe à pic, atterrit sur ressort géant avec un *boïng !* retentissant, ressort géant qui absorbe l'essentiel de l'impact. Bon Dieu, peut-être que ça fonctionnait vraiment comme ça.

Ffffrrrrrr…

Oh non ! Voilà cette saloperie qui redescendait, qui revenait sur lui. Dortmunder se laissa tomber sur la rugosité graisseuse du sol, le corps arqué, comme une parenthèse ouverte, et serré contre le ressort. L'ascenseur, cependant, s'arrêtait au rez-de-chaussée. Des voix d'hommes se firent entendre, engagées dans une quelconque discussion, les portes se fermèrent et la cabine vrombit en remontant au premier.

Dortmunder se leva, en se disant que ça commençait à bien faire. Pour le bacchanal écossais au théâtre, passe encore. C'était un de ces coups du destin que l'expérience vous apprenait à affronter. Mais, dans cette foutue maison, ce n'était qu'entourloupe et compagnie ! On lui avait affirmé qu'il n'y aurait pas de gardes aux étages supérieurs et il y en avait eu deux. On lui avait affirmé que l'ascenseur resterait en bas et ne lui causerait aucun souci, et voilà que ce machin de malheur voulait lui faire subir le sort d'une pomme dans un pressoir à cidre. Allait-il tolérer plus longtemps ces vexations ?

Sans doute.

À moins qu'il ne réussisse à se tirer de cette baraque. Ses yeux, cependant, s'étaient habitués à l'obscurité et il distinguait des variations dans le noir, et même des raies plus claires, là-bas, un peu au-dessus de sa tête, qui laissaient deviner une porte fermée. La porte du sous-sol ! Si jamais il parvenait à la franchir, il se débrouillerait bien pour décarrer de cette maison. De toute façon, il fallait essayer. Ça valait toujours mieux que de terminer ses jours au fond d'une cage d'ascenseur.

Contournant le ressort géant, Dortmunder s'approcha des bandes claires, tâtonna le long de la porte et chercha à l'ouvrir. Elle ne bougea pas. Il poussa de toute son énergie, mais elle ne bougea pas davantage.

Bien sûr ! Elle était commandée électriquement et ne serait débloquée que lorsque l'ascenseur s'arrêterait au sous-sol. Il fallait donc qu'il trafiquât la serrure qui devait se situer à une hauteur d'un mètre et demi, environ, à en juger par les autres portes, vues aux étages.

Dortmunder s'assit sur le ressort (l'être humain a une remarquable faculté d'adaptation au milieu, ce qui en fait un excellent sujet d'observation pour un spécialiste de la physiologie animale) et passa en revue les outils dont il pouvait disposer. À part son passe-montagne, ses vêtements et les maudites bouteilles de bourbon, qu'avait-il sur lui ?

De l'argent. Des clefs… Il aurait pu avoir des cigarettes et des allumettes, mais de voir May fumer à la chaîne avait fini par lui ôter le goût du tabac, aussi, trois ou quatre mois plus tôt, après avoir été pendant trente années un adepte de la Camel, s'était-il arrêté tout net.

Bon… mais qu'avait-il sur lui qui pourrait lui être utile ? Son portefeuille avec son permis de conduire, des billets de banque, la carte de son groupe sanguin (on ne sait jamais), deux cartes de crédit, dont il n'osait jamais se servir, et une carte d'abonnement à une bibliothèque que May lui avait offerte pour des raisons à elle seule connues. Dans ses autres poches, il avait quelques boutons de manchettes et quelques épingles de cravate appartenant à Arnold Chauncey… Il avait…

Les cartes de crédit !… Elles sont en plastique costaud, on peut les glisser dans l'entrée d'une serrure pour libérer la clenche.

Serrant, entre ses dents, une carte de crédit, comme un pirate son sabre, Dortmunder escalada l'échelle, passa sur les traverses horizontales, atteignit la porte, mit la carte de crédit en position, appuya, appuya plus fort, appuya encore, agita la carte, l'engagea de biais dans cette sacrée fente, entre boîte et platine, appuya derechef et, brusquement, elle s'enfonça dans la rainure avec un faible déclic.

Alors ?… Sans lâcher la carte de crédit (il ne manquait plus qu'il la perdît dans le trou noir, avec toutes ses empreintes dessus !), Dortmunder se cala contre la paroi de béton et, de sa main libre, poussa la porte.

Qui s'ouvrit silencieusement.

15

Arnold Chauncey buvait son bourbon à petits coups, les yeux fixés sur la surface du mur, qu'occupait encore, quelques heures plus tôt, *La Folie conduisant l'homme à la ruine*, en s'efforçant de paraître moins satisfait qu'il ne l'était. La maison était pleine de policiers, ses invités braillaient dans tous les coins... pourtant, par on ne savait quel caprice du destin, le complot semblait avoir, tout à la fois, complètement échoué et parfaitement réussi.

Le désarroi de Chauncey, lorsque Mavis Orfizzi avait pris la fuite dans l'ascenseur, n'était que peu de chose comparé à la douche de vitriol glacé qui l'avait inondé, lorsqu'il découvrit que deux gardes, contrevenant à ses ordres formels, avaient été en faction au troisième étage. Quant à son propre comportement, il ne pouvait, certes, se voter de félicitations, mais devait rendre grâce à une exceptionnelle chance : dans le tumulte et le désordre, en effet, personne ne semblait avoir remarqué les bavures de son jeu de scène. Ce « Non ! » par exemple, qu'il avait lancé à pleine voix quand Mavis avait mis l'ascenseur en marche. Sa colère aussi, en voyant les deux gardes descendre du dernier étage, et son cri : « Qu'est ce que vous foutiez là-haut ? »

Heureusement, après ce dernier impair, Chauncey

s'était ressaisi et avait su se composer une attitude plus ou moins de « circonstance » : stupéfaction et indignation d'abord ; puis sympathie pour ses hôtes et affliction ; bonne volonté et calme résolution à l'arrivée des policiers ; résignation stoïque en constatant ses propres « pertes », après l'inspection de sa chambre (Dortmunder et Cie s'étaient montrés, en la conjoncture, sacrément efficaces). Les policiers avaient, en priorité, entendu le témoignage des dîneurs non logés, qui, ensuite, furent autorisés à rentrer chez eux : Laura Bathing, si retournée qu'elle en oublia, en quittant les lieux, d'emboutir une potiche ; le général de brigade (en retraite) et Madame Homer Biggott sortant d'un pas clopinant, pour être promptement pris en charge par leur chauffeur et fourrés dans leur Lincoln ; le Cheik Rama el-Rama el-Rama El, faisant remarquer avec un bon sourire, en manière d'adieu, que l'accroissement de la criminalité caractérisait bien une civilisation décadente ; Martha Whoopley, la seule convive qui, avant de se retirer, avait fait honneur à la glace « Alaska » ; Lance Sheath, enveloppant Martha dans ses fourrures et partant en sa compagnie, avec un petit rire de gorge viril. Chauncey lui-même avait fait aux représentants de l'ordre un compte rendu des événements, bref… et véridique : il se trouvait à table avec ses amis lorsque avait retenti le cri.

Maintenant la police entendait, l'un après l'autre, les convives logés, pendant que les domestiques attendaient leur tour à la cuisine et que les gardes privés et confus battaient la semelle dans le hall du rez-de-chaussée, près de la salle à manger, où avaient lieu les interrogatoires. Chauncey n'avait plus, quant à lui, qu'à attendre que s'apaisent les esprits et que vienne le matin pour téléphoner à son agent d'assurances. Personne, au demeurant, ne pouvait prétendre qu'il s'agissait d'un vol truqué. En fait, le bouclage, dans le placard, des gardes, dont la présence avait failli compromettre l'opération, avait tout compte fait contribué à l'authentifier. Il s'était autorisé un premier whisky avec des glaçons, une prescription médicale pour ses nerfs éprouvés, puis un second pour l'aider à savourer son sentiment de soulagement et un troisième en célébration du succès de la passe difficile qu'il venait de traverser. Santé !

Chauncey achevait le verre de la victoire, quand le Prince Électeur Otto Orfizzi entra dans le salon, d'un pas nonchalant, son entretien avec les policiers étant terminé : « Ah, vous voilà ! » dit-il.

– Me voilà, répondit Chauncey, qui se sentait d'humeur plaisamment suave.

– Ah, le mauvais minutage ! dit Orfizzi en pointant le pouce vers le plafond.

N'étant pas sûr d'avoir compris, Chauncey fit : « Vous croyez ? »

– Si la garce était montée dix minutes plus tôt, expliqua le Prince, les truands lui auraient, peut-être, fait son affaire.

Il haussa les épaules, irrité manifestement par l'obstination de son épouse à rester en vie, puis se ressaisit et changea de sujet :

– Je n'en croyais pas mes yeux quand j'ai vu les policiers.

Quoi encore ? se dit Chauncey.

– Je ne suis pas sûr de vous suivre, admit-il.

– Le type chargé de l'enquête, poursuivit le Prince.

(Il se pencha.) Noir comme l'as de carreau, ajouta-t-il en baissant la voix sur le ton de la confidence.

– Ah oui, fit Chauncey avant d'ajouter, victime du mélange de nervosité et d'alcool : Au moins, il n'est pas juif, lui.

– Je ne sais pas, répondit le Prince, songeur. N'importe comment, ce qui est certain c'est qu'un Juif ne serait pas de mèche avec les cambrioleurs.

– C'est vrai, dit Chauncey.

Il se leva, répondant à un besoin impérieux d'avaler une boisson forte.

– Serait-ce du bourbon ? demanda le Prince.

– Ça le serait. Vous en offrirais-je ?

– Mais faites donc. On peut parler du jazz, du film hollywoodien, de la comédie musicale de Broadway, ou de la nouvelle, en matière de littérature, moi, je prétends que le bourbon est la plus belle expression artistique américaine.

– Je partage votre opinion, déclara Chauncey, un peu surpris, en tendant la main vers la bouteille, pour aussitôt constater qu'elle était vide.

Lorsqu'il se pencha vers le casier inférieur, pour puiser dans la réserve, il ne vit rien qui ressemblât à du bourbon. « Désolé, dit-il, faut que j'aille me réapprovisionner en bas. »

– Oh, ne vous dérangez pas. Un scotch suffira à mon bonheur… Si on peut parler de bonheur avec cette femme dans la maison !

– Ça ne me dérange pas du tout, affirma Chauncey, je préfère, moi aussi, continuer au bourbon… (Et il serait agréable aussi de fausser compagnie au Prince, pendant quelques minutes.)

Mais son espoir fut déçu : « Je vous accompagne », annonça le Prince, joignant le geste à la parole.

La plus grande partie des alcools et liqueurs était conservée dans un cellier du sous-sol, à côté d'un autre cellier, réservé au vin, où la température était maintenue à 9° et où l'air était sec. Chauncey et Orfizzi prirent l'ascenseur pour s'y rendre et, histoire d'alimenter la conversation, Chauncey décrivit sa cave à vin, aménagée depuis peu. « Je serais content de la voir », dit le Prince.

– Je vous la montrerai.

Une fois dans le sous-sol, ils suivirent, côte à côte, le couloir, mais n'allèrent pas jusqu'à la porte donnant sur cour. À mi-chemin Chauncey s'arrêta devant deux autres portes, sur le côté droit du passage. « La cave à liqueurs est là, à gauche, expliqua-t-il. Et ça, c'est la cave à vin. » Sur quoi il ouvrit la porte... pour rencontrer le regard éteint et découvrir le corps frissonnant de Dortmunder. « Beuh »..., fit Chauncey, en fermant précipitamment le battant, sans donner au Prince le temps de s'avancer et de jeter un coup d'œil à l'intérieur.

– Je ne l'ai pas vue, dit le Prince.

– Oui... hum..., fit Chauncey. Je... hum... une affreuse pensée vient de me traverser l'esprit.

– Ah bon ?

– Il se peut que je n'aie plus de bourbon dans la réserve. Voyons un peu...

Chauncey ouvrit la porte de l'autre cellier, dont les casiers s'étageaient jusqu'au plafond. Bâtis en lattes de bois entrecroisées, ils étaient aux deux tiers remplis de bouteilles d'alcool. « Allons, dit Chauncey. Il y a ce qu'il faut ! » Vivement il saisit deux bouteilles et les fourra dans les mains du Prince éberlué, puis il en prit une autre sur le rayonnage, en disant : « Vous voyez l'installation ? Dans le cellier à vin, elle est identique, sauf qu'on y garde une température et une humidité constantes. Ici, ça ne s'impose pas, bien entendu. »

– Bien entendu, dit le Prince.

Les deux bouteilles qu'il tenait par le col semblaient deux petites bêtes mortes, et, manifestement il ne savait quoi en faire.

Chauncey ferma la porte, saisit le Prince par le coude et l'entraîna vers l'ascenseur : « Et maintenant, il ne nous reste plus qu'à boire !... »

– Mais... (Le Prince se retourna pour jeter un regard à la porte fermée du cellier à vin.) Oh, reprit-il d'une voix incertaine, tandis que Chauncey continuait à le propulser en sens inverse. C'est identique... Oui... hum... bien sûr...

Ils parvinrent à l'ascenseur, ils y entrèrent, et Chauncey appuya sur le bouton, alors que la porte était encore ouverte. Mais, tandis qu'elle se refermait doucement, il poussa soudain la troisième bouteille dans les bras du Prince, dit : « Je vous retrouve tout de suite. J'ai quelque chose à voir... » et se glissa hors de la cabine.

– Mais...

Le visage effaré du Prince disparut derrière la porte et la cabine commença son ascension, tandis que Chauncey repartait au galop le long du couloir, ouvrait à la volée la porte du cellier, et gueulait :

– Qu'est-ce que vous foutez là ?

– Je gèle à mort, répondit Dortmunder. Je peux sortir ?

Chauncey jeta un regard à droite, un regard à gauche, et dit :

– Oui.

– Bon. (Dortmunder apparut et, comme Chauncey refermait la porte, il ajouta) : Faut que vous me tiriez de là.

– Je ne compr... oui... évidemment...

Chauncey, le sourcil froncé, se mordillait l'intérieur de la joue.

– On a eu les gardes, dit Dortmunder. Sans parler de l'ascenseur.

– Des aléas, dit Chauncey, absorbé par ses propres soucis. Suivez-moi.

Il prit Dortmunder par le bras et, tandis qu'il le guidait le long du couloir, il perçut un léger tintement sous sa veste de cuir. L'image de deux pleines bouteilles de bourbon dans le meuble du salon surgit dans son esprit et il coula vers Dortmunder un regard mauvais, en disant :

– Je vois. » Dortmunder semblait trop écœuré par la tournure des événements pour répondre, et tous deux atteignirent en silence l'espace blanchi à la chaux, près de la porte donnant sur cour. Chauncey tira de sa poche son trousseau de clefs, en détacha une et la tendit à Dortmunder : « Avec ça, vous ouvrez la porte du passage, et aussi celle de la rue. Vous me la rendrez plus tard. »

Dortmunder désigna la porte du sous-sol : « Ça ne va pas déclencher un avertisseur, quand on l'ouvrira ?

– Je dirai que c'est moi, que j'ai cru voir quelque chose dans le jardin... Faites vite, mon vieux.

– D'accord. (Dortmunder prit la clef.)

En proie à une appréhension subite, Chauncey demanda :

- Y a-t-il un autre de vos amis quelque part dans la maison ?
- Y a que moi, répondit Dortmunder, du ton de quelqu'un qui mesure l'injustice de la vie.
- Et le tableau ? Il est sorti, n'est-ce pas ?
- Oh oui, répondit Dortmunder, l'air maussade. De ce côté-là, ça a marché.

Et il s'en fut.

16

Quand la tête de Dortmunder avait disparu dans la cage de l'ascenseur, Kelp avait relevé la sienne de l'intérieur de la trappe ouverte.

— Qu'est-ce qu'on fait maintenant ? avait-il demandé à ses coéquipiers.

— Ce qu'il a dit, répondit Bulcher. On se tire de là, vite fait.

— Mais Dortmunder, alors ?

Chefwick prit la parole.

— Écoute, Andy. Peut-être qu'il s'en sortira, peut-être pas. Mais ça ne l'avancera pas si on continue à traîner sur ce toit et qu'on se fait choper, nous aussi.

Kelp jeta un regard inquiet vers la cage de l'ascenseur, où il n'y avait plus rien à voir : « Il va dire que c'est ma faute, gémit-il. Ça, j'en suis sûr. »

— Allez, Kelp, en route ! dit Bulcher qui ramassa la toile roulée, posée sur le toit goudronné, et se mit en mouvement.

Kelp s'en alla donc, en se retournant souvent, et, ayant rattrapé les deux autres, accomplit avec eux le trajet retour : il suivit la rangée de toits, grimpa à la corde, pénétra dans le théâtre, et descendit l'escalier jusqu'à la hauteur des balcons. Bulcher avait pris la tête du groupe, et c'est lui qui ouvrit la porte, au pied de l'escalier.

La fatalité voulut que, dans la salle, ce fût l'entracte et que les couloirs du balcon, cette fois encore, grouillent d'Écossais. Aussi, quand Bulcher ouvrit brusquement la porte, bouscula-t-il le gobelet plein de whisky d'un de ces Écossais, inondant le kilt d'un autre. Sans prêter attention aux dégâts ainsi causés, il voulut écarter les deux gêneurs pour poursuivre son chemin, mais l'Écossais au gobelet vide, posant une main sur sa poitrine, le retint et dit : « Attendez une minute ! Qu'est-ce qui vous prend ? Vous me cherchez ? »

– De l'air ! dit Bulcher, qui n'était pas d'humeur à se laisser distraire.

Derrière lui, Chefwick, parvenu au bas de l'escalier, passait le seuil.

– Par tous les diables, vous êtes un grossier personnage ! s'écria l'Écossais trempé, qui recula d'un pas et envoya à Bulcher un fort joli coup de poing sur le coin de la figure.

Bulcher lui retourna la politesse et, pour faire bonne mesure, cogna sur l'autre Écossais qui tituba en arrière, buta dans trois compatriotes, et renversa leur whisky.

Lorsque Kelp à son tour franchit la porte, la bataille flambait déjà joyeusement. Des gens qui ignoraient tout de l'origine du conflit assommaient avec détermination des gens qui lui étaient encore plus étrangers. « Miséricorde ! » fit Kelp, figé dans l'embrasure de la porte, contemplant, l'œil écarquillé, la fureur déchaînée, les éclairs des genoux et l'envol des poings. Alors qu'il prêtait l'oreille aux cris de guerre qui fusaient et déferlaient au-dessus de la mêlée, une main, anonyme et dure comme du roc, ricochant sur son front, l'obligea à battre en retraite d'un pas vacillant et à s'asseoir lourdement sur une marche de l'escalier.

Quel spectacle ! Dans l'obscur dégagement, au pied de l'escalier, le bruit parvenait amorti et les combattants, qui se démenaient et tournoyaient de l'autre côté de la porte ouverte, semblaient les figurants d'un film de série B. Mais après avoir gardé pendant une bonne minute la position assise, Kelp se rendit soudain compte que l'espèce de bâton blanc qu'il voyait, par moments, brandi, puis asséné sur un crâne ou un autre, n'était rien moins que le tableau enroulé, manié par Tiny Bulcher, dont la colère avait quelque peu pris le pas sur l'entendement.

« Non ! Pas la peinture ! » Kelp s'était catapulté hors du dégagement, se frayant un chemin, à travers le champ de bataille, sans se laisser impressionner, dans son impatience à parvenir jusqu'à Bulcher, par les gnons et autres obstructions rencontrés en chemin, et finit par s'élancer vers les hauteurs, tel ce soldat plantant le drapeau, sur la célèbre photo d'Iwo Jima (une photo posée, à vrai dire, et mise en scène après coup, ce qui montre à quel point il est difficile, de nos jours, de distinguer l'authentique de la contrefaçon), et par arracher le rouleau à l'énorme poing de Bulcher, en gueulant : « Pas la peinture ! » L'instant d'après, il se pliait en deux, onze Écossais lui ayant simultanément tâté la bedaine.

Combien différente est la perspective, lorsqu'on se trouve au ras du sol, au milieu d'une tempête de kilts tourbillonnants et menacé par des genoux pareils à de gros blocs rugueux... Mais n'avait-il pas aperçu au loin deux tuyaux de poêle noirs ?... Chefwick ! Le pantalon de Chefwick !... Kelp se redressa par un bel effort de volonté, en s'accrochant aux sacoches en peau réglementaires qui se balançaient fort opportunément à portée de sa main, pour découvrir que Bulcher avait été emporté par la foule, mais que Chefwick était toujours là, sur la gauche, acculé au mur, en position de défense, serrant des deux mains sa trousse noire contre sa poitrine. Même dans la fièvre de la bataille, en effet, les gens savent reconnaître le véritable non-violent, aussi Chefwick émergeait-il, comme un rocher au milieu de l'océan. Les éléments, autour de lui, faisaient rage, mais sans jamais l'atteindre tout à fait.

– Chefwick ! brailla Kelp. (Autour de lui, un bon nombre d'Écossais avaient hâte d'entrer dans la danse.) Chefwick !

Un éclair s'alluma dans les lunettes de Chefwick lorsqu'il tourna la tête.

– La peinture ! hurla Kelp, en lançant le tableau enroulé, tel un javelot, avant de s'écrouler pour la deuxième fois.

17

Stan Murch, à bord de la Cadillac, déboucha dans la rue au ralenti et s'arrêta devant Hunter House. Pour ce qui le concernait, ce boulot, c'était du gâteau. Rien d'autre à faire qu'à attendre devant l'entrée du théâtre de variétés, comme un chauffeur de louage, puis, à la sortie des mecs, à repartir peinardement... Du vrai gâteau.

Et la voiture, avec ses plaques MD [1], c'était la cerise ! Kelp l'avait piquée pour Murch, l'après-midi même. Un châssis bleu pâle et des tas d'options. Kelp, quand il avait le choix, jetait toujours son dévolu sur des voitures de médecins, persuadé, en effet, que les médecins s'offraient volontiers tous les gadgets susceptibles d'augmenter la puissance de leur bagnole et tous les perfectionnements, conçus par les ingénieurs de Detroit, pour le bien-être humain. « Conduire une voiture de docteur, c'est bon comme une sieste dans un hamac par un dimanche après-midi d'été », disait-il parfois. Il pouvait faire preuve d'une éloquence tout à fait lyrique sur le sujet.

Tout à coup, un lointain brouhaha attira l'attention

---

1. MD : Abréviation de « Medical Doctor ». Aux USA, l'équivalent de notre caducée des médecins. *(N.d.T.)*

de Murch et il tourna la tête vers l'entrée du théâtre, à sa droite. Il s'y passait quelque chose…

À travers la rangée de portes vitrées, Murch put observer une étrange animation dans le foyer. Tout le monde avait l'air de courir en rond et de se télescoper. Murch, les yeux rétrécis, cherchait à en distinguer davantage, lorsque l'une des portes s'ouvrit brutalement et qu'un corps en jaillit, tel un planeur sans ailes, pour piquer une tête vers le pavé, rouler sur lui-même, se relever d'un bond et repartir au galop vers le hall.

– Quoi ? fit Murch.

Fichtre ! Ça se bagarrait bel et bien dans ce foyer. Le même corps – ou peut-être, un autre – jaillit de nouveau, comme un bolide, cette fois suivi de trois hommes qui, empoignés, luttaient et tournaient sur eux-mêmes, à l'instar d'une mêlée de rugby. Et puis, soudain, la bagarre se déversa dans la rue et les combattants envahirent le trottoir.

– Doux Jésus ! s'exclama Murch, en voyant quelqu'un rebondir sur le toit de la Cadillac pour replonger dans le feu de la bataille.

Un visage apparut derrière le pare-brise, mais à cause des contorsions de ce visage et de sa propre stupeur, il fallut une minute à Murch pour reconnaître Kelp, un Kelp cherchant à échapper à tout un tas d'individus qui, indéniablement, souhaitaient le garder parmi eux. Murch donna un coup d'avertisseur qui effaroucha les amis de Kelp, laissant à celui-ci le temps de dégringoler du capot et de s'engouffrer dans la Cadillac.

Murch regardait Kelp, les yeux ronds. Les vêtements de Kelp étaient déchirés, sa joue était sale et déjà l'on croyait deviner le coquard qui allait lui agrémenter l'œil. Murch demanda : « Qu'est-ce qui se passe, nom de nom ? »

— J'en sais rien, dit Kelp, le souffle court. J'en sais foutre rien. Tiens, voilà Chefwick.

Et c'était bien lui, traversant le trottoir sur la pointe des pieds, serrant son sac sur son cœur, évoluant tel un danseur de ballet dans un champ de mines. Et quand il se fut enfin glissé dans la Cadillac et en eut refermé la portière, les seuls mots qu'il prononça, l'œil dilaté, furent : « Ça alors !... Ça alors !... »

Kelp lui demanda : « Où il est, Bulcher ? »

— Le v'là qui arrive, dit Murch.

Bulcher arrivait, en effet. Il pouvait inspirer la terreur, quand il était contrarié, et présentement il l'était passablement, contrarié. Dans ses poings, gros comme des jambons, il tenait par le cou deux de ses adversaires et les utilisait comme des machines de guerre pour s'ouvrir un chemin à travers la cohue, poussant devant lui les deux malheureux, les cognant contre des commandos vicelards qui attaquaient ses flancs et, par voie de conséquence, fauchant tout sur son passage. Son travail de bulldozer pour gagner le foyer n'était, d'ailleurs, que vétille, comparé au parcours « terre brûlée » du combattant qu'il effectua pour atteindre le trottoir. Arrivé à la Cadillac, il projeta ses assistants involontaires au plus fort du combat, tandis que Chefwick lui ouvrait la portière arrière. Bulcher sauta dans la Cadillac, fit claquer la portière et déclara : « Bon, ben... ça ira pour aujourd'hui. »

— Allez, Stan, dit Kelp. On y va !

— On y va ?

Murch tourna la tête pour regarder Kelp, assis à côté

de lui, à l'avant, puis Chefwick et Bulcher, sur la banquette arrière, et demanda :

— Et Dortmunder ?

— Il n'est pas avec nous. Embraye, Stan ! Ils vont démolir la bagnole ! T'as qu'à aller n'importe où. Je t'expliquerai en route.

La voiture tanguait sérieusement, les corps continuaient à atterrir sur le capot et quelques-uns des récents partenaires de jeu de Bulcher commencèrent à jeter sur lui des regards de convoitise à travers les vitres de la Cadillac. Murch se résigna à démarrer en actionnant le klaxon, s'écarta du trottoir et les emporta tous loin de là. Il fallut à Kelp deux virages à droite et un feu rouge pour expliquer la situation de Dortmunder et conclure, tandis qu'ils s'éloignaient du centre : « On ne peut qu'espérer qu'il trouvera une solution. »

— Si j'ai bien compris, il est coincé dans la cage de l'ascenseur, avec des gardes privés plein la baraque.

— Il en a vu bien d'autres, l'assura Kelp.

— Ouais, dit Murch. Et il s'est retrouvé en taule.

— Sois pas défaitiste. De toute façon, le mec qu'habite dans cette maison, il est avec nous. Il pourra peut-être le dépanner, Dortmunder.

— Oui, peut-être, dit Murch, d'un ton incertain. (Puis, décidant de considérer les choses du bon côté, il ajouta :) En tout cas, vous l'avez embarquée, la peinture, pas ?

— Sans problème, dit Kelp. Sauf qu'à un moment Bulcher l'a confondue avec une batte de base-ball.

— J'étais emporté par l'ambiance, expliqua Bulcher.

— Tout est bien qui finit bien, déclara Kelp. Fais-la voir un peu, Roger.

— Pardon ? fit Chefwick.

Kelp se tourna vers Chefwick avec un sourire crispé :
« La peinture... tu nous la fais voir ? »

— Je ne l'ai pas.

— Mais si, voyons. Je te l'ai donnée.

— Tu m'as rien donné du tout. C'est Bulcher qui l'avait.

— Kelp me l'a prise, dit Bulcher.

— Exact. Et je l'ai lancée à Roger.

— Eh bien, je ne l'ai pas reçue. (La voix de Chefwick virait à l'acide. Il donnait l'impression de se rebiffer contre des accusations injustes.)

— En tout cas, c'est à toi que je l'ai lancée, insista Kelp.

— Eh bien, je ne l'ai pas eue, insista Chefwick.

Kelp foudroyait du regard Chefwick qui, du sien, le foudroyait en retour, et puis, peu à peu, ils cessèrent de s'entrefoudroyer pour prendre respectivement un air soucieux. Ils s'examinèrent mutuellement, froncèrent le sourcil en direction de Bulcher, promenèrent le regard à l'intérieur de l'habitacle jusque dans ses moindres recoins pendant que Bulcher, tête penchée, les observait et que Murch essayait de se concentrer simultanément sur la circulation du vendredi soir et les événements qui se déroulaient dans la voiture.

Ce fut Murch, finalement, qui énonça à voix haute l'horrible vérité : « Vous ne l'avez pas. »

— Y a eu... (Kelp se souleva, examina son siège, mais n'y trouva rien d'intéressant.) Il s'est passé quelque chose... Je parle de cette bagarre... Je ne comprends pas... tout d'un coup, ça a été la corrida...

— On l'a pas, dit Bulcher, accablé. On l'a perdue.

— Ah misère ! fit Chefwick.

Kelp soupira : « Faut qu'on retourne la chercher,

dit-il. Ça ne me dit rien, mais faut le faire. Faut retourner là-bas. »

Personne ne fit d'objection. Murch tourna à droite, au premier croisement, et mit cap sur le centre-ville.

Le spectacle, devant le théâtre, défiait l'imagination… La police était là, les ambulances étaient là et même une voiture de pompiers. Des sections d'Écossais étaient rassemblées et formées en pelotons par des policiers circonspects, tandis que d'autres policiers, en casque blanc, convergeaient au petit trot sur le foyer, où les hostilités semblaient se poursuivre.

Lentement Murch dépassa Hunter House, suivant l'unique voie encore ouverte à la circulation, sur l'injonction d'une longue torche électrique à la rouge lumière, brandie par un agent. Tristement, Kelp, Chefwick et Bulcher contemplèrent en passant la façade du théâtre de variétés. Et Kelp prophétisa, dans un soupir : « Dortmunder va être très énervé. »

18

Dortmunder prit le métro jusqu'à Union Square, d'où il repartit à pied pour gagner son domicile. Il ne lui restait plus que trois ou quatre cents mètres à parcourir, quand un type, surgissant d'une entrée d'immeuble, lui dit : « Excusez-moi… vous n'auriez pas du feu ? »

– Non, répondit Dortmunder. Je ne fume pas.

– Ça ne fait rien, dit l'inconnu. Je ne fume pas non plus.

Sur quoi, il emboîta le pas à Dortmunder, marchant à sa droite. Et bien qu'il claudiquât, il n'avait apparemment aucune peine à tenir l'allure.

Dortmunder s'arrêta, le regarda : « C'est bon », dit-il.

L'homme s'était arrêté également, un sourire ambigu aux lèvres. Il dépassait Dortmunder de trois ou quatre centimètres, il était mince, avait un nez long et fin et un visage osseux, aux joues creuses. Il portait un pardessus au col relevé, un chapeau au bord rabattu, et sa main droite était enfoncée dans la poche correspondante du pardessus. La chaussure noire, à son pied droit, était du type orthopédique. Il dit : « C'est bon ? Qu'est-ce qui est bon ? »

– Vous êtes là pour quelque chose, alors faites-le, que je puisse vous filer un marron et rentrer chez moi.

L'homme éclata de rire, comme si la réplique l'avait

amusé, mais il recula d'un pas, en prenant appui sur sa mauvaise jambe : « Je ne suis pas un braqueur, Dortmunder », dit-il.

– Vous connaissez mon nom, constata Dortmunder.

– Il se trouve, dit l'homme, que nous avons le même employeur.

– Je ne comprends pas…

– Arnold Chauncey.

Dortmunder, cette fois, avait compris : « C'est vous le deuxième type que l'avocat lui a dégotté : le tueur. »

Le tueur esquissa de la main gauche un petit geste étrangement modeste, mais sa main droite ne quitta pas sa poche.

– Pas tout à fait, dit-il. Tuer, ça fait parfois partie de mes activités, mais ce n'est pas mon véritable métier. Je préfère le définir de la façon suivante : j'apporte mon concours à la réalisation des désirs d'une tierce personne.

– Ben voyons !

– Prenons votre cas, par exemple, dit le tueur. Je vais toucher vingt mille dollars, mais pas forcément pour vous tuer. Je serai payé, que vous soyez mort ou vivant. Si vous restituez le tableau, bravo ! Vous restez en vie et moi, je palpe. Si vous ne le restituez pas, si vous vous faites tirer l'oreille, plus de bravos ! Vous mourez. Mais moi, je palpe pareil. (Il haussa les épaules.) Ça ne change rien.

Dortmunder dit : « Je veux pas vous avoir sur le dos au cours des six prochains mois. »

– Ne vous en faites pas, répondit le tueur. Vous ne me reverrez plus. Si ça se passe mal, je vous allumerai à distance.

Avec un grand sourire, il retira sa main droite

– vide – de sa poche, plia les doigts pour imiter la forme d'un revolver, tendit le bras vers la figure de Dortmunder, ferma un œil, sourit encore, visa le long de son bras et dit : « Bang... Je suis très fort dans cet exercice. »

Dortmunder, sans trop savoir pourquoi, le crut sur parole. Bien sûr, il était, lui-même, le casseur digne de confiance exigé par Chauncey, aussi, sans nul doute, ce type était-il, très précisément, le tueur de confiance dont Chauncey avait besoin. « Je suis heureux de vous annoncer, dit-il, que je ne veux rien faire de ce tableau, à part le garder jusqu'à ce que je sois payé. Ensuite je le rendrai à Chauncey. La fantaisie, c'est pas mon genre. »

– Bien, dit le tueur, avec un amical sourire. J'aime être payé à ne rien faire. Salut. (Il fit mine de s'éloigner, mais se retourna aussitôt pour ajouter :) Vous ne devriez pas en parler à Chauncey.

– Je ne devrais pas ?

– Il ne voulait pas qu'on se rencontre, mais j'avais envie de bavarder avec vous rien qu'une fois. (Son sourire disparut.) J'aime bien connaître mon petit monde.

Sur un éclair de regard lourd de sous-entendus, il s'en fut.

Dortmunder le regarda s'éloigner – grand, le type, étroit et tout sombre, le corps déjeté, en porte à faux sur la jambe estropiée, les deux mains, maintenant, enfoncées dans les poches – et un petit froid monta le long de son échine. Maintenant il comprenait le jugement de Chauncey : « Dortmunder n'est pas un homme dangereux. » Chauncey disposait, en effet, d'un élément de comparaison : « Encore heureux que je sois un honnête homme », marmonna-t-il. Puis il rentra au logis, pour y trouver Kelp, Murch, Chefwick, Bulcher et May, qui tous l'attendaient dans la salle de séjour.

— Dortmunder !
— John !
— T'as réussi à t'en sortir ! Je le savais !

Ils l'applaudirent et lui administrèrent des tapes dans le dos, il leur donna le bourbon de Chauncey et ils s'installèrent tous, avec leurs verres pleins – un bourbon super, qui justifiait presque le mal qu'il s'était donné – et Kelp demanda : « Comment tu t'es débrouillé ? Comment t'as fait pour t'en tirer ? »

— Eh bien, je suis descendu jusqu'au bas de la cage de l'ascenseur, commença Dortmunder, et alors…

Il s'arrêta soudain, s'étant avisé que quelque chose ne tournait pas rond. En parcourant des yeux les figures attentives, il se rendit compte qu'elles étaient moins attentives que pétrifiées. Les vêtements de Bulcher et de Kelp étaient dans un triste état et l'œil de Kelp semblait devoir tourner au noir. Mais surtout Dortmunder percevait dans la pièce une sorte de sourde tension. « Qu'est-ce qui se passe ? » demanda-t-il.

— Raconte-nous comment tu es sorti de la cage de l'ascenseur, John, commença May.

Il la regarda en fronçant les sourcils, puis se tourna vers les autres, écouta le silence et SUT.

— Où est-il ? questionna-t-il en se tournant vers Kelp.
— Écoute, Dortmunder…, commença Kelp.
— Où est-il ?
— Ah misère ! fit Chefwick.
— Y a eu une bataille dans le théâtre, expliqua Murch.
— C'est la faute à personne, affirma Kelp.

Même Tiny Bulcher paraissait démonté.
– C'est des trucs qui arrivent, dit-il.
– OÙ EST-IL ?

Il y eut un silence, chargé d'électricité. Dortmunder passait en revue toutes ces têtes, ces yeux rivés au sol. Ce fut Kelp qui, d'une voix ténue, répondit enfin : « On l'a paumé.

– Vous l'avez paumé, dit Dortmunder.

Ils se mirent alors à parler, tous à la fois, expliquant, s'excusant, donnant de l'affaire mille versions différentes, face à un Dortmunder, immobile, impassible, qui se laissait submerger par la révélation. À la longue le flot de paroles tarit. Le silence s'installa. Dortmunder poussa un soupir, mais ne dit rien. Au bout d'un moment, May proposa : « Un autre verre, John ? »

Dortmunder hocha la tête. Il n'était même pas en colère.

– Non, merci, May.

Kelp dit : « Est-ce qu'il y a quelque chose qu'on puisse faire ? »

– Si ce n'est pas trop vous demander, répondit Dortmunder, je voudrais qu'on me laisse seul pendant quelque temps.

– C'est la faute à personne, insista Kelp. Sincèrement.

– Je ne vous reproche rien, répondit Dortmunder. (Et chose étrange, c'était vrai. Il n'en voulait à personne. La fatalité s'était abattue, une fois de plus, sur sa victime.) Tout ce que je veux, c'est qu'on me laisse seul quelque temps, qu'on me laisse réfléchir à ces six mois qui me restent à vivre.

SECOND MOUVEMENT

1

Parmi les joyeuses bandes de New-Yorkais effectuant leurs achats de fin d'année, Dortmunder faisait figure de laissé-pour-compte, de triste défi au Père Noël. Il se trouvait au rayon de parfumerie de chez Macy's, au-dessus de sa tête semblait flotter une bulle dans laquelle s'inscrivait le terme « rabat-joie ». Il posa sur la vendeuse un regard éteint.

– C'est quoi, celui-ci ? demanda-t-il.

Elle lui présentait un flacon minuscule, en forme de lampe à pied 1920 sans abat-jour, dont la base, sorte de pancake écrasé, contenait en tout et pour tout trois millilitres de parfum et le long col mince rien du tout, hormis le tube du vaporisateur.

– *Ma Folie*, dit la vendeuse. C'est français.

– Ouais... Je voudrais le sentir à nouveau.

La fille, qui avait déjà vaporisé une goutte minuscule sur son poignet, étendit encore une fois son bras en direction de Dortmunder. Celui-ci trouvait incongru de se pencher et poser son nez sur le poignet d'une inconnue – peau d'un blanc grisé, fines veines bleutées – et, après avoir reniflé le parfum pour la deuxième fois, tira la même conclusion qu'auparavant : ce truc avait une odeur sucrée et il aurait été incapable de faire la différence entre *Ma Folie* et du brandy à la pêche.

– Combien ?
– Vingt-sept cinquante.
– Vingt-sept dollars ? !
– Nous avons un bureau de change au sixième étage pour les devises étrangères.

Dortmunder fronça les sourcils.

– Je n'ai pas de devises étrangères, dit-il.
– Oh, je suis désolée. Je croyais que... enfin, de toute façon, il coûte vingt-sept dollars et cinquante cents.
– Faudrait que je me fasse un casse ici, marmonna Dortmunder.

En se retournant, il inspecta les rayons, les clients, les sorties, les escalators – une étude de terrain rapide, en quelque sorte. Mais à quoi bon ? Il y avait des détectives privés, une télévision en circuit fermé avec caméras de surveillance et autres systèmes de protection sophistiqués. Quant au blé, il était sans doute bien à l'abri, dans les bureaux des derniers étages supérieurs. Même en cas de succès, il lui serait impossible de sortir du bâtiment.

– Monsieur ?

Mais Dortmunder ne répondit pas. Il s'était pétrifié, ayant au même instant, aperçu un visage de connaissance sur un escalator qui, d'un train régulier, descendait des hauteurs. Un visage de fête, vif et réjoui, dont l'œil mobile d'oiseau se portait tantôt d'un côté, tantôt de l'autre, tandis que la machine glissait avec lenteur en diagonale. Dortmunder était si atterré, qu'il n'eut pas le réflexe de détourner son propre visage, avant qu'il soit trop tard. Kelp l'avait repéré. Kelp affichait un immense sourire, Kelp s'était dressé sur la pointe des pieds et agitait la main très haut au-dessus de sa tête.

– Monsieur ?

– Bon dieu, marmonna Dortmunder. Il lança un regard maussade à la vendeuse qui se recula, sans trop savoir si elle devait se montrer inquiète ou offensée.

– Hé merde…, dit Dortmunder. D'accord.

– Pardon ?

– Je le prends, votre foutu flacon.

Maintenant, Kelp se frayait tant bien que mal un chemin à travers la multitude – maris hébétés, gosses renifleurs, secrétaires imbues de leur propre importance, familles amalgamées, adolescentes minaudières circulant deux par deux, grosses dames courtes sur pattes trimbalant une dizaine de gros sacs, minces créatures portant des simili-fourrures et, sur le haut du crâne, des lunettes de soleil jaunes – toute la marée humaine de la métropole à la saison des cadeaux. Dortmunder, quant à lui, bien que sachant que le moment était passé, souleva une épaule pour cacher sa tête, tout en poussant vers la vendeuse trois billets chiffonnés de dix dollars.

– Dortmunder !

– Ouais, dit Dortmunder.

– Quelle coïncidence !

Kelp, sans doute sur un nouveau coup, se trimbalait un sac à provisions plein à craquer.

« J'ai téléphoné chez toi, y a à peine une heure, reprit-il. May m'a dit qu'elle savait pas où t'étais.

– Je fais les courses pour Noël, déclara Dortmunder, comme il aurait dit : « Je nettoie la fosse à purin. »

Kelp jeta un coup d'œil à la fille qui emballait prestement le flacon dans une petite boîte compliquée en carton, il se rapprocha de Dortmunder et d'une voix étouffée protesta : « Pourquoi tu l'achètes, ce truc ?

Vaudrait mieux se faire un grand magasin de Long Island. En plus, y aurait du bénef à la clé. »

— Pour un cadeau de Noël ? (Dortmunder hocha la tête.) Un cadeau de Noël, c'est spécial. Un cadeau de Noël, c'est quelque chose qu'on achète.

— Ah bon ? (Kelp accueillit ces mots comme on fait un précepte insolite, mais digne d'être considéré.)

— Pour tout dire, expliqua Dortmunder, il me reste encore un peu de fric du coup à Chauncey.

Une fois fourgués les bijoux et autres bricoles, les cinq coéquipiers s'étaient en effet partagé près de sept mille dollars, le butin, en tout et pour tout, de la malheureuse expédition.

Kelp parut surpris.

— Sans blague ? Ça fait bien un mois qu'on a palpé.

— Qu'est-ce que tu veux, je ne suis pas dépensier.

La vendeuse revint, apportant à Dortmunder le flacon de parfum dans une pochette et la monnaie.

— Vingt-neuf, soixante-dix, dit-elle en laissant tomber trente cents dans la main tendue de Dortmunder.

— Vous m'aviez dit vingt-sept cinquante.

— TVA non comprise.

— Eh ben merde, alors, fit Dortmunder en empochant la monnaie.

Il ramassa son achat et se détourna.

— Joyeux Noël à vous aussi, lança la fille dans son dos.

— Écoute, dit Kelp, tandis qu'ils s'éloignaient. J'ai à te causer, c'est pour ça que je te cherchais. Mais ici, y a trop de monde. Je te dépose chez toi ?

Dortmunder lui jeta un regard méfiant.

— Si c'est pour une nouvelle virée, pas question.

– Pas de nouvelle virée, assura Kelp. C'est promis.
– Alors, d'accord.

Ils sortirent dans Herald Square. À presque 18 heures, il faisait déjà nuit. Pas de gelée mais une neige lente, clairsemée et molle, un trafic au ralenti et, partout, des passants pressés, engoncés dans leurs vêtements d'hiver.

– Il fait un froid de chien, dit Dortmunder.
– C'est pas tant le froid que l'humidité, déclara Kelp. L'air, il est si humide qu'il vous pénètre jusqu'à l'os. Il gèlerait carrément que ça assécherait l'air et on aurait moins froid.

Dortmunder le toisa : « Faut toujours que tu raisonnes à l'envers. »

– Je disais ça comme ça.
– Dis rien. Où elle est, ta bagnole ?
– Je sais pas encore, dit Kelp. Attends-moi là, bouge pas. Je reviens.

Et il partit à grands pas, avec son sac à provisions, plongeant dans les remous de la foule et fendant le rideau plus épais de la neige.

Kelp avait déjà disparu quand ses derniers mots résonnèrent dans la tête de Dortmunder. « Il ne sait pas encore ? »

Il songea à prendre la fuite mais réfléchit aussitôt aux options qui s'offraient à lui : le métro en période de Noël, la recherche d'un taxi dans Herald Square à 18 heures par une journée de pointe en décembre ou le retour chez lui à pied (vingt-cinq pâtés de maisons dans le froid et la neige) et conclut qu'il ferait aussi bien de rester où il était.

Il s'appuya contre le mur de Macy's, près de l'entrée, mit les mains dans les poches de son pardessus, la droite sur la boîte de parfum, et se résigna à l'attente. La neige recouvrit bientôt ses épaules et son bonnet de tricot noir, fondit sur son front, ruissela le long de son nez en petite rigoles glaciales et se mua en déluge sur les boutons de son manteau pendant qu'une boue glaciale s'infiltrait dans ses chaussures, donnant à ses pieds un aperçu de la tombe.

Il était là depuis cinq minutes environ, quand un personnage fort distingué, à toque d'astrakan, à moustache blanche et à col de fourrure, s'arrêta devant lui, fourra quelque chose dans sa poche poitrine, dit : « Courage, mon vieux, et joyeux Noël », et reprit son chemin.

Dortmunder le suivit d'un regard médusé, puis il porta la main à la poche poitrine de son manteau et en tira un billet d'un dollar, soigneusement plié.

Une voiture klaxonnait. Dortmunder, s'arrachant à la contemplation du billet, vit une Mercedes-Benz, de couleur beige, arrêtée le long du trottoir, et, à l'intérieur, un bras qui s'agitait... Kelp ?

Oui, Kelp. Quant à la Mercedes, immatriculée, en l'occurrence, dans le Connecticut, elle portait, comme il se doit, des plaques MD. Dortmunder la contourna au trot, se glissa sur le siège avant, près du conducteur, et sentit la chaleur sèche l'envahir, tandis que Kelp embrayait. « Ahh ! » fit Dortmunder.

— In-fer-na-le, la circulation, dit. Kelp. Stan Murch lui-même, il serait pas fichu de se dépatouiller dans cette pagaille. J'ai dégotté cet engin à trois cents mètres d'ici. Tu t' rends compte ? Il m'a fallu tout ce temps pour revenir ! (Il eut un coup d'œil pour Dortmunder.) C'est quoi, ce dollar ?

Dortmunder tenait toujours le billet à la main. Il le

cacha vivement dans sa poche : « Je l'ai trouvé », répondit-il.

— Vrai ? C'est peut-être ton jour de chance.

Drôle d'idée… « Ouais », dit Dortmunder.

— En fait, reprit Kelp, c'est bien ton jour de chance aujourd'hui.

Dortmunder ferma les yeux. Il n'avait, après tout, qu'à se prélasser dans le confort de la voiture, sans prêter attention aux propos de Kelp.

— Y a, par exemple, cette histoire de tableau et la question de savoir ce qui va se passer d'ici six mois.

— Quatre mois et demi, corrigea Dortmunder, sans ouvrir les yeux.

— D'accord, quatre mois et demi.

— Je pense, moi, que j'aurais peut-être intérêt à quitter le pays, dit Dortmunder. À m'installer en Amérique du Sud, mettons… Moi et puis May, on pourrait ouvrir un bar, ou quelque chose comme ça… Le mec, il va pas nous courser à travers le monde pour vingt bâtons, quand même !

— Si, dit Kelp. Tant qu'ils seront après le tableau, ils seront après toi, tu le sais bien.

Les paupières toujours closes, Dortmunder poussa un soupir : « Tu pourrais au moins me laisser mes petits rêves. »

— J'ai mieux que ça, annonça Kelp. J'ai une solution.

— Non.

— Si.

— Mais non. À moins que tu n'aies remis la main sur la peinture, et ce n'est pas le cas. Chauncey finira par décrocher son truc, il viendra récupérer le tableau et, ce jour-là, on n'en aura pas, de solution.

— Si, une.

Au volant, brusquement, Kelp fut pris d'une frénésie rageuse, il fit marcher son avertisseur à un rythme de be-bop démentiel, tout en gueulant : « Magne-toi-le-cul-merde-alors-t'as-pas envie-d'rentrer-chez-toi-ou quoi ? »

Dortmunder ouvrit les yeux : « T'excite pas. »

— Le permis de conduire, on le file, maintenant à n'importe qui, grommela Kelp, quelque peu calmé. Puis il dit : « Écoute, je peux pas causer dans ce bousin. Est-ce qu'il t'en reste, de ce bourbon extraordinaire ?

— Me fais pas rigoler.

— J'ai une idée, dit Kelp. Tout à l'heure, en remontant, je vais en acheter une, moi, de bouteille. Ça vaudra pas le bourbon à Chauncey, mais ça se laissera boire. Un bourbon mis en bouteille dans le Kentucky.

— Ah ?

— Tu m'invites chez toi. dit Kelp. On boit un coup et je t'explique mon idée.

— Tu sais ce que j'en pense, de tes idées.

— Tu crois que ça serait pas pire de recevoir la visite du copain à Chauncey ?

Dortmunder soupira.

— Je vais en acheter deux, de bouteilles, annonça Kelp.

2

– Tu te souviens de mon neveu Victor ? demanda Kelp.
– L'agent du F.B.I. ?
– L'ex-agent du F.B.I., rectifia Kelp. Ça change tout.
– C'est ça... L'a été viré, dit Dortmunder, parce qu'il arrêtait pas de mettre des notes dans leur « boîte à suggestions ». Il voulait que les agents aient une façon particulière de se serrer la main, histoire de se reconnaître dans les réunions.
– C'est pas forcément à cause de ça, dit Kelp. C'est une hypothèse comme une autre.
– Moi, elle me va, dit Dortmunder. Du coup, je me souviens du mec. Qu'est-ce qu'il vient faire dans le tableau ?
– Eh bien, je causais avec lui l'autre jour. On fêtait Thanksgiving[1] chez ma grand-mère. Elle a une façon de préparer la dinde, c'est fantastique ! Tu peux pas savoir...
Que pouvait-on répondre à une telle affirmation ? Rien. Et c'est exactement ce que fit Dortmunder. Il

---

1. Thanksgiving : littéralement « Action de Grâce », une fête nationale aux USA commémorant l'installation des premiers colons en Amérique. *(N.d.T.)*

s'enfonça encore plus confortablement au creux de son fauteuil préféré, bien au chaud et au sec dans son salon – May était au supermarché Safeway où elle travaillait comme caissière –, et il dégusta une gorgée de bourbon. Mis en bouteille dans le Kentucky (au lieu d'être distillé dans le Kentucky puis envoyé par wagon dans le Nord pour être mis en bouteille à Hoboken), il le trouva plutôt bon et certainement bien supérieur à celui du bar et grill O.J., sans doute distillé à Hoboken, à partir d'un mélange d'eaux des rivières de l'Hudson et de la Raritan.

– Où je voulais en venir, reprit Kelp, c'est que Victor, il m'a parlé d'un type qui habite dans son quartier depuis peu. Ce type, il avait eu des emmerdes et Victor avait participé à l'enquête quand il était au F.B.I., parce que, tu vois, le mec, c'est un faussaire.

– Ah ouais ?

– Sauf qu'il les imprimait pas, les billets. Il les dessinait. (Kelp traça dans l'air de vagues formes.) Un à la fois. Toujours des coupures de vingt.

Dortmunder écarta un peu son verre, pour considérer Kelp d'un œil perplexe : « Ce type, si j'ai bien compris, il dessinait, à la pièce, des billets de vingt dollars ?

– Et il semble bien qu'il se débrouillait comme un chef. Il prenait une feuille de papier, il y peignait cinq ou six billets, il les découpait, il peignait l'autre côté et puis il les mettait en circulation.

– Drôle de zèbre, fit Dortmunder.

– Mais sensationnel, insista Kelp. D'après ce qu'il dit, Victor, tu pouvais pas distinguer les faux des vrais. Chaque biffeton était une œuvre d'art.

– Comment il s'est fait épingler, alors ?

– Pour deux raisons : la première, c'est qu'il

n'utilisait que l'aquarelle, parce que avec l'huile la couche de couleurs est trop épaisse et ça se sent au toucher. Du coup, ses billets, ils étaient impecs quand il les passait, mais, très vite, ils commençaient à déteindre.

— C'est bien le genre de gars que t'es fichu de fréquenter, dit Dortmunder.

— Je le connais pas, répliqua Kelp. C'est mon neveu Victor qui le connaît.

— Et toi, tu connais Victor.

— Écoute, c'est mon neveu !

— D'accord, j'ai rien dit. Et l'autre raison qui l'a foutu dedans, c'est quoi ?

— Eh bien, il sortait pas beaucoup de son quartier, expliqua Kelp. C'est pas le type mondain, c'est le véritable artiste et, s'il a fabriqué ces billets de vingt, c'est juste pour avoir quelques patates dans son assiette et un jean sur les fesses et pour pouvoir se consacrer à son œuvre. On s'est donc rendu compte que tous ces fafs de vingt dollars avaient été écoulés dans le même supermarché, dans le même drugstore et chez le même marchand de vin, alors les mecs du F.B.I. ont ratissé le quartier et c'est là que Victor a fait la connaissance du nommé Porculey.

— Porculey ?

— Griswold Porculey. C'est son nom.

— T'en es sûr ?

— Absolument. En tout cas, s'il a bien été agrafé par les Feds, Porculey, il n'a jamais écopé que d'une condamnation avec sursis. Il a suffi qu'il promette de plus recommencer.

Et on l'a cru ?

— Bien oui, dit Kelp. C'était normal. Une fois qu'ils l'ont chopé et qu'ils ont compris comment il procédait, ils lui ont causé et il leur a expliqué qu'il lui fallait cinq heures ; rien que pour faire une face du billet. Tu sais, ces fafs de vingt dollars, c'est plein de petites fioritures…

— Ouais. J'en ai vu quelques-uns, dit Dortmunder.

— Toujours est-il que chaque biffeton représentait dix heures de travail, et si on compte les frais généraux, le papier, les couleurs, l'usure des pinceaux et tout ça, il se faisait, l'un dans l'autre, deux dollars de l'heure. Il aurait palpé davantage comme livreur à mi-temps au centre commercial.

Dortmunder acquiesça : « Le crime ne paie pas, dit-il. Plus ça va, plus j'y crois. »

— Pour en revenir à notre affaire, reprit Kelp, ce mec, il habitait autrefois aux Washington Heights, il y avait son studio et tout, mais les loyers, ils n'arrêtaient pas de grimper, si bien qu'un beau jour il a été obligé de tout planter là et de déménager à Long Island. Et c'est là-bas, au centre commercial, que Victor l'a retrouvé.

— En train de lessiver des billets de vingt ?

— Non, mais il y pense toujours. Même qu'il a dit à Victor qu'il cherchait un moyen de se fabriquer de la thune en quantité. D'après Victor, il serait en bonne voie pour réinventer l'imprimerie. Du coup, Victor, il se fait du mouron pour lui… Et c'est là qu'on intervient.

— Je me demandais, justement, quand c'est qu'on interviendrait.

— On pourrait lui larguer un peu d'honnête artiche, dit Kelp, l'empêcher de succomber à la tentation.

— Comment on ferait ?

— T'as pas pigé ?

Kelp était si content de lui qu'il semblait sur le point de se lever, de se précipiter vers lui-même et de s'embrasser sur les deux joues. Penché en avant, gesticulant avec son verre à moitié plein de bourbon, il déclara : « On fait un faux tableau. »

Dortmunder le regardait, sévère, par-dessus son propre verre qui était vide : « On fait quoi ? »

— Le tableau, il est célèbre, non ? Je parle de celui qu'on a embarqué de chez Chauncey... Il doit donc exister des reproductions de ce tableau, des copies, je ne sais pas, moi. Porculey, lui, est un grand artiste, capable de reproduire n'importe quoi. Il nous fera une copie du tableau et c'est cette copie qu'on restituera.

Dortmunder pesait chaque mot prononcé par Kelp : « Y a quelque chose qui cloche dans ta combine », dit-il.

— Quoi donc ?

— Je ne sais pas encore. J'espère seulement trouver ce que c'est avant qu'il ne soit trop tard.

— Écoute, Dortmunder, ça vaut quand même mieux qu'une balle dans le caisson.

Dortmunder fit la grimace : « Dis pas des choses comme ça. »

Depuis quelques semaines déjà, et par anticipation, il attrapait une migraine chaque fois qu'il passait devant une fenêtre.

— Faut bien que tu fasses quelque chose, insistait Kelp. Et c'est là le seul quelque chose qu'on puisse se mettre sous la dent.

Était-ce cela, la triste réalité ? Dortmunder se replongea dans son rêve : il s'échappait avec May vers quelque port d'Amérique du Sud. Ils ouvraient un petit bar-restaurant – le fameux thon à la cocotte de May leur assurait un succès immédiat, lui-même officiant au bar. Il n'avait pas encore décidé s'il appellerait l'endroit

« Chez May » ou « La Planque »... Mais tout en revivant son rêve, en se revoyant derrière le bar luisant et noir, aux garnitures de bambou (l'Amérique du Sud, dans son imagination, avait une petite coloration Sud Pacifique), soudain un individu franchissait la porte, un grand type maigre et bancal. Il s'avançait vers le comptoir, disait : « Salut, Dortmunder », et sa main jaillissait de la poche de son pardessus.

– Heu, fit Dortmunder.

Kelp le regarda, inquiet : « Ça va pas ? Il est pas bon le bourbon ? »

– Le bourbon est extra, répondit Dortmunder.

Kelp dit : « Écoute, tu veux bien que j'appelle Victor et que je lui demande d'organiser une rencontre ? T'es d'accord, hein ? Pourquoi pas ? »

Le bar-restaurant « Chez May » se dissipa, avec son client indésirable. « D'accord », dit Dortmunder.

3

– Je comprends pas pourquoi vous avez pris rencard dans un centre commercial, grognait Dortmunder, les yeux sur les essuie-glaces, qui poussaient la neige d'un côté et d'autre sur le pare-brise.

La voiture, propriété d'un médecin, était, ce jour-là, une Cadillac Seville d'un gris argenté, avec lecteur et sélection de cassettes : Tom Jones, Engelbert Humperdindk et Gary Puckett & The Union Gap. (La Seville avait été conçue par Cadillac en réponse à la crise du pétrole et à la demande de voitures plus petites ; *dan de* avait donc été supprimé du modèle *Cadillac Sedan de Ville*, résultant en une voiture plus courte et plus légère : la *Seville*.)

– Qu'est-ce que ça change ? dit Kelp, tout en louvoyant au milieu d'une circulation chaotique sur la route du sud. Au centre commercial, on retrouve Victor, et il nous emmène chez Porculey.

– C'est bientôt Noël, lui rappela Dortmunder. Voilà ce que ça change. On s'en va à Long Island, sous une tempête de neige, pour nous rendre dans un centre commercial, à huit jours de Noël, c'est ça qui change tout.

– Il est trop tard, en tout cas, pour se dédire, fit remarquer Kelp. Mais ça se passera très bien.

En fait, ça ne se passa pas si bien que ça. Quand ils

eurent quitté l'autoroute, ce fut aussitôt l'embouteillage sans fin : les essuie-glaces cliquetaient dans l'obscurité, trouée seulement par les faisceaux des phares, les vitres des voitures s'embuaient. Derrière toutes ces vitres et même à la lunette arrière, se pressaient des visages barbouillés d'enfants, les conducteurs s'invectivaient à coups de klaxon et, à la moindre plaque de verglas, ils emballaient leur moteur et tournoyaient follement, au lieu d'appuyer doucement sur l'accélérateur. Et l'immense parking de Merrick Mall apparut à Dortmunder, lorsqu'ils y parvinrent, plus calamiteux encore.

– C'est la joie, dit Dortmunder. Je reconnais bien là le lumineux génie de ton neveu Victor.

– « Au Bon Beignet », marmonnait Kelp, penché sur le pare-brise en faisant mine de ne pas avoir entendu la réflexion de Dortmunder. On doit le retrouver « Au Bon Beignet ».

Le Merrick Mall, à l'image de la plupart des centres commerciaux, était conçu en forme d'haltère, avec, à un bout, la succursale d'un grand magasin, à l'autre bout un supermarché et, entre les deux, une longue ribambelle de boutiques. Alors que Kelp avançait au ralenti parmi les passants, les enseignes électriques aux marques familières brillaient dans l'obscurité : *Woolworth's, Kentucky Fried Chicken, Thom McAn, Rexall, Gino's, Waldenbooks, BaskinRobbins, Western Auto, Capitalists & Immigrants Trust*. Puis il y avait les magasins de disques, les magasins de chaussures, les boutiques de confection féminine, les restaurants chinois. L'inflation, toutefois, et le chômage affectaient les centres commerciaux, au moins autant que le mécanisme normal du système économique, si bien que, de loin en loin, parmi les devantures hardiment racoleuses, on remarquait une façade obscure et silencieuse, aux vitrines noires, au fronton vide et à l'avenir lugubre.

Les survivants semblaient briller encore plus fort en s'efforçant de détourner l'attention de leurs camarades déchus, mais Dortmunder les voyait néanmoins. Dortmunder et une entreprise en échec arrivaient toujours à se reconnaître.

– C'est là ! dit Kelp.

Et c'était là, en effet : « Au Bon Beignet », avec son tas de beignets derrière la vitrine humide. Kelp cafouilla un moment, avant de trouver un créneau, tout au bout de la deuxième rangée de boutiques, puis lui et Dortmunder pataugèrent dans la gadoue, parmi les véhicules désemparés, pour enfin découvrir Victor, installé devant une minuscule table en formica et trempant effectivement un beignet dans son café.

Victor, le neveu de Kelp, un petit homme brun et soigné, dont la mise stricte ressemblait à celle d'un candidat à un poste de caissier de banque, avait dépassé la trentaine, mais avait l'allure d'un adolescent attardé. Sa minceur et la fraîcheur enfantine de sa figure renforçaient cette impression, accentuée encore par l'enthousiasme et l'empressement qu'il exprimait à tout propos. Mais il faisait surtout penser à un jeune chien dans une vitrine, avec cette seule différence qu'il ne remuait pas la queue.

– Monsieur Dortmunder ! s'écria-t-il en quittant d'un bond sa chaise. (Il tendit la main que prolongeait encore le beignet, imbibé de café.) « Ravi de vous revoir ! »

Il s'aperçut alors qu'il tenait toujours le beignet, eut

un petit rire embarrassé, fit disparaître l'objet tout entier dans sa bouche, s'essuya la main sur son pantalon, la tendit de nouveau et dit : « Beurff – ba – breuff… ».

Dortmunder répondit : « Moi de même », et serra la main poisseuse.

Du geste, Victor invita les nouveaux arrivants à prendre place à sa table, tout en déglutissant hâtivement et bruyamment, puis il articula : « Café ? Beignets ?… Mon oncle ? »

– Pas pour moi, dit Dortmunder.

Malgré l'invitation, ni lui ni Kelp ne s'étaient assis.

– Écoute, Victor, dit Kelp qui se sentait un peu nerveux face à Victor et Dortmunder réunis. Je crois qu'on ferait mieux d'y aller tout de suite, chez le nommé Porculey… d'accord ?

– Oh, certainement ! dit Victor.

Debout, près de la table, il vida sa tasse de café, se tamponna les lèvres avec une serviette en papier et annonça : « Prêt ! »

Kelp avait tendance à s'énerver en la présence simultanée de Dortmunder et de Victor.

– Parfait, dit-il.

Victor sortit le premier et tourna à droite, le long du trottoir couvert. Les rares piétons qui, d'un pas pesant, dépassaient le trio, ne cherchaient même pas à feindre une joyeuse ferveur de Noël.

L'avancée du toit, d'autre part, n'empêchait pas le vent glacé, soufflant par rafales, de projeter, parfois, sur le trottoir, de petits paquets de neige mouillée. Kelp, luttant contre sa nervosité, essayait de maintenir un semblant de conversation : « Dis-moi, Victor, tu l'as toujours, ta vieille Packard ? »

— Oh oui, répondit Victor avec un petit gloussement modeste. De la bonne bagnole, ça ! T'as qu'à demander à ceux qu'en ont une.

— Tu veux qu'on te suive, ou est-ce qu'on y monte tous, dans ta Packard ?

Ils étaient en train de longer une boutique vide, à la devanture noire, avec des balayures sur le pas de la porte.

— On y est, dit Victor, en s'arrêtant.

Kelp et Dortmunder s'y étaient si peu attendus qu'ils continuèrent leur chemin. Puis, s'étant aperçus que Victor était resté en arrière, ils se retournèrent : Victor frappait à la porte vitrée du magasin sombre.

Quoi ?... La porte s'ouvrait, la lumière s'en déversait dans la nuit enneigée. Quelqu'un disait quelque chose, Victor, tout souriant, répondait. Victor passait le seuil, toujours souriant, en appelant du geste Dortmunder et Kelp. Ils obtempérèrent et pénétrèrent dans un autre monde.

Le bonhomme trapu qui referma la porte derrière eux constatait avec bonne humeur : « Abominable, le temps, ce soir », mais Dortmunder ne lui prêta pas attention, tout occupé à inspecter l'intérieur de la boutique. Dans sa toute dernière affectation commerciale, elle avait été, apparemment, vouée à la confection féminine. La longue et étroite galerie comportait des plates-formes de hauteur variée, qui formaient des îlots, bordés de grilles en fer forgé et recouverts de moquette de diverses nuances de gris et de bleu. Avec ses murs tendus de grosse toile bleu sombre et les vitres de ses fenêtres peintes en noir, elle évoquait tout à la fois un jardin et un galetas, l'un comme l'autre noyés de clair de lune. L'effet jardin prédominait sans doute lorsqu'elle était encore remplie de pulls, de jupes et autres survêtements, mais pour l'heure, on avait surtout l'impression d'entrer dans une mansarde, une impression accentuée par les quelques vêtements et vieux chiffons drapés négligemment sur la plupart des balustrades.

Les deux plates-formes les plus proches de la porte étaient dotées de quelques meubles de salon défraîchis, tandis qu'une plate-forme, vers le milieu de la boutique, portait de vulgaires chaises de cuisine et une vieille table-tranchoir. Au fond, on apercevait deux chevalets, un haut tabouret et une longue table à tiroirs, couverte d'accessoires de peintre : tubes de couleur, verres à eau, avec leurs bouquets de minces pinceaux, chiffons, couteaux à palette. Des toiles sans cadre étaient dressées dans un coin, ou accrochées au mur. Au-dessus des chevalets, le plafond de la boutique s'interrompait pour faire place à un châssis vitré et concave.

Il faisait chaud dans cette boutique, après l'équipée dans la nuit et la neige, et, malgré son étroitesse, sa longueur et ses niveaux changeants, elle donnait, chose curieuse, une impression de confort. Des gens étaient là chez eux, cela se sentait, ils avaient fait un foyer de ce qui avait été un désert impersonnel.

Des gens... Deux personnes... Une fille d'une vingtaine d'années, lovée sur un divan, les jambes cachées sous une vieille couverture écossaise. Gracile, mais avec les rondeurs et les douceurs de la plus savoureuse des pêches, et un sourire qui donnait à ses joues un délectable galbe. Dortmunder aurait pu la contempler pendant trente ou quarante ans d'affilée, mais il fallait bien qu'il portât son attention sur l'autre habitant des lieux…

… Celui qui leur avait ouvert la porte… Un bonhomme rondouillard et flasque, d'une cinquantaine d'années, chaussé de pantoufles, vêtu d'un pantalon en velours côtelé, taché de peinture, d'une chemise écossaise à fond vert et d'un cardigan verdâtre et râpé, avec des pièces de cuir aux coudes. Il ne s'était pas rasé ce jour-là. Et, sans aucun doute, la veille non plus.

Victor, qui faisait les présentations, annonçait les noms comme si chaque personnage avait été découvert par lui, Victor, et par lui seul : « Griswold Porculey, voici mon oncle, Andy Kelp, et voici son ami, Monsieur John Dortmunder.

— Ça va ? fit Dortmunder en serrant la main tendue de Porculey.

— Bonsoir… Bonsoir… C'est vous l'oncle de Victor, hein ?

— Sa mère, c'est ma sœur aînée, expliqua Kelp.

Porculey désigna la jeune personne sur le divan : « Et voici Cléo Marlahy, mon amie et mon constant réconfort. »

Rejetant le plaid, Cléo Marlahy déplia ses jambes et se leva, vivement, en disant : « Café ? Thé ? Vin ? (Puis d'un ton hésitant à Porculey :) On a quelque chose d'un peu fort ? »

— Peut-être du vermouth…

— Je voudrais bien un café, dit Kelp.

Dortmunder dit : « Moi aussi. »

Victor dit : « Je peux avoir un peu de vin ? Je suis plus vieux que je n'en ai l'air. »

Porculey demanda : « Rouge ou blanc ? »

— Rouge, s'il vous plaît.

— Adjugé ! dit Porculey. Du blanc, on n'en a pas.

La fille portait un pantalon de velours noir et un corsage blanc. Elle était pieds nus et avait peint les ongles de ses orteils en pourpre, la couleur du sang séché. Elle partit, sautillant sur ses pieds de petite sirène, tandis que Porculey offrait des chaises à ses hôtes et se laissait tomber, avec un grognement, sur le divan.

Kelp dit : « C'est chouette ici, très astucieux. »

— Le seul logement que j'ai pu me payer, vu qu'il me faut de l'espace et l'éclairage du nord. (Il désigna le châssis vitré.) Le loyer est très raisonnable, parce que les boutiques vides, ce n'est pas ça qui manque, et aussi parce que j'ai accepté de faire une ou deux rondes après la fermeture. Je suis le veilleur de nuit, en quelque sorte. Eux, ça les arrange, et moi aussi. De toute façon, je suis plutôt un oiseau de nuit et j'aime bien marcher, donc ça ne m'ennuie vraiment pas. On a enlevé les cloisons des cabines d'essayage pour y installer notre chambre. Le seul inconvénient, c'est l'absence de cuisine, mais, finalement, on n'a pas besoin de grand-chose. Une plaque électrique pour deux, un petit réfrigérateur et on utilise le lavabo comme évier. Parfait, en fait. On est mieux chauffé ici que dans tous les appartements que j'ai loués jusque-là et il n'y a pas de voisins indiscrets pour venir mettre le nez dans nos affaires. En plus, quand j'ai des courses à faire, j'ai les boutiques juste à côté.

Cléo réapparut avec une paire de bols blancs dépareillés, pour Dortmunder et Kelp, et un pot à confiture vide pour Victor. Ayant distribué les récipients, elle ramassa une bonbonne de quatre litres de « Bourgogne Chaleureux Gallo », posée par terre près du divan, emplit à moitié le pot à confiture, le donna à Victor et demanda : « Un petit coup, Porky ? »

– Je ne dis pas non. Je ne dis pas non.

Porculey buvait dans une haute chope à bière, où le vin, d'un rouge sombre, faisait l'effet d'une solution expérimentale de laboratoire. Le verre de Cléo, qu'elle avait récupéré très loin, sous le divan, était un petit pot transparent qui, à l'origine, avait contenu de la moutarde. Elle l'emplit jusqu'au bord de Bourgogne Chaleureux, rebondit en s'asseyant sur le divan, près de Porculey, leva le verre et dit : « À nos amis absents. »

– Qu'ils crèvent, fit Porculey, en manière de toast, levant sa chope lui aussi, puis il s'offrit une bonne rasade et, enfin, s'adressant à Dortmunder, demanda : « Si j'ai bien compris, vous avez des ennuis, les gars ?

– Exact, répondit Dortmunder. On a aidé un mec à simuler le vol d'une œuvre d'art, histoire d'escroquer la compagnie d'assurances. Il va vouloir récupérer le tableau, mais nous, on l'a plus. Il a été perdu. Alors, Kelp, ici, il a l'air de penser que vous pourriez copier cette peinture et que, du coup, c'est le faux qu'on rendrait au type.

Kelp intervint : « Et vous y trouverez votre compte, bien entendu. »

Porculey eut un grognement amusé. « Oui, je veux bien le croire, dit-il.

Sa main libre – l'autre étant occupée à porter la chope à ses lèvres – s'égara sur la cuisse la plus proche de Cléo et se mit à la masser avec douceur. Quant à la jeune créature, elle sirotait son vin, avec un petit sourire secret et satisfait. Porculey demanda : « C'est quoi, ce tableau ? ».

Ça s'appelle *La Folie conduisant l'homme à la ruine*, d'un nommé Veenbes.

– Veenbes... (Porculey rejeta la tête, les yeux levés

vers un coin du plafond, sans cesser de promener sa main peloteuse.) Veenbes... *La Folie conduisant l'homme à la ruine*... Hmm... peut-être bien...

Puis, résolument, il dit : « Le livre ! » et lâchant la jambe de Cléo, s'extirpa du divan et se mit debout.

Le livre ? Il y avait beaucoup de livres en vue, mais pas de rayonnages. Des volumes brochés étaient empilés dans les coins et sous les meubles, tandis que les albums cartonnés étaient coincés entre les barreaux verticaux de la grille entourant la plate-forme. C'est là que Porculey se dirigea. Son vin dans une main, il passa l'autre sur le dos des reliures et s'arrêta. Posant sa chope par terre, il sortit l'ouvrage, le feuilleta et secoua la tête d'un air frustré avant de le remettre brutalement à sa place.

Ça risquait de durer longtemps. Pendant qu'il attendait, Dortmunder promena son regard alentour, examinant l'étrange lieu d'habitation. Sur les murs sombres, s'alignaient des peintures sans encadrements, sans doute les œuvres de Porculey. Au centre de chaque toile, se tenait une jeune fille, nue ou vaguement drapée d'une écharpe blanche sur fond de paysage. Les personnages féminins étaient surtout en pied et toujours complètement absorbés par leur contemplation. Par exemple, une jeune femme assise dans l'herbe étudiait un jeu d'échecs posé devant elle, alors qu'en arrière-plan, se dressaient les ruines d'un château avec deux arbres se profilant à l'horizon auprès d'un petit étang dans lequel se désaltéraient deux biches. Une autre peinture représentait une fille sur une plage examinant l'intérieur d'une étrange grosse barque échouée, penchée au dessus du plat-bord, alors qu'une énorme tempête tourmentait la mer au loin. (C'était elle, la fille au foulard blanc.)

Les représentations féminines n'étaient pas identiques. En regardant alentour, Dortmunder en dénombra peut-être quatre différentes, et c'est avec un choc soudain qu'il comprit que l'une d'elles n'était autre que Cléo Marlahy. « Alors c'est comme ça qu'elle est sans ses vêtements », pensa-t-il en clignant des yeux devant un verger de pommiers en fleurs d'un blanc immaculé, dont une jeune fille grave et aux longues jambes escaladait la clôture en piquets.

– Aha !

Porculey avait trouvé ce qu'il voulait. Il revint avec un gros volume et en montra une page à Dortmunder. « C'est ça ? »

– Oui, dit Dortmunder, les yeux sur la petite illustration en couleurs qui occupait la moitié de la page. Le bouffon gambadait, la foule suivait, l'abîme bâillait. La légende, sous la reproduction, donnait le nom du tableau, celui du peintre et les dates. Il y avait aussi la mention : « Collection privée. »

– Tenez, dit Porculey.

Il posa l'album sur les genoux de Dortmunder et s'en retourna vers la grille.

Kelp, sans quitter sa chaise, se pencha sur le livre et déclara : « C'est bien ça ! »

Dortmunder le regarda : « Tu l'as jamais vu, ce machin. »

– Non, mais tu l'as décrit.

Porculey revint avec deux autres volumes, qui contenaient tous deux des reproductions du tableau. Il les planta sur les genoux de Dortmunder, et reprit place sur le divan. Cléo, cependant, était allée ramasser la chope de bière. Elle la rapporta et la tendit à Porculey. « Merci, très chère », dit-il.

Elle lui tapota la joue et se rassit à son côté.

Dortmunder, dont les genoux étaient encombrés de livres, tous ouverts sur des reproductions de *La Folie conduisant l'homme à la ruine*, dit : « Vous savez donc de quoi il s'agit. »

— Il existe des reproductions plus importantes, dit Porculey. Des clichés, des photos en couleurs aux dimensions de l'œuvre originale.

Kelp dit, plein d'espoir : « Alors vous pouvez le faire ! »

— C'est hors de question.

Dortmunder, bien que pessimiste de nature, fut pris au dépourvu. Mais Kelp ne le fut pas. D'un ton presque choqué, il protesta : « Hors de question ? Pourquoi ? Vous avez des copies, des reproductions, et tous ces fafs de vingt dollars, aussi vrais que les vrais, c'est bien vous qui les avez fabriqués ! »

— C'était pas du travail d'après photo, dit Porculey. Tenez, regardez ces trois reproductions… y a pas une couleur, dans les trois, qui soit tout à fait la même. Alors, laquelle d'entre elles nous donne les valeurs exactes ? Il se peut, d'ailleurs, que les couleurs de l'original soient complètement différentes. Et même si on était certain d'avoir l'exact équivalent de la douzaine de couleurs de la palette Veenbes, il reste encore la patte du peintre. Comment maniait-il son pinceau, comment la lumière se reflète-t-elle sur la surface peinte ? Où sont les empâtements. Où sont les méplats ? Le propriétaire du tableau devait bien le regarder de temps en temps, il sait donc forcément comment ça se présente. Moi, je pourrais à la rigueur tromper un acheteur, peut-être même un directeur de galerie, ou un conservateur de musée, mais abuser le propriétaire du tableau... je regrette, mais faut pas y compter.

Cléo, le sourire compatissant, intervint : « Porky, il s'y connaît vraiment en tableaux. S'il dit que ça peut pas se faire, il faut le croire. »

– Eh bien, voilà qui est réglé, dit Dortmunder.

Kelp s'était renfrogné, au point que sa figure ressemblait à un bout de papier froissé : « Rien n'est réglé, voyons ! protesta-t-il. Il y a sûrement moyen... »

– Désolé, dit Porculey.

Dortmunder vida d'un trait sa tasse de café : « Je boirais bien un verre de vin, tout compte fait », annonça-t-il.

4

C'était la veille de Noël, et toute la maison était imprégnée de l'arôme du thon à la cocotte, préparé par May. L'appartement se remplissait d'invités et Dortmunder, sa tasse de sabayon, tonifié de bourbon, à la main, occupait son fauteuil préféré, dans la salle de séjour (d'une part, parce qu'il était bien dans son fauteuil, mais aussi et surtout parce qu'il savait que quelqu'un se précipiterait pour le lui prendre, s'il le quittait un seul instant), en contemplant l'arbre de Noël. Un arbre de Noël qui le laissait perplexe. Dès le début, il avait conçu des doutes à son égard, et ses doutes persistaient.

Il les avait conçus, pour tout dire, avant même d'avoir vu l'objet, lorsque May, deux jours plus tôt, était rentrée avec un gros carton, dont la taille et la forme auraient convenu à quatre stores roulés, et avait déclaré : « J'ai acheté notre arbre de Noël chez le quincaillier. »

Il s'était méfié instantanément.

– Chez le quincaillier ? avait-il demandé. Et il est dans cette boîte ?

– Oui, oui. Aide-moi à le monter.

Elle avait alors ouvert l'emballage et sorti quantité de baguettes couvertes d'un duvet argenté.

– C'est pas un arbre, ça, avait-il constaté. C'est un tas de faux épis de maïs.

– Il faut qu'on les assemble, avait-elle expliqué.

Mais quand ils eurent terminé, la chose pointue couverte de mousse argentée ne ressemblait en rien à un arbre de Noël.

– Eh bien, voilà, dit May. Qu'est-ce que tu vois, maintenant ?

– Un Martien.

– Attends qu'on accroche les décorations.

Eh bien, il portait maintenant tous ses ornements, cet arbre, et abritait tout un tas de paquets-cadeaux, mais il ne ressemblait pas plus pour autant à un arbre de Noël. En premier lieu – ceci n'étant qu'un premier lieu et non la somme des arguments – en premier lieu, donc, et en règle générale, les arbres de Noël sont verts. Néanmoins et quel que fût le nom attribué à la chose, celle-ci émettait un scintillement plutôt joyeux et elle rendait May heureuse, alors au diable les idées reçues ! Dortmunder garda ses doutes pour lui et ses pieds sur son vieux pouf usé et il sourit en saluant ses invités d'un signe de tête. C'était une chose étrange, les invités. Ils ne venaient pas chez vous pour parler règlement de comptes, partage de butin ou, plus généralement, pour discuter affaires. C'était juste des gens qui débarquaient pour partager votre repas et boire votre vin avant de repartir chez eux. Un concept bizarre, finalement, quand on y réfléchissait un peu. Tout comme l'arbre de Noël, c'était l'idée de May afin d'égayer un peu Dortmunder.

Le secret d'une belle fête ? Vous offrez aux amis le manger et le boire à l'œil, et il est bien rare qu'ils ne se pointent en force. Ainsi les visages familiers étaient-ils nombreux ce soir-là, quelques visages même que Dortmunder n'avait pas revus depuis des années. Comme celui d'Alan Greenwood, là-bas... Un mec avec qui Dortmunder avait fait pas mal de turbins dans le temps... Et puis, un beau jour, il avait appris que Greenwood menait une double vie. Alors que Dortmunder le considérait simplement comme un bon coéquipier casseur, genre toutes mains, Greenwood avait son jardin secret : il était comédien. Et voilà que, soudain, son talent est reconnu, voilà qu'il devient le héros de ses propres feuilletons télévisés et qu'il renonce à l'escalade des échelles d'incendie... Il était donc là, dans son complet de coutil bleu, avec sa cravate-lacet, sa chemise de dentelles, et avec, à son bras, une étourdissante beauté, blonde et décharnée, prénommée Doreen.

– Content de te voir, Greenwood.
– Ça boume, beau gosse ? fit Greenwood en lui tendant la main gauche.

Wally Whistler avait répondu à l'appel, lui aussi. Un des meilleurs casseurs sur la place, tout juste sorti de prison. Présent également Fred Lartz, ci-devant driveur, qui avait dû abandonner le métier, à la suite d'une incroyable mésaventure : il s'était blindé à la noce d'un cousin de Long Island, il avait pris le mauvais tournant sur l'autoroute Van Wyck, et s'était retrouvé sur l'aire d'atterrissage Dix-Sept à l'aéroport Kennedy, pour se faire emboutir par le vol 208 de la ligne Est, venant de Miami. L'épouse de Fred, Thelma – la dame, avec le drôle de chapeau, qui aidait May à la cuisine – assurait maintenant le transport de toute la famille.

Exact aussi au rendez-vous et descendant les sabayons à une bonne cadence, Herman X..., un Noir, dont la seconde vie d'activiste gauchiste n'interférait d'aucune façon avec sa carrière régulière qui était celle d'un champion de la pince-monseigneur. La dame qu'il avait amenée et présentée sous le nom de Foxy était une autre vision de rêve : grande, ultramince, d'un chic fou, et le teint d'un noir ardent. Et l'on voyait, parfois, Foxy et la Doreen d'Alan Greenwood se tourner autour au ralenti, distantes et méfiantes.

L'équipe de la calamiteuse expédition Chauncey était, bien entendu, au complet : Roger Chefwick était là avec sa femme, ronde, gentille et maternelle. Tiny Bulcher avait pour compagne une petite personne à la figure douce et assez banale, prénommée Eileen, qui semblait terrifiée. Dortmunder s'attendait à chaque seconde à ce qu'elle glissât à quelqu'un une note avec ces mots : « Au secours ! Délivrez-moi de cet homme ! » Stan Murch avait rappliqué avec sa maman, qui venait de terminer sa journée de labeur, et portait encore sa tenue de chauffeur de taxi : pantalon à carreaux, veste de cuir et casquette. Bien entendu, Andy Kelp était là aussi, avec son neveu Victor.

Une réussite, cette soirée ! En plus du sabayon, il y avait du bourbon nature, de la bière au frigo et une grande bonbonne de « Bourgogne Chaleureux Gallo », celui-là même que Dortmunder avait dégusté quelques jours plus tôt, au centre commercial. Le phono déversait des chants de Noël et, de temps en temps, Herman X... et Foxy, Greenwood et Doreen dansaient sur ces couplets, tandis que Stan Murch, Fred Lartz et Wally Whistler reprenaient en chœur les mélodies les plus connues, telles que « Sonnez cloches », « Gais compagnons, délassez-vous », ou « Rudolph, le Renne au Rouge Museau ». May, Thelma Lartz et Maude

Chefwick, à la cuisine, préparaient un joli buffet et, dans l'ensemble, tout le monde avait l'air parfaitement heureux. De nombreux invités, d'autre part, avaient apporté des cadeaux et, à la forme et à la taille des paquets, entassés maintenant sous le simulacre d'arbre de Noël, Dortmunder en déduisait que c'était tous des bouteilles de bourbon, aussi la soirée ne pouvait-elle être considérée comme une opération à fonds perdus. Bref, s'il avait fallu décrire la fête ainsi que son propre état d'esprit, Dortmunder en personne aurait pu qualifier l'une et l'autre de « plutôt chouette ».

Ils convergèrent sur Dortmunder : Murch, Fred Lartz et Wally Whistler. Ils firent cercle autour de son fauteuil, Murch déclarant : « On cherche un quatrième, et c'est toi qu'il nous faut... Allez, maintenant, tous ensemble ! Le bon roi Wenceslas !... »

Dortmunder ne connaissait que la moitié à peine des paroles, mais cela n'avait guère d'importance. Il émettait un bourdonnement guttural – sa conception personnelle de l'art du chant – tandis que les trois autres se renvoyaient la mélodie comme une balle de tennis, déraillant par moments, au point d'interrompre les conversations alentour. La joie et la bonne volonté coulaient à travers l'appartement, comme des eaux en crue, et Dortmunder, souriant entre deux gorgées de sabayon, se laissait emporter par le courant.

L'album suivant était consacré à la musique classique, aussi les chanteurs s'égaillèrent-ils pour renouveler leurs consommations. C'est alors que Kelp s'approcha avec une tasse de sabayon pour Dortmunder, qu'il s'accroupit près de son fauteuil et qu'il lui dit : « Elle est bien, ta soirée ! »

– Pas mal, admit Dortmunder.

– Écoute, ça t'embêterait de discuter le coup, une petite seconde ?

Dortmunder le regarda, interloqué : « Discuter le coup ? À propos de quoi ? »

– De Chauncey.

Dortmunder ferma les yeux : « Juste au moment où je commençais à me sentir bien ! »

Kelp lui tapota le bras : « Oui, je sais. Excuse-moi, je ne me serais jamais permis de gâcher l'ambiance, mais voilà, j'ai eu une idée… une idée grâce à laquelle Porculey va pouvoir, malgré ses raisons, faire la copie du tableau. Et si tu crois, comme moi, que mon idée est bonne, il pourrait se mettre au boulot aussi sec.

Plutôt que de froncer les sourcils, Dortmunder écarquilla les yeux : « La copie ? Mais il a dit, Porculey, que c'était pas faisable. »

– Ce sera faisable, grâce à mon idée, déclara Kelp. Je te l'explique… Tu veux bien ?

– Vas-y toujours, dit Dortmunder. Mais j'en présage rien de bon, de ton idée.

– Attends un peu…, dit Kelp. (Il se poussa plus près de Dortmunder et lui parla à l'oreille.)

Dortmunder l'écoutait, la tête un peu penchée, observant les invités qui circulaient dans l'appartement, qui devisaient, qui dansaient et qui chantaient. Il tenait de sa main gauche la tasse de sabayon et ses pieds reposaient sur le vieux pouf, placé à distance commode du fauteuil. Au début, il garda une moue sceptique, mais bientôt sa figure exprima une légère surprise, puis un vague amusement, enfin, tandis qu'il considérait la proposition, son visage se fit grave. Kelp, qui avait terminé ses explications, se balançait sur ses talons, tout

souriant, les yeux fixés sur le profil de Dortmunder :
« Alors ? Qu'est-ce que t'en penses ? demanda-t-il.

— Bon sang, dit Dortmunder. C'est tellement con, que c'est foutu de marcher.

— J'y donne le feu vert, à Porculey ?

— Bon sang…

— T'as qu'à bien réfléchir, Dortmunder. (Kelp attendait le verdict, surexcité au point que ses doigts tremblaient.)

— Je réfléchis.

— Alors ? J'y donne le feu vert ?

Lentement, Dortmunder opina du chef, puis, toujours aussi lentement, il répéta le mouvement : « Oui, fit-il d'un ton résolu. On peut toujours tenter le coup. »

— Bien parlé ! s'exclama Kelp, et il se releva d'un bond. J'ai un pressentiment sur ce coup-là, dit-il encore. Je sens que notre heure de gloire va sonner !

Un nuage de doutes assombrit le front de Dortmunder, mais au même moment, May apparut à la porte de la salle à manger et lança : « À table ! » puis elle ajouta : « T'as qu'à rester là, John. Je t'apporte ton assiette. »

— Et un revenez-y de sabayon, décréta Kelp, en tendant la main vers la tasse de Dortmunder. Avale-moi ça !

Dortmunder, ayant asséché sa tasse, reçut une assiette pleine de nourriture fumante et une nouvelle ration de sabayon. La salle de séjour, cependant, s'emplissait de convives qui, leur assiette dans une main et leur verre dans l'autre, cherchaient visiblement un moyen de soulever leur fourchette.

— À la santé de l'instigateur de la fête ! brailla soudain Kelp. À John Dortmunder !

– Veux-tu te taire, dit Dortmunder, mais une ovation lancée à pleine voix noya ses paroles.

Et déjà ce salaud de Stan Murch entonnait : « À l'amitié vidons nos verres », sans égard pour « Petit village de Bethléem » distillé par le phono. Tout le monde se crut alors obligé de faire chorus, tandis que Dortmunder, assis dans son fauteuil comme un idiot, l'assiette chaude lui brûlant les genoux, encaissait le mélodieux hommage.

Après quoi, les invités se débarrassèrent des assiettes, verres, tasses et boîtes de bière, pour applaudir leur propre performance musicale, ou on ne sait trop quoi, en fixant sur Dortmunder leurs yeux brillants d'un feu joyeux. Il comprit qu'on attendait qu'il prononçât quelques paroles. Il tourna la tête et son œil rencontra le visage radieux de Kelp.

Il leva alors sa tasse de sabayon, et dit : « Que le Ciel nous protège. Tous. »

5

Andy Kelp avait des amis partout, même dans les services de la police. Et c'est ainsi qu'au lendemain du Nouvel An, il appela un policier ami, nommé Bernard Klematsky : « Salut, Bernard, dit-il. C'est moi, Andy Kelp. »

– Tiens ? Salut, Andy. C'est des aveux téléphonés que tu veux me passer ?

Kelp eut un petit rire : « Toujours blagueur ! dit-il. Je te paie un pot après le service. »

– Pourquoi ?

– Faut que je sonde tes méninges.

– En ce cas, tu peux me payer un spaghettis-fruits de mer chez Unfredo. 10 h 30.

– J'y serai, promit Kelp.

Et il y fut. C'est Bernard qui arriva avec cinq minutes de retard. « Ici ! » cria Kelp, en voyant Bernard passer enfin le seuil et en lui faisant de grands signes de sa table de coin, au bout de la salle à moitié vide.

Bernard mit un certain temps à se débarrasser de son bonnet de fourrure, de son foulard de soie, de ses gants de cuir, de son pardessus en pure laine, et à les suspendre aux cintres du portemanteau métallique, près de la porte. Il apparut alors comme un type assez quelconque, d'un peu plus de trente ans, aux cheveux noirs épais, au nez plutôt long et charnu, en costume bleu marine fripé, avec une cravate bleu sombre, également fripée, et une vague allure de prof de maths. Un prof laïc dans une école paroissiale. Il s'avança vers la table, en se frottant les mains pour les réchauffer, et déclara : « Ça caille ce soir. »

— Autrement dit, en plus des spaghettis, tu veux un cocktail.

— Un Rob Roy pour commencer, ça ne serait pas de refus.

Kelp capta le regard de Sal, le serveur, lui demanda un Rob Roy : « Et un autre bourbon-soda », ajouta-t-il.

— Vous voulez commander ?

— Pourquoi pas ? dit Bernard. Je prendrai l'escalope panée citron et, en même temps, un spaghettis-palourdes.

— Te gêne pas, Bernard, dit Kelp avec un regard de reproche.

Bernard ne s'en formalisa pas. Il était trop content d'être dans un lieu couvert et chauffé. Souriant à Kelp, il demanda : « Et pour le vin, qu'est-ce que t'en penses ? Un bon Vendicchio ? »

— Bernard, c'est du braquage.

— Tas déjà vu un flic braquer un bandit ?

— Et pas qu'une fois, dit Kelp. (Puis, s'adressant à Sal, le serveur :) Moi, je prendrai le poulet à la parmesane et, en même temps, un spaghettis sauce rouge, quant au vin, allons-y pour le Vendicchio.

Tandis que Sal, le serveur, s'éloignait, Bernard hocha la tête : « Toute cette tomate ! » dit-il.

— J'aime la tomate… On peut parler maintenant ?

— Attends que je sois soudoyé, dit Bernard. Qu'est-ce que t'as trafiqué ces temps-ci, Andy ?

— Oh, ceci et cela.

– Une chose et une autre, hein ?
– Plus ou moins.
– En d'autres termes, toujours la même chanson.
– Comme qui dirait.
– En tout cas, t'as bonne mine, dit. Bernard. Quelles que soient tes activités, ça te réussit.
– Toi aussi, t'as bonne mine, déclara Kelp. (Les consommations furent servies.)
– Ah, le pot-de-vin ! dit Bernard.

Il descendit d'une seule lampée la moitié de son Rob Roy, eut un sourire radieux, se tapota l'estomac et dit : « Voilà ! Maintenant, on peut causer. »

– Bon... (Kelp se pencha par-dessus la nappe blanche.) Il me faut le nom et l'adresse d'un mec.
– Attends une seconde, dit Bernard. Tu veux sonder mes méninges, ou le fichier de la police ?
– Les deux.
– Andy, la rigolade, je suis pas contre, mais tu crois pas que tu pousses un peu, si tu vois ce que je veux dire ?

Kelp lui-même n'était pas sûr de sa position et l'incertitude le rendait nerveux. Il abaissa sensiblement le niveau de son deuxième bourbon-soda et déclara : « Si tu dis non, c'est non. Je ne vais pas discuter avec toi, Bernard. (Il esquissa un sourire amical.) Et je n'annulerai pas non plus la commande de spaghettis. »

– Ni le Rob Roy, dit Bernard qui vida rapidement son verre. D'accord, Andy, pose tes jalons et si je dis non, tu m'en tiens pas rigueur, et vice versa.
– Ça me va tout à fait. (Kelp se racla la gorge et battit des paupières.)

Le doigt pointé sur la figure de Kelp, Bernard lui fit

remarquer : « Quand tu clignotes comme ça, c'est que t'es sur le point de dire un gros mensonge. »

– Pas du tout, protesta Kelp en clignotant furieusement.

– Bon, je t'écoute, dit Bernard.

Par un effort de volonté, Kelp stabilisa ses paupières et ses yeux commencèrent à lui brûler. Ses yeux brûlants rivés sur Bernard et exprimant une sincérité immense, il déclara : « Ce que je vais te dire, c'est l'absolue vérité. »

– Te casse pas la tête, lui dit Bernard. Rien ne m'oblige à te croire. Mais si ton boniment me plaît, je ferai ce que je peux.

– C'est régulier, dit Kelp qui se permit quelques clignotements. Il se trouve que j'ai un cousin qu'a eu des histoires avec des gens.

– Je les connaîtrais, ces gens ?

– J'espère que non, pour ton propre bien.

– Tu te soucies de ma santé ? C'est gentil, ça.

– De toute façon, poursuivit Kelp, tu me connais, tu connais ma famille, tu sais qu'on est pas partisans de la violence.

– Très juste, dit Bernard. C'est même un de tes côtés sympathiques, Andy.

– Mon cousin, il est pareil que moi. Toujours est-il qu'il a l'impression qu'on lui a foutu un flingueur aux trousses.

Bernard semblait intéressé : « C'est vrai ? Il demande la protection de la police ? »

– Tu m'excuseras, Bernard, dit Kelp, mais, pour autant que je sache, avec la protection de la police, les mecs, ils dégringolent des fenêtres dans les meilleurs hôtels.

— On va pas aborder cet aspect de la question, dit Bernard. (C'était là sa formule habituelle, lorsque les arguments venaient à lui manquer.) Parle-moi un peu de ton cousin.

— Il voudrait sa propre protection, dit Kelp. Et pour ce faire, il faut qu'il connaisse son bonhomme. Il connaît bien certaines choses à son sujet, mais ni son nom ni son adresse. Et c'est là qu'on aurait besoin d'un coup de main.

Bernard s'assombrit : « Maintenant, Andy, tu devrais me la dire, la vérité. Il aurait pas dans l'idée, ce cousin à toi, de flinguer le flingueur ? Parce que si c'est ça, je pourrais... »

— Mais non, mais non, cria Kelp, et ses yeux n'eurent pas un papillotement. Je te l'ai dit, Bernard, la non-violence, c'est une vieille tradition familiale... Y a bien des façons d'écorcher un chat !

— Oui. Mais, d'une façon ou d'une autre, le chat, il n'en sort pas vivant.

— Je te donne ma parole, Bernard, dit Kelp (il eut même le geste du boy-scout prêtant serment). Tout ce qu'il veut, mon cousin, c'est se rencarder sur ce mec, et, ensuite, quelles que soient les mesures qu'il prendra, la violence en sera exclue à cent pour cent.

— Il pense pouvoir désarmer l'adversaire ?

— Je ne sais pas ce qu'il a derrière la tête, mon cousin, dit Kelp en clignotant frénétiquement.

— C'est bon, dit Bernard. Déballe toujours ce que tu sais, à propos de ce type.

— Il est de race blanche, dit Kelp, grand, maigre, les cheveux noirs et il a une patte folle. À son pied droit, il porte une chaussure orthopédique qui passe pas inaperçue, mais elle l'empêche pas de boiter. Autre chose, il a été alpagué pour je ne sais trop quoi, vers la fin du mois d'octobre, mais il s'en est tiré, grâce à un très célèbre avocat, un certain J. Radcliffe Stonewiler.

Le front de Bernard se creusait de rides : « T'en connais de drôles, sur ce zig. »

– Je t'en prie, Bernard, me demande pas d'où c'est que je tiens ces détails. Tu m'obligerais à te sortir un bobard, et je suis pas doué.

– Allons, Andy, tu te sous-estimes. (Les plats furent servis et le vin arriva.) Joli ! dit Bernard. Si on bouffait un peu tranquilles ? J'en profiterais pour réfléchir.

– Excellent programme, dit Kelp.

Ils mangèrent donc et ils burent du vin et, à la fin du repas, Bernard demanda : « Est-ce que j'ai ta parole, Andy, qu'au cas où je te dégotterais quelque chose sur cet oiseau, aucun acte illégal ne sera commis ? »

Kelp le regarda, l'œil rond : « Aucun acte illégal ? Écoute, Bernard, tu parles pas sérieusement ? Est-ce que tu sais seulement combien il en existe, de lois ? »

– D'accord, dit Bernard, en agitant une main apaisante. D'accord.

Mais Kelp était lancé et n'était pas près de s'arrêter.

– Tu peux pas marcher dans la rue sans enfreindre la loi, Bernard, dit-il. Chaque jour, on en vote une nouvelle et on annule pas les anciennes. Il est impossible de vivre normalement et légalement.

– D'accord, Andy, d'accord. J'ai dit d'accord, d'accord ?

– Bernard, dis-moi, comme ça sans réfléchir, combien de lois tu n'as pas respectées aujourd'hui ?

Bernard agita un index sévère par-dessus la table.

– Ça suffit maintenant, Andy. Je suis sérieux.

Kelp s'arrêta net, prit une profonde inspiration et réussit à se calmer.

— Excuse-moi, Bernard. Mais c'est un sujet qui me tient à cœur. C'est tout.

— Laisse-moi m'exprimer en d'autres termes, Andy, reprit Bernard. Pas d'acte illégal majeur. Non, attends... tu vas me parler de pollution industrielle, dans une seconde. Aucune violence. Est-ce que ça te paraît juste ?

— Bernard, reprit Kelp d'un ton solennel, il n'est pas dans mes intentions, ni dans celles de mon cousin de toucher à un cheveu de ce mec. Il se fera pas tuer, il se fera pas blesser... ça te va comme ça ?

— Merci, dit Bernard. Je vais passer un coup de fil, voir ce que je peux faire... (Il repoussa sa chaise.) Pendant ce temps, tu me commandes un espresso et une Sambuca, O.K. ?

À ces mots, il se leva et s'en fut vers la cabine téléphonique dans l'arrière-salle.

— T'as tout du bandit de grands chemins, Bernard, marmonna Kelp en suivant du regard le dos qui s'éloignait.

Il n'en commanda pas moins à Sal, le serveur, un espresso et une Sambuca pour Bernard, et la même chose pour lui. Et c'est un grain de café de sa Sambuca qu'il était en train de croquer quand Bernard réapparut. Kelp lui lança un regard vif mais Bernard goûta d'abord à sa Sambuca et mit un sucre dans son café. Enfin, tout en remuant l'espresso, il leva sur Kelp un regard grave.

— Ton cousin s'est embringué avec un mauvais fer, dit-il.

— Je m'en doutais.

— Son nom est Léo Zane et comme dossier vierge, on fait pas pire.

— Je suis pas sûr de comprendre.

— Il a été ramassé des tas de fois, toujours pour des trucs moches : meurtre, tentative de meurtre, attaque à main armée, deux fois pour incendie volontaire, mais il a jamais plongé.

— Un rusé, alors ? proposa Kelp.

— Rusé comme un serpent. Et deux fois plus dangereux. Si ton cousin veut se mesurer à lui, il fera bien de mettre des gants.

— J'y dirai. T'as pas pu avoir son adresse, des fois, au téléphone ?

Bernard fit non de la tête.

— Zane, c'est pas le genre casanier, dit-il. Il loge dans des meublés, des pensions de famille. C'est un solitaire et il circule beaucoup.

— Zut !

— Mais j'ai eu quand même une indication intéressante : y a une clinique, là-haut, à Westchester, où il se rend de temps en temps. Rapport à son pied. Il semble qu'il ne se fasse soigner que là, dans cette clinique.

— Elle s'appelle comment ?

— Clinique orthopédique de Westchester.

— Merci, Bernard. Je mettrai mon cousin au parfum.

Bernard pointa un doigt sévère sur Kelp : « Si jamais il lui arrivait quelque chose, à ce Zane, le moindre petit ennui, je te jure que je remonterai jusqu'à toi, Andy, tiens-toi-le pour dit. »

Kelp ouvrit les bras en un geste de totale candeur et sa paupière n'eut pas un seul tressaillement : « Voyons, Bernard, pour qui me prends-tu ? Je sais que t'es régulier. Jamais je t'aurais demandé ce service si j'avais eu dans l'idée de monter un coup tordu. »

— C'est bon, dit Bernard.

Détendu, il abaissa les yeux sur sa Sambuca et un sourire joua sur ses lèvres.

— T'as déjà essayé ça ? reprit-il.
— Essayé quoi ?

Bernard sortit une allumette de sa boîte, la craqua et la plaça au-dessus de la Sambuca. Une petite flamme bleue se forma à la surface de la liqueur où flottaient les grains de café. Bernard secoua l'allumette et, en souriant, regarda la flamme bleue qui miroitait.

— Pourquoi tu fais ça ? demanda Kelp sans comprendre.
— C'est comme si tu torréfiais les grains de café.
— Mais qu'est-ce qui brûle ?
— L'alcool, bien sûr.
— Alors, pourquoi tu le fais ?

Bernard le regarda, l'air surpris.

— Bon dieu, t'as raison, dit-il.

Il souffla la flamme.

— J'espère que t'as fait un vœu, fit Kelp.

6

Le chat noir et efflanqué sauta sur l'appui de la fenêtre, où se trouvait la soucoupe que Léo Zane remplissait de lait. Zane posa la brique de lait sur une table voisine et s'attarda près de la fenêtre pour gratter derrière l'oreille le chat qui s'était mis à laper. La morne pluie de mars ruisselait sur les carreaux et les douleurs dans le pied de Zane ne s'apaisaient pas. C'était la faute au temps, bien sûr, cette humidité qui saturait l'atmosphère en fin d'hiver, et la visite à la clinique – la première depuis presque six mois – ne l'avait pas du tout soulagé.

Ce qu'il lui fallait, c'était un séjour sous un climat chaud et sec. Los Angeles, peut-être. Là, il pourrait enfin s'asseoir au soleil, laisser les os de son pied absorber ses rayons et sa bienfaisante chaleur envahir son corps tout entier, ce corps en souffrance aujourd'hui si glacé. La douleur humide s'insinuait en lui comme la mort, se frayant un passage par son pied malade pour l'assaillir de frissons et de crampes. Peu importait la masse de vêtements sur son dos, la chaleur de la pièce ou la quantité de café absorbée, le froid continuait à le tourmenter jusqu'à la moelle des os.

Qu'est-ce qui le retenait à New York ? Pas grand chose, si ce n'est sa propre léthargie. Tous les ans, à cette même époque, il échafaudait vaguement des plans similaires et finissait immanquablement par rester dans ses pénates, se trouvant toujours une excuse pour ne pas partir, uni pour le meilleur et pour le pire à ce climat qui le rendait malade. Et cette année ?

Eh bien, en fait, cette année, il lui restait encore un ou deux boulots à mener à bien. L'épouse du psychiatre, par exemple ; chose surprenante, elle se révélait bien compliquée à éliminer. À l'évidence, les contrats qui devaient passer pour des accidents ou des morts naturelles étaient toujours les plus difficiles, sans compter celui de Chauncey toujours sur le feu.

À vrai dire, pour cette dernière affaire, Zane ne s'attendait pas à devoir intervenir d'aucune façon. La seule conversation qu'il avait eue avec ce Dortmunder et le laps de temps consacré à observer ses faits et gestes l'avaient convaincu que ce gars-là ne tenterait aucune entourloupe. Une fois que Chauncey aurait reçu l'argent de la compagnie d'assurances – probablement le mois prochain, plus vraisemblablement en mai – il récupérerait son tableau des mains de Dortmunder, c'était sûr et certain. À la suite de quoi, il réglerait à Zane le solde de quinze mille dollars et l'affaire serait faite.

L'épouse du psychiatre. Si seulement elle savait conduire. Qui aurait pu croire, au jour d'aujourd'hui que...

Soudain son attention fut captée par un vague mouvement dans la rue : devant l'immeuble, un type, courbé sous la pluie, montait dans sa voiture, une conduite intérieure Jaguar, d'un bleu sombre, arrêtée près du poste d'incendie. Elle portait les plaques MD et l'immatriculation du New Jersey, et Zane songea de nouveau à quel point c'était commode : avec des plaques MD, on pouvait se garer n'importe où, exactement comme si les médecins faisaient toujours des visites à domicile. À la clinique, ils se garaient n'importe...

N'avait-il pas aperçu une conduite intérieure Jaguar devant la clinique ? D'un bleu foncé, comme celle-ci ?

Dans la rue, sous l'œil de Zane, les essuie-glaces de la Jaguar s'étaient mis en mouvement, balayant la vitre. La Jaguar démarra, tourna sans hâte dans la première rue latérale, son clignotant arrière droit lançant, à travers le rideau de pluie, un feu doré et intermittent. Zane n'était pas certain que cette voiture fût la même que celle entrevue à l'entrée de la clinique. La même couleur, sans doute, mais était-ce bien le même modèle ?

« Grrrron », fit le chat, et il griffa Zane au poignet.

Surpris, Zane relâcha sa prise – perdu dans ses pensées, il étranglait l'animal – et le chat s'enfuit pour se cacher sous le canapé. Zane ramassa la brique de lait pour s'occuper les mains et claudiqua jusqu'au réfrigérateur, suivi par les yeux du chat toujours à l'abri, qu'il ignora. Abandonnant les questions sans réponses concernant la voiture, son esprit s'était remis en marche pour s'attaquer à d'autres problèmes. Il s'assit à la table en formica, l'air maussade, le regard dans le vague, les mains relâchées, les doigts en appui sur le rebord, la douleur de son pied un instant oubliée. Comme tout le reste.

L'épouse du psychiatre. Un accident, une chute, hmmmm...

7

Kelp était si heureux qu'il en bêlait : « Me dis pas que j'ai jamais rien fait pour toi, Dortmunder ! Après ce coup-là… »

— D'accord. (Les dettes de reconnaissance envers autrui agaçaient les nerfs de Dortmunder, et, le fait que cet autrui était Kelp n'améliorait pas la situation.)

— Deux mois que je planque devant cette clinique, et même plus ! insistait Kelp. Si j'ai pas lu un millier de livres de poche, j'en ai pas lu un. Jour après jour, trois, quatre fois par semaine… mais, en fin de compte, j'ai trouvé la pie au nid.

— C'est certain, dit Dortmunder. Cette fois-ci, c'est tout à fait certain.

Au cours des deux derniers mois, Kelp, par trois fois, avait filé des boiteux jusqu'à leur domicile depuis la Clinique orthopédique de Westchester – un établissement qui, par sa fonction même, fournissait un quorum régulier de claudicants – et, à chaque fois, Kelp avait emmené Dortmunder vers de lointaines banlieues, pour lui montrer des types dont aucun ne ressemblait si peu que ce soit au tueur rencontré par Dortmunder, un soir de novembre.

Mais, maintenant, Kelp était sûr de son fait : « Pas de doute possible, dit-il. Et tu sais pourquoi ? Parce que j'ai attendu qu'il monte chez lui et puis je suis entré dans la maison et j'ai examiné les boîtes à lettres et c'était là, noir sur blanc : Zane chambre treize. »

— D'accord, dit Dortmunder.

— Eh bien, on le tient !

— Va falloir vérifier de temps en temps, dit Dortmunder. S'assurer qu'il n'a pas déménagé.

— Évidemment... (Kelp prit un petit air peiné pour ajouter :) Les autres gars, ils pourraient bien nous donner un coup de main, non ? J'ai passé, moi, plus de temps dans les bagnoles depuis deux mois que A.J. Foyt.

— Mais ça va de soi, dit Dortmunder. Chacun prendra son tour.

— Bien, dit Kelp.

Il y eut un court silence.

Dortmunder renifla, se frotta le nez. Il remonta son pantalon. Puis toussa et se racla la gorge.

— Quoi ? fit Kelp en se penchant, alerte et plein de bonne volonté.

— Hum, dit Dortmunder.

Il mit l'index dans son oreille, l'agita comme pour la déboucher. Il aspira une longue bouffée d'air. Il joignit les mains derrière son dos, serra fortement les doigts.

— Merci... euh... Andy.

— Oh, pas de problème, fit Kelp. N'en parlons plus.

8

— C'est pas mal du tout, dit Dortmunder.

Griswold Porculey lui lança un regard de reproche : « Pas mal du tout ? Je vais vous dire, moi, ce que c'est, Dortmunder. C'est une œuvre de génie. »

Ils avaient tous les deux raison. Le tableau presque achevé, sur le chevalet de Porculey, était exécuté de main de maître, un faux si admirable, si fouillé dans le détail qu'il amenait à croire que le corps saugrenu de Griswold Porculey abritait bel et bien un authentique génie, le génie ayant, par le passé, élu bien souvent domicile dans des habitacles tout aussi inattendus. Une main, maculée de peinture, promenant un pinceau tout aussi maculé, des yeux, troubles et délavés jugeant de l'effet... c'est grâce à cette main et à ces yeux que les petits paquets informes de couleur sur la palette avaient donné naissance à un tableau dont Jan Veenbes lui-même aurait tiré orgueil. Sur le mur, à la gauche de Porculey, étaient collées ou suspendues presque deux douzaines de représentations de *La Folie conduisant l'homme à sa ruine*, qui allaient de photographies de l'œuvre, grandeur nature, jusqu'à des copies de format réduit arrachées à des livres d'art. Les différences dans les couleurs et les détails de ces diverses reproductions étaient suffisamment nombreuses pour décourager le faussaire le plus déterminé, mais Porculey était mystérieusement parvenu à manœuvrer avec succès hors de ce champ de mines et avait fait tant de bons choix que Dortmunder, face au travail quasiment terminé, eut le sentiment qu'il était devant un double exact du tableau vu dans le salon d'Arnold Chauncey. Ça ne l'était pas, bien sûr, mais les différences, logées un peu partout, étaient infimes.

Porculey étudiait maintenant la zone d'ombre, dans la partie inférieure droite de la toile, là où la route s'incurvait pour entamer une descente en pente douce. Le morceau le plus difficile, car le plus vague. Il ne comportait, en effet, aucun détail caractéristique, mais n'était pas pour autant un aplat sombre et confus.

On était à la fin du mois d'avril, trois semaines s'étaient écoulées depuis la découverte par Kelp de l'adresse du tueur, et Dortmunder se retrouvait dans la boutique-galetas qu'il n'avait pas revue depuis cette soirée de décembre au cours de laquelle Porculey avait si cruellement rejeté l'idée originale de Kelp. Dortmunder avait tenté plusieurs fois d'y retourner, souhaitant se faire une idée sur les capacités de Porculey, mais il avait, chaque fois, essuyé un refus catégorique. « Je ne veux pas d'un tas de rigolos sur le dos pendant que je travaille », avait décrété Porculey. Dortmunder avait bien essayé de lui faire remarquer que des deux, c'était lui qui avait quelqu'un sur le dos, un tueur professionnel par-dessus le marché, mais Porculey s'était contenté de répliquer : « Je vous appellerai quand j'aurai quelque chose à vous montrer », avant de lui raccrocher au nez.

Aussi avait-il été tout surpris et surpris fort agréablement, ce matin-là, lorsque Porculey lui-même avait pris contact avec lui par téléphone, pour lui dire : « Si vous avez toujours envie de voir mon travail, amenez-vous ! »

– J'arrive tout de suite.

– Vous pouvez inviter vos potes, si vous le désirez.

Mais Dortmunder ne le désirait pas. Ce tableau avait trop d'importance à ses yeux, aussi préférait-il le voir sans être obligé d'entendre des conversations tout autour de lui.

– Je viendrai seul, avait-il répondu.

– Comme vous voudrez. Apportez du vin. Vous savez lequel.

Dortmunder avait donc apporté une bonbonne de « Bourgogne Chaleureux », que Cléo avait entamée sans attendre, distribuant le vin dans des récipients comme d'habitude dépareillés. Et maintenant, sa chope blanche pleine de vin à la main, Dortmunder suivait le pinceau de Porculey qui effleurait à petites touches, prudentes, mais sûres, la surface de la toile.

Pendant les quatre mois qui venaient de s'écouler, Porculey, dans son sanctuaire au cœur du centre commercial, avait travaillé comme un forcené, réussissant, semblait-il, à bel et bien créer un miracle.

Tout disposé à en parler maintenant, il fit un pas en arrière pour se poster à bonne distance de son chevalet et fronça le sourcil en direction de cette zone d'ombre préoccupante dans le coin inférieur droit de la toile.

– Vous savez comment j'y suis arrivé ?

– Non.

Porculey hocha la tête.

– J'ai commencé par une recherche, expliqua-t-il sans quitter le tableau des yeux. Le Frick possède un Veenbes et le Metropolitan en a trois autres. J'ai étudié ces quatre-là en regardant toutes les reproductions qui me tombaient sous la main.

— Et pour quelle raison ?

— Chaque artiste possède sa propre gamme de couleurs. Sa palette. Je voulais savoir ce que donnaient les autres tableaux de Veenbes en reproduction, pour m'aider à retrouver les couleurs d'origine de celui-ci.

— Je commence à comprendre, dit Dortmunder. C'est bien pensé.

Cléo, l'œil rêveur et dégustant son vin à petites gorgées, admirait Porculey et sa toile comme l'artiste satisfait contemple ses créations, fruits d'un long labeur.

— Porky s'est éclaté en faisant ça, expliqua-t-elle. Il a commencé par piquer des grosses colères, à balancer des trucs à travers la pièce, et puis il a émis des jugements infâmes sur l'art. Après quoi, il s'est vanté d'être meilleur que tous les autres.

— Meilleur que la plupart, en tout cas, intervint Porculey complaisamment.

Après une brève caresse à la palette, l'extrémité de son pinceau s'attaqua derechef au coin obscur de la toile pour en modifier la texture d'une touche infinitésimale.

— Parce que je ne me suis pas simplement contenté de faire des recherches et d'en rester là, figurez-vous. J'ai regardé les peintures, mais plus encore, j'ai essayé de voir à travers elles et même au-delà. J'ai essayé de me représenter Veenbes dans son studio s'approchant de sa toile, je voulais voir la manière dont il tenait sa brosse, ou mettait sa couleur en place en caresses légères, sa façon de prendre des décisions ou de changer d'avis.

« Saviez-vous que ses coups de brosse remontaient en diagonale vers le coin supérieur gauche de la toile ? Et ça, c'est très rare. On pourrait croire qu'il était gaucher mais il existe deux portraits exécutés par des contemporains qui le dépeignent devant son chevalet, la brosse dans la main droite.

– Et ça fait quoi comme différence ? demanda Dortmunder.

– Ça change la manière dont la toile accroche la lumière, expliqua Porculey. Là où elle se reflète, la façon dont l'œil se laisse guider au fil du tableau.

Une masse de détails qui passa largement au-dessus de la tête de Dortmunder.

– Eh ben, quoi qu'il en soit, c'est super, ce que vous avez fait, conclut Dortmunder.

Porculey parut satisfait. Adressant à son hôte un bref sourire par-dessus son épaule, il déclara : « J'ai préféré attendre d'avoir quelque chose à montrer. Il y a de quoi voir maintenant, pas vrai ?

– Pour sûr. Même que c'est à peu près terminé.

– Eh oui. Encore deux semaines, trois au plus, et c'est fini.

Dortmunder regarda longuement la nuque de Porculey, puis le tableau : « Deux, trois semaines ? Mais il est fait, le tableau ! Comme il est là, vous donneriez le change à tout un tas de gens ! »

– Mais pas à Arnold Chauncey, affirma Porculey. Pas une seconde. Je me suis renseigné sur votre client, pendant que j'y étais, et j'ai compris que vous vous êtes dégotté un client qu'est pas facile à mettre dedans. C'est pas un quelconque courtier qui achète et revend des objets précieux comme des cartes postales. C'est un expert, il s'y connaît en œuvres d'art et il sait certainement reconnaître un tableau de sa propre collection.

— Vous m'en foutez un coup, dit Dortmunder.

Cléo, amicale et compréhensive, fut tout de suite à son côté, soulevant la bonbonne de vin : « Encore un peu, proposa-t-elle. Vous allez voir, tout s'arrangera. Porky va bien vous soigner. »

— C'est pas Porc... euh... Porculey qui m'inquiète, lui dit Dortmunder. Ce qui m'inquiète, c'est de m'être laissé embringuer une fois de plus dans une magouille à Kelp.

— Il m'a l'air d'un brave garçon, ce Kelp, dit Porculey.

— N'est-ce pas ? dit Dortmunder.

Porculey fit un pas en arrière pour examiner le tableau d'un œil critique : « Savez-vous que je suis assez fortiche dans ce genre d'exercice ? C'est encore meilleur que mes coupures de vingt. Je me demande s'il y a un avenir là-dedans... »

— Il y a déjà les dix mille qu'on vous réserve si le coup réussit et que Chauncey passe à la caisse, lui rappela Dortmunder. Moi, question avenir, c'est tout ce que je peux vous dire.

— Oui, dit Porculey. Mais supposons que je mette à profit toutes les connaissances que j'ai réunies sur Veenbes, ses sources d'inspiration, sa palette, sa technique, et que je peigne un Veenbes à ma façon. Pas une copie, une toile tout à fait originale... Les œuvres inconnues de vieux maîtres, on en découvre tous les jours... Pourquoi pas une œuvre de ma main à moi ?

— Je suis pas compétent, dit Dortmunder.

Porculcy hocha la tête, continuant à réfléchir.

— Ce serait bien mieux que de dessiner des billets de

vingt, dit-il. Quel ennui c'était, ça. Aucune palette. Quelques verts, un noir et basta. Alors qu'un Veenbes…

Les yeux mi-clos, il ne voyait plus la toile inachevée devant lui.

– Un couvent médiéval, poursuivit-il. Des murs et un sol en pierre. Des bougies. Les nonnes ont enlevé leurs robes…

9

Huit jours plus tard, Dortmunder entra au Bureau central des allocations chômage du quartier et attendit à la porte d'entrée d'être fouillé par le garde de sécurité. Ce dernier, à la recherche d'armes à feu, de bombes et autres manifestations concrètes de mécontentement politique, examinait sans se presser le sac à main d'une cliente. Dortmunder, en pantalon de travail vert bouteille et blouson en flanelle, la taille sanglée d'une lourde ceinture porte-outils festonnée d'instruments de travail, tenait un bloc-notes à pince.

La cliente, dont la peau brune et l'air maussade avaient fait d'elle une suspecte de premier choix aux yeux de l'autorité, s'était, cette fois, montrée très rusée en laissant armes et bombes à la maison. Le garde la laissa passer à contrecœur puis se tourna vers Dortmunder qui posa son bloc-notes sur le comptoir et annonça :

– Réparation de machine à écrire.
– Quel service ?

Face à Dortmunder, blanc et de grande taille, ni client ni porteur d'un bagage susceptible de contenir armes ou bombes, le garde n'avait aucune raison de soupçonner quoi que ce soit.

– Aucune idée, fit Dortmunder. (Il fit glisser son

doigt au bas de la feuille.) On m'a juste donné cette adresse, c'est tout. Ça dit ici : le pool de dactylos.

– Nous en avons quatre dans ce bâtiment, expliqua l'autre.

– Moi, je suis juste le mec qui répare le matériel défectueux, répliqua Dortmunder.

– Alors, comment je fais, moi, pour savoir quel service ?

– Je donne ma langue au chat.

Il existe une différence entre le client et l'ouvrier, une différence valable partout et pas seulement au Bureau des allocations chômage du Service de l'emploi, État de New York. La différence tient au fait que le client est là parce qu'il veut quelque chose. En revanche, l'ouvrier se fiche de ce qui arrivera comme de sa première chemise. Il ne fera aucun effort, il n'essaiera pas d'aider, ne fournira aucune explication, en fait il ne fera rien d'autre que de rester planté là. Le client aime qu'on l'apprécie mais l'ouvrier se satisfait tout autant de retourner auprès de son patron et de lui annoncer en haussant les épaules : « On n'a pas voulu me laisser entrer. »

Naturellement, tout le monde sait ça, même le garde à la porte qui, croisant d'un air contrarié le regard indifférent de Dortmunder, poussa un soupir et lança :

– Bon, d'accord. Je vais me renseigner.

Il décrocha le téléphone en consultant d'un œil rapide sa liste de numéros intérieurs.

La chance lui sourit au premier essai, ce qui ne surprit en rien Dortmunder.

– Je vous l'envoie, dit-il au combiné qu'il reposa sur son berceau. BREE, lança-t-il à Dortmunder.

– Quoi ?

– Bureau des résidents extérieurs à l'État. Vous allez jusqu'au bout du couloir, là-bas, et vous prenez l'ascenseur jusqu'au second.

– OK.

Dortmunder, selon ces indications, finit par se retrouver au BREE, une grande salle pleine d'employés devant leur machine à écrire à leur table de travail, séparés les uns des autres par des classeurs à tiroirs faisant office de cloison. Il s'approcha du bureau le plus proche marqué « accueil » et s'adressa à la réceptionniste :

– Réparation de machines à écrire. Ils viennent de vous téléphoner en bas.

– Ah oui, dit-elle en pointant le doigt. Le pool de dactylos, tout droit, et après le deuxième bloc de classeurs, vous tournez à droite.

– Très bien, dit Dortmunder.

Il se dirigea vers le pool de dactylos dont la responsable, une grande femme aux cheveux gris, le visage et le corps comme du béton, l'accueillit en fronçant les sourcils :

– Est-ce que vous savez qu'il y a presque trois semaines que nous vous avons adressé le formulaire 280 B ?

– Je ne fais que mon travail, ma petite dame, dit Dortmunder. Où est-elle ?

– Par ici. Suivez-moi, dit-elle d'un ton revêche en ouvrant la marche.

Toutes les administrations de grande taille ont de nombreux pools de dactylos et toutes les machines à écrire tombent en panne de temps à autre et chaque demande de réparation ne prend jamais moins de quatre mois pour arriver au service compétent de l'administration en question. En conséquence de quoi, au lieu de se plaindre, la responsable aurait dû se montrer reconnaissante à Dortmunder d'avoir fait aussi vite. Mais nous vivons dans un monde bien ingrat.

La femme abandonna Dortmunder devant une énorme Royal électrique. Il la brancha, l'alluma et la machine à écrire se mit à bourdonner. Il enfonça quelques touches avec sa maladresse habituelle et comprit le problème : le retour automatique du chariot ne fonctionnait pas. Il passa deux ou trois minutes à bidouiller, débrancha l'alimentation, souleva l'engin – il pesait un âne mort –, la porta jusqu'au bureau de l'ingrate et annonça :

– Va falloir que je l'emmène à l'atelier.

– Les machines qui repassent par l'atelier, on ne les revoit absolument jamais, dit la femme.

À juste titre, très probablement. C'était vrai, en tout cas, de la machine que Dortmunder avait emportée de ce bureau à son dernier passage, deux ans auparavant.

– Je vous la laisse, si vous voulez. Mais elle a besoin de retourner à l'atelier.

– Bon, très bien.

– J'ai besoin d'un reçu ou quelque chose pour le garde à l'entrée ?

– Je lui passe un coup de fil.

– Très bien.

Dortmunder descendit au rez-de chaussée chargé de sa machine à écrire où le garde le salua de la tête en lui faisant signe de passer. Une fois à l'extérieur de l'immeuble, il déposa son fardeau sur le siège passager de la Plymouth qu'il avait volée pour l'occasion puis retourna à Manhattan chez un de ses amis qui tenait une boutique de prêts sur gages non loin de la

Troisième Avenue. Le bonhomme avait la réputation de ne jamais poser d'autre question que : « Combien ? » Dortmunder lui remit la machine, accepta quarante dollars et ressortit.

C'était une belle journée de la fin du mois d'avril, une des rares journées du mois où il n'avait pas plu, aussi Dortmunder décida-t-il de laisser la Plymouth là où il l'avait garée et de rentrer à pied. Il avait parcouru quelque deux cents mètres quand il se rendit compte qu'il était en train de regarder Stan Murch, à travers le pare-brise d'une voiture, arrêtée près d'un poste d'incendie. Il esquissa un sourire et se prépara à agiter la main en un cordial salut, mais Stan eut un tout petit hochement de tête et un tout petit geste de dénégation de la main qui reposait sur le volant, qui incitèrent Dortmunder à justifier le mouvement de son propre bras par une quinte de toux et à poursuivre son chemin.

May n'était pas rentrée, puisque, ce jour-là, au Safeway, elle était de service dans l'après-midi, mais un mot était scotché sur l'écran de la télé : « Appelle Chauncey. »

« Beuh », fit Dortmunder. Sur quoi, il se rendit à la cuisine pour s'ouvrir une canette de bière. Il s'attarda même à la cuisine, ne tenant pas à revoir le message sur le poste, et il en était à la seconde bière, quand retentit la sonnette.

C'était Stan Murch : « Oui, j'en prendrais volontiers », dit-il en lorgnant la bière dans la main de Dortmunder.

– Bien sûr. Assieds-toi.

Dortmunder alla chercher une bière à la cuisine et l'apporta dans la salle de séjour, où Murch était assis, les yeux fixés sur le récepteur télé : « T'as déjà appelé ? » demanda-t-il.

– L'était pas chez lui, mentit Dortmunder. Pourquoi tu m'as fait le sert tout à l'heure ?

– Je filais Zane, dit Murch. (Il avala quelques goulées de bière.)

– Ah…

Persuadés, en effet, que Zane n'avait « tapissé » aucun des amis de Dortmunder ayant participé au faux cambriolage, les membres du groupe avaient, de temps en temps et à tour de rôle, filé Léo Zane, dans l'espoir d'en apprendre assez sur son compte pour pouvoir le manœuvrer en cas de besoin.

Dortmunder fronça les sourcils : « Mais qu'est-ce qu'il fichait dans le coin ? »

– Il te filait, dit Murch.

– Il me filait ?

– Ouais. (Murch s'offrit une rasade de bière avant d'expliquer :) Moi, je le file et lui, il te file, toi. C'est plutôt marrant.

– Désopilant, dit Dortmunder, en se dirigeant vers le téléphone pour appeler Chauncey.

10

C'est Zane que Chauncey avait appelé d'abord, à son retour à New York : « Chauncey à l'appareil. »

— Ça a marché, non ? (La voix de Zane, assez terne, sans vigueur ni passion, portait une menace latente que Chauncey trouva excitante. Comme une toile allégorique de Brueghel.)

— Oui, ça a marché. (Cette fois, le casse avait été perpétré avec un si parfait réalisme que l'enquête de l'assurance s'était réduite à une formalité et que l'indemnisation avait été accordée beaucoup plus vite que prévu.)

— Et votre oiseau ? demanda Chauncey. Comment se comporte-t-il ?

— Toujours dans sa cage. Il cherche même pas à s'envoler.

— C'est bon. Je le verrai bientôt. Vous gardez un œil sur lui ?

— Je le file, dit Zane, jusqu'à ce que vous en ayez fini avec lui. Vous ne me verrez pas, mais je serai là.

— Excellent.

— Ça se passe quand ?

— Dès que possible, dit Chauncey. Je vous rappelle.

Il téléphona alors à Dortmunder, mais il eut au bout du fil une femme à la voix plutôt sèche, à qui il confia son message.

Ce n'est que trois heures plus tard que Dortmunder l'appela et sa voix avait quelque chose de si lugubre et de si hargneux que Chauncey, malgré les assurances de Zane, conçut des soupçons immédiats : « Le tableau est en bon état ?

– Pour sûr, dit Dortmunder. Pourquoi il le serait pas ?

– Alors apportez-le-moi. J'ai l'argent.

– En liquide ?

Chauncey fit la grimace. Personne ne paie plus en liquide, sauf pour acheter un journal, aussi Chauncey n'avait-il pas songé à un transfert de fonds entre Dortmunder et lui-même. Mais, bien entendu, il lui était difficile de proposer un chèque à ce type. Et même s'il avait pu le faire, Dortmunder ne l'aurait certainement pas accepté. Il était peu probable, d'autre part, que Dortmunder fût membre du Diners Club ou du Master Change.

– Chauncey.

– Je réfléchis, dit Chauncey. Attendez là, Dortmunder, je suis obligé de vous rappeler.

Mais lorsqu'il le rappela, une demi-heure plus tard, la ligne était occupée, et voilà pourquoi :

– Je vous le dis, Dortmunder, c'est pas terminé.

– Et moi, je vous dis, Porculey, que ce foutu mec est de retour ici et qu'il réclame son foutu tableau.

– On peut pas le lui donner s'il est pas fini.

– Faut que je le rende, j'ai pas le choix.

– Vous m'avez dit que j'avais jusqu'au mois de mai pour le terminer.

– Le type est rentré plus tôt et il veut son tableau.

– Le tableau, il est pas prêt.

– Allez, Porculey, faites-moi une fleur…

Il y eut une pause. Et le vague bruit mouillé qui parvint à Dortmunder était celui que faisait Porculey en suçant sa lèvre inférieure, pour stimuler sa réflexion. Finalement l'homme poussa un soupir – autre son déplaisant – et dit : « Vendredi. Ce ne sera pas parfait, mais... »

– On est mardi.
– Je sais quel jour on est, Dortmunder.
– Trois jours ?
– Il faut que je le vernisse, ce tableau, que je le patine, qu'il sèche. Vous voulez qu'il sente la peinture fraîche ?
– Trois jours, insista Dortmunder. Y a pas moyen de faire un peu plus vite ?
– Plus vite ? Dortmunder, v-v-v-vous im-m-m-aginez v-vraiment...
– Bon, bon. Je vous crois sur parole.
– Je compte au plus juste.
– Je vous crois, dit Dortmunder. Vendredi.
– Vendredi soir.
– Allons, allons !
– Vendredi soir.
– 8 heures.
– 10 heures.
– 8 h 30.
– Vaut mieux éviter l'heure de pointe, Dortmunder. 10 heures.
– L'heure de pointe, elle ne dure pas si longtemps. 9 heures ?
– Allez, 9 h 30.
– 9 heures, répéta Dortmunder.

Il raccrocha brutalement et aussitôt la sonnerie du téléphone retentit.

C'était Chauncey, bien entendu, qui avait recomposé le numéro. Il se sentait prêt à briser le récepteur d'un coup de dents, s'il retombait une fois encore sur la tonalité « occupé » et quand il entendit enfin la sonnerie, il en fut si étonné qu'il resta silencieux lorsque Dortmunder répondit « Allô ? ». Et, bien qu'il eût reconnu la voix de celui qu'il cherchait à joindre, il ne put, sous l'effet de la surprise, s'empêcher de demander : « Dortmunder ? ».

– Chauncey…
– Vous étiez en conversation…
– C'est l'anniversaire d'un copain.

Chauncey fut, de nouveau, surpris, mais, cette fois agréablement. De la sentimentalité confraternelle dans les classes criminelles… voilà qui était charmant !

– C'est gentil, dit-il.
– Parlons fric, dit Dortmunder. (La chaleur de l'amitié, décidément, n'avait sur cet homme qu'un éphémère effet.)
– Oui. (Chauncey s'éclaircit la gorge.) Je me suis aperçu qu'il était difficile d'obtenir du liquide, ou, à tout le moins, de l'obtenir sans susciter des questions indiscrètes.

Dortmunder, d'un ton exaspéré, répondit : « Ne me dites pas, Chauncey, qu'après tout ce casse-tête, vous n'avez pas l'argent. »

Chauncey était trop absorbé par ses propres problèmes pour s'interroger sur le sens d'« après tout ce casse-tête ». « Mais si, dit-il, je l'ai, l'argent, mais pas en liquide. »

– Argent et liquide, c'est tout pareil, déclara Dortmunder, dont l'univers, apparemment, était du genre simpliste.

— Enfin… pas tout à fait, dit Chauncey. Pour ne rien vous cacher, il me faudra un petit peu de temps pour réunir la somme en liquide. Je suis désolé. Je n'avais pas vraiment réfléchi à la question.

— Et ça veut dire que vous l'aurez quand, en un mot ?
— Pas avant vendredi, je le crains.
— On est mardi.
— Je sais bien et je vous fais mes excuses. J'ai entamé les démarches nécessaires mais le fait est que je ne peux sortir une telle somme en une fois. Cela prendra quelques jours ouvrables et d'ici vendredi, j'aurai la totalité du liquide.
— Disons vendredi soir, alors.
— Très bien. Vous souvenez-vous du passage qui mène de mon jardin à la rue voisine ?
— Bien entendu.
— Passez par là, vendredi à minuit et je vous ouvrirai.
— D'accord, fit Dortmunder avant d'ajouter : Je ne serai pas seul.
— Vous ne serez pas seul ? Et pourquoi ?
— S'agit d'une grosse somme, lui rappela Dortmunder. Les autres membres de la cordée vont m'accompagner.

Chauncey n'était pas du tout certain que la perspective de sa résidence envahie par des malfrats le réjoût.

— Combien serez-vous ?
— Le driveur restera dehors. Je viendrai avec les trois autres.
— Vous serez quatre ? Dortmunder, ne vous méprenez pas, j'ai confiance en vous. Mais comment pourrais-je être sûr des autres ?

Je m'en porte garant, répondit Dortmunder. Vous pouvez avoir une entière confiance en eux.

11

Le soir du vendredi... Léo Zane, à bord de sa propre voiture, le seul bien qu'il possédât – en l'occurrence, une Mercury Cougar noire, avec une pédale d'accélération en forme d'étrier, afin de soulager au maximum les douleurs de son pied droit – suivait Dortmunder et son compagnon non identifié, qui roulaient dans une Volkswagen Coccinelle d'un rouge vif, à travers les rues de Manhattan, éclaboussées de pluie. Les essuie-glaces chassaient l'eau d'un côté et d'autre, l'humidité froide s'infiltrait à travers la carrosserie métallique, mais Zane ne perdait pas un instant de vue les feux arrière de la Coccinelle.

Dortmunder, en principe, allait à son rendez-vous avec Chauncey, fixé à minuit, c'est-à-dire dans une demi-heure, mais, le cas échéant, pourquoi la Coccinelle prenait-elle obstinément un chemin qui l'éloignait du centre ? Il semblait même qu'elle faisait route vers ce triste dédale de rues, au sud de la 14e Avenue, du côté de la rivière Hudson, connu sous le nom de Village Ouest. Prolongeant à l'ouest Greenwich Village, ce quartier, à cause de la proximité des docks et du tunnel de Hollande, n'abrite, pour ainsi dire, que des hangars à camions et des entrepôts.

La Coccinelle, toujours cap au sud, suivit Washington Street qui traversait un fouillis de rues, bordées de poids lourds en stationnement, aux trottoirs noyés de pluie et déserts, à part, de temps en temps, la silhouette d'un homo solitaire en quête d'une âme sœur. Dans l'univers gay, ce quartier était connu sous le nom « Les Camions » et, en l'absence de tout résident pour venir déposer plainte, il s'y manifestait souvent une activité assez intense dès la tombée du jour. Mais pas cette nuit, pas avec cette humidité glaciale. Les quelques promeneurs solitaires qui traînaient leurs guêtres dans le coin, les mains dans les poches de leur blouson, évoquaient plus des chats errants que des partouzards branchés.

Enfin, la Coccinelle, quittant Washington Street, tourna dans une rue latérale, dont Zane ne put distinguer le nom dans l'obscurité pluvieuse. Étaient-ils dans le voisinage de Charles Lane ? De Weehawken Street ? Ou plus au sud, dans les environs de Morton Street ou Leroy Street ? Pour autant qu'il puisse en juger avec cette absence de visibilité presque totale, les yeux braqués sur les feux arrière de la Coccinelle, ils se trouvaient maintenant au sud de Canal Street, autour de Desbrosses ou Vestry Street.

Apparemment, les entreprises de camionnage, les chargeurs et les entrepôts n'avaient pas tous fermé pour le week-end. Devant Zane, un peu plus haut, dans la rue, un gros tracteur à remorque reculait, cherchant, sans doute, à se mettre en position pour le chargement, et obstruant presque entièrement la chaussée. Le nez tourné vers la droite, il tentait une marche arrière vers la gauche. Un personnage à l'allure de mastodonte, portant poncho ciré et bonnet de tricot, était planté au milieu de la rue pour diriger la manœuvre du tracteur. D'un geste, il fit stopper la Coccinelle, afin de permettre au camion de continuer sa valse hésitation sur le cailloutis.

Bon sang !... Ne voulant pas se rapprocher de Dortmunder, Zane ralentit et s'arrêta, à quelques longueurs de voiture de la Volkswagen, en attendant que la voie se dégage. Mais le grand gaillard arriva au trot, à travers les flaques d'eau, en lui faisant signe d'avancer. Par une mimique énergique, il lui enjoignit de se ranger plus loin, sur la gauche, le long d'un gros camion de livraison, garé à cheval sur le trottoir. Docilement, Zane se rangea près du camion, la poignée de sa portière touchant presque le flanc vert olive du poids lourd.

Là-dessus, le costaud fit signe à la Coccinelle de reculer, et l'obligea également à se rabattre contre le flanc du camion. Zane baissa la tête et abrita sa figure de la main à l'approche, en marche arrière, de la Coccinelle, qui clignotait de ses feux blancs. Quand les clignotants s'éteignirent, il restait encore entre la Coccinelle et la Cougar la longueur d'une voiture, mais, à cette distance, Zane ne se sentait guère rassuré.

Qu'est-ce qu'ils pouvaient bien trafiquer, ces gens ? Tandis que des phares, dans son rétroviseur, signalaient à Zane qu'un autre véhicule allait être pris dans le mini-embouteillage, l'énorme tracteur à remorque, fouteur de toute cette pagaille, sortit complètement sur la chaussée, amorçant un mouvement tournant vers Zane, avec l'intention, sans doute, de recommencer la manœuvre, afin d'entrer dans un passage et d'y atteindre une plate-forme de chargement, ou quelque autre objectif. Ayant exécuté son quart de tour, il obliqua vers la Cougar de Zane, pour enfin la serrer d'aussi près, sur sa droite, que le camion de livraison la serrait sur sa gauche, les deux poids lourds étant tournés en sens inverse.

C'est pas bientôt fini, ce cirque ? Le tracteur à remorque s'était arrêté là, indécis, peut-être bien, quant à la prochaine initiative à prendre, mais Zane n'eut aucun soupçon jusqu'au moment où les lumières se mirent à changer.

D'abord s'éteignirent les feux arrière de la Coccinelle. Et, bien que, de sa place, il lui fût difficile d'en juger, il semblait bien à Zane que les phares avaient été coupés, eux aussi.

Ensuite, la Coccinelle s'éclaira de l'intérieur, car sa portière s'était ouverte. Et même ses deux portières. Dortmunder et le conducteur descendaient de la voiture d'autant plus facilement que seul l'arrière-train était coincé entre le camion et le tracteur.

Enfin, Dortmunder et le conducteur claquèrent leurs portières respectives, éteignant du même coup la lumière intérieure, et, au même instant, les phares, dans le rétroviseur de Zane, s'éteignirent eux aussi.

Où allaient-ils, Dortmunder et l'autre type ? Étaient-ils arrivés à destination ? Vingt dieux, qu'est-ce que c'était que ce manège ?

Un autre véhicule était apparu à l'avant, bien plus gros que la Coccinelle. Lentement, le véhicule poussait la Coccinelle vers la Cougar de Zane. Celui-ci, instinctivement, se mit en marche arrière, mais avec la voiture derrière lui, il n'y avait pas de recul possible. Il se remit donc en marche avant, mais il était vain de se mesurer avec le gros engin : en poussant la Coccinelle de son côté, il allait tout bonnement défoncer son propre capot.

La Coccinelle s'arrêta. L'autre véhicule – un poids lourd – resta sur place.

Rien ne se passa.

« C'est ridicule ! » dit Zane. Il actionna son avertisseur : yap – yap – yaaaap. Le son se perdit dans la pluie. La Coccinelle ne donna aucune réponse, pas plus, d'ailleurs, que le tracteur à remorque sur sa droite, ou que la voiture derrière lui, ou que le camion de livraison sur sa gauche.

– Ça alors ! fit-il.

Et il ouvrit la portière. D'un centimètre et demi environ. Ça n'allait pas plus loin. Finalement, Zane comprit la situation. Ayant coupé précipitamment le moteur et dégagé son pied de la pédale-étrier, il se glissa jusqu'à la portière opposée, l'ouvrit violemment et l'entendit cogner contre le flanc du tracteur à remorque.

L'interstice, cette fois, était plus important. Il mesurait trois bons centimètres.

Le moteur étant coupé, les essuie-glaces s'étaient arrêtés également, et c'est à travers le pare-brise ruisselant que Zane contempla la Coccinelle et, au-delà, le camion qui la bloquait. Pas d'issue. Il se tortilla sur le siège et chercha à voir, par la lunette arrière barbouillée de pluie, la voiture qui le serrait par-derrière, mais, bien qu'il n'en eût qu'une vision trouble, il ne se faisait plus d'illusions : l'engin était trop lourd pour qu'il fût possible de le bouger.

Le piège !... Ce salopard de Dortmunder avait manigancé quelque chose. Il avait feinté Zane et il était en train de mener à bien sa combine, d'entuber son monde, en ce moment même. « Quand je me sortirai d'ici… » marmonna Zane, en écrasant son poing sur le pare-brise.

Quand il se sortirait de là ?… Bonté divine !…

Maintenant Zane savait quand il pourrait s'en sortir. Quand les vrais chauffeurs de ces camions viendraient reprendre leur boulot, oui ! Et pas une minute plus tôt.

Lundi matin.

12

À minuit juste, Arnold Chauncey mit la clef dans la serrure intérieure de la porte qui fermait le passage secret, tourna la clef, ouvrit la porte... Personne ne la franchit.

Quoi ?... Gardant la porte entrebâillée, clignant des yeux dans la brouillasse, Chauncey inspecta la rue, mais ne vit rien ni personne. Où donc était Dortmunder ? Et, ce qui importait davantage, où était le tableau ? Allons, pas d'affolement ! Un petit retard, c'est humain. Laissant la porte entrouverte et relevant le mince col de sa veste de daim – précaire protection contre la pluie et le froid – Chauncey se résigna à l'attente. Dortmunder allait arriver. Et, en cas de pépin avec Dortmunder, Zane prendrait la relève. Alors inutile de se ronger les sangs.

Le passage derrière la maison de Chauncey n'était pas chauffé, en fait il n'y avait pas de toit, il était simplement couvert d'un treillage envahi de plantes grimpantes. Ce qui offrait rien moins qu'une protection ; le feuillage plutôt que d'arrêter la pluie se contentait de canaliser les minuscules gouttelettes qui dégringolaient d'un coup comme au sortir d'une gouttière sur la nuque de Chauncey. Entre-temps, sa veste en daim, son foulard en soie, ses bottines en chevreau, autant d'articles conçus à l'origine pour l'élégant d'intérieur, se révélèrent inadéquats face à la dure réalité du monde extérieur, somme toute à l'image de l'aristocratie française en 1789.

Fort heureusement, l'attente de Chauncey – frissonnant dans les ténèbres, à l'entrée du passage, jetant des coups d'œil furtifs à travers la fente de la porte, battant vivement en retraite à l'apparition de toute silhouette non dortmundienne – cette attente, donc, ne fut pas longue. Cinq minutes anxieuses s'étaient à peine écoulées qu'une grosse voiture de couleur sombre apparaissait et s'arrêtait en double file. Dortmunder, à la dégaine fort reconnaissable – assez grand, étroit, l'épaule basse et la tête inclinée – en descendit vivement et, sur la pointe des pieds, se hâta vers le passage, cherchant à éviter simultanément les flaques d'eau et les crottes de chien. Trois autres personnages s'éjectèrent de la voiture et, dans le sillage de Dortmunder, traversèrent le terrain miné. Mais ce qui captivait l'attention de Chauncey, c'était le long cylindre de carton dans la main de Dortmunder. La *Folie* qui revient de guerre !

Dortmunder passa d'un saut la porte que Chauncey tenait maintenant grande ouverte, abaissa son col et le remonta aussitôt, en disant : « Mais il pleut là-dedans ! »

– Il n'y a pas de toit, répondit Chauncey en tendant la main vers le cylindre. Je m'en charge ?

Mais Dortmunder s'écarta, mettant l'objet hors de sa portée : « On fera l'échange au sec », dit-il.

– Mais certainement, dit Chauncey, déçu, en prenant la tête de la troupe.

Devant la porte sur cour, Dortmunder fit halte :

« Ça va pas déclencher les sirènes ? » demanda-t-il.

— J'ai prévenu chez Watson que je passerai par cette porte, ce soir.

— C'est bon.

La maison était merveilleusement chaude et sèche.

Ils montèrent l'escalier et entrèrent dans le salon, où Chauncey, avec plus de mauvaise grâce que de cordialité, leur dit : « Je pense que vous voulez boire quelque chose. »

— Un peu ! répondirent-ils avec ensemble.

Ils étaient là, à se frotter les mains, à secouer les épaules, à grimacer et à s'ébrouer, comme l'on fait lorsqu'on se retrouve dans une bonne chaleur sèche, en sortant du froid et de la pluie.

Chauncey leur demanda leurs préférences – tous préféraient le bourbon, merci. Il versa donc l'alcool, en disant à Dortmunder : « Vous êtes en retard. »

— Fallait qu'on fasse une petite course d'abord. (Chauncey distribua les verres, puis leva le sien :) « Au succès de tous nos projets. »

— C'est ça. D'accord. À notre succès.

Ils burent et Chauncey put enfin étudier à loisir la « cordée » de Dortmunder. Une troupe disparate s'il en fut ! Dominée par un être monstrueux à la figure de tomate tueuse d'hommes. À côté, un petit personnage maigre, au nez pointu, à l'œil brillant, qui avait tout d'un pickpocket des faubourgs londoniens. Puis un bonhomme aux manières douces, sorte de croisement entre un conservateur de musée et un comptable, sorti d'un roman de Dickens.

Ainsi donc, c'était ces quatre-là – sans compter le driveur resté dehors – qui constituaient l'équipe des cambrioleurs ? À l'exception du monstre, ils avaient l'air tout à fait ordinaires. Chauncey, un peu inquiet à la perspective de recevoir tout ce peuple dans sa demeure, s'en trouva presque déçu.

Mais les pensées de Chauncey étaient surtout tournées vers la *Folie*. Il sirotait son whisky, attendant avec impatience que les autres aient apprécié leurs premières lampées, accompagnées de « Aaah ! » bien sentis et de maints claquements de lèvres. Enfin, il dit :
- Eh bien, on y va ?
- Pour sûr, dit Dortmunder. Vous avez l'argent ?
- Certainement.

D'un chiffonnier, près du meuble-bar, il tira un petit attaché-case noir, le posa sur le coin d'une table et l'ouvrit, révélant des liasses bien tassées de billets... rien que des coupures de cinquante et de cent.
- J'imagine que vous voulez recompter ça, dit-il.

Dortmunder haussa les épaules, comme si la chose n'avait que peu d'importance, mais il dit : « Pourquoi pas, après tout ? ».

Il fit signe au pickpocket londonien et au conservateur de musée, qui s'approchèrent de la table, de légers sourires aux lèvres, et se mirent à feuilleter vigoureusement les liasses. Dortmunder, cependant, tirait la toile enroulée de son tube de carton :

« Tiens-moi ça, Tiny », dit-il.

Tiny ?... Pendant que Chauncey, l'œil rond et effaré, regardait le monstre qui, apparemment, répondait à ce nom, Dortmunder tendait à l'individu un coin du tableau, puis s'éloignait en le déroulant. Tiny (!) tenait donc deux coins, Dortmunder tenait les deux autres, et elle fut là, la *Folie*, révélée dans toute sa splendeur.

Avec quelques réserves, bien sûr : on voyait encore, à la surface, les rides et le gondolage qui marquent une toile roulée, et la lumière, sous cet angle, la touchait d'une façon différente, en la transformant un peu, en lui donnant un je ne sais quoi d'étrange. Mais c'était bien elle, c'était bien sa *Folie*, et Chauncey lui adressait un sourire de bienvenue en s'avançant vers elle, le cou tendu, pressé de l'examiner en détail…

Bizarre… comme ce panier à provisions change d'aspect sous cette…

— Haut les paluches !

La voix froide, forte, mauvaise, venait de la porte, derrière Chauncey, qui pivota, pour constater, tout ahuri, que la pièce se remplissait de terroristes.

À tout le moins, ils avaient bien l'air de terroristes. Ils étaient trois, portant passe-montagne, vestes de cuir marron, et des pistolets automatiques à l'air maigrichon, avec leurs crosses métalliques et tubulaires. Ces nouveaux arrivants faisaient d'ailleurs preuve d'une efficacité de praticiens, l'un se portant vivement vers la gauche, l'autre vers la droite, et le chef demeurant dans l'embrasure de la porte, le canon de son pistolet agité en un va-et-vient nonchalant et tout disposé, semblait-il, à tracer une ligne perforée d'un bout de la pièce à l'autre. À en juger par ses mains, l'homme était de race noire, les deux autres étant blancs.

— Sacré nom ! s'écria Chauncey.

Ces gens, pour tout dire, ressemblaient si exactement aux terroristes que l'on voit dans les pages des magazines hebdomadaires, qu'il crut d'abord que leur arrivée au moment de la remise du tableau n'était due qu'au hasard et qu'il allait être kidnappé, en tant que capitaliste oppresseur, et gardé au secret, en attendant qu'une quelconque Mongolie-Extérieure, ou un Liechtenstein, consente à libérer les cinquante-sept prisonniers politiques sélectionnés, figurant sur une liste donnée.

Mais, l'instant d'après, il entendit derrière lui un « floc » et comprit que Dortmunder, ou Tiny, avait lâché son côté de la toile, et que celle-ci s'était de nouveau enroulée, et, aussitôt, il comprit : « Oh non ! dit-il d'une voix à peine audible. Non ! »

Si…

– On prend ça, dit le chef, désignant de son pistolet automatique un point au-delà de Chauncey, où devait se trouver Dortmunder.

Puis le pistolet obliqua sur les deux compagnons de Dortmunder, plantés devant l'attaché-case, les mains pleines de billets, et exprimant une surprise totale qui, en d'autres circonstances, aurait paru comique.

« Ça aussi », dit le chef, et la satisfaction dans sa voix avait une onctuosité mellifue.

– Enfant de salaud ! fit Dortmunder avec une véhémence quasi rageuse.

– Dortmunder ! fit Chauncey en manière de mise en garde. (Vaut mieux vivre que mourir, disait son message inexprimé. Nous avons perdu une bataille, pas la guerre.)

Tout cet éventail de sentiments répétés à l'envi au fil des siècles se trouvait résumé dans le ton de voix de Chauncey lorsqu'il prononça le nom de Dortmunder, lequel, prêt à bondir, en équilibre sur ses orteils, les poings serrés et le dos rond, se décrispa lentement pour recoller les talons au sol.

Les choses, ensuite, se déroulèrent avec une célérité et une précision professionnelles. Tiny, qui tenait la toile enroulée, la réintroduisit, sur les ordres du chef, dans son tube de carton et remit le tout au braqueur de gauche. L'attaché-case fut rempli, refermé et remis à l'homme de droite. Ces deux-là quittèrent la pièce à reculons, laissant le chef sur le seuil. « On surveille cette porte pendant dix minutes, dit le chef. Gardez l'œil sur vos montres. Celui qui passe la porte avant l'heure se fait trouer la peau. »

Sur quoi, il disparut.

L'escalier était recouvert de moquette, aussi les prisonniers du salon ne pouvaient-ils entendre les pas du trio, ni savoir si quelqu'un était sorti, ni se rendre compte si un ou deux braqueurs étaient encore en faction. Chauncey restait figé, les yeux fixés sur la porte, et il ne prit conscience de l'étendue du désastre – perte de la toile, perte de l'argent – que lorsque Dortmunder, subitement, fut devant lui, l'œil fulgurant.

– À qui vous avez parlé ?
– Quoi ? Quoi ?
– À qui vous avez parlé ?

Parlé ?... Qu'il eût parlé de l'escroquerie à l'assurance, de l'échange tableau-argent, fixé pour ce soir-là ?... Mais voyons, il n'en avait parlé à personne ! « Dortmunder, je vous jure... Mais pourquoi aurais-je parlé... enfin, réfléchissez ! »

Dortmunder secoua la tête : « Nous autres, on est des pros, Chauncey, on connaît notre boulot. Aucun de nous n'irait jacter de l'affaire à qui que ce soit. L'amateur, c'est vous. »

– Mais, Dortmunder, voyons, à qui voulez-vous que je parle d'un truc pareil ?

– Les v'là qui se tirent ! cria le pickpocket londonien.

Lui et les deux autres se trouvaient à l'une des fenêtres en façade, regardant la rue à travers l'écran de la pluie.

– Dortmunder !

Dortmunder se hâta vers la fenêtre, suivi de Chauncey.

Tiny comptait : « Un, deux, trois – ils ont laissé personne dans la baraque. »

– Quatre ! meugla le pickpocket londonien. Qui c'est, çui-là ?

Chauncey regardait… et il n'en croyait pas ses yeux. Là-bas, de l'autre côté de la rue, en diagonale, près du réverbère, trois hommes en veste de cuir marron en entouraient un quatrième. Leurs visages, maintenant, étaient découverts, mais à cette distance, on ne distinguait pas leurs traits. L'un portait le tube de carton, un autre l'attaché-case. Mais c'est le quatrième qui retenait l'attention de Chauncey et lui coupait le souffle… Grand, efflanqué, vêtu de noir…

– Il peut pas avancer bien vite avec sa patte folle, disait Tiny. Allez, tu viens, Dortmunder ? On lui file le train et on récupère notre bien.

– Z-z-z-z…, commença Chauncey, mais il s'interrompit, avant d'avoir commis la gaffe.

Le boiteux et les trois autres se hâtaient vers le prochain croisement, hors de la zone éclairée.

Les hommes de Dortmunder quittèrent vivement la pièce. Mais Dortmunder s'attardait, les yeux fixés sur Chauncey, comme pour lire dans ses pensées : « Vous êtes sûr ? demanda-t-il. Vous avez rien dit à personne ? Vous savez pas comment c'est arrivé ? »

Pas question pour Chauncey de reconnaître une telle imprudence ! Que lui arriverait-il, d'ailleurs, s'il avouait ? « À personne », répondit-il en regardant Dortmunder droit dans les yeux.

– On se reverra, dit Dortmunder, et il sortit du salon en courant.

Chauncey alors s'assit et vida à moitié une bouteille de bourbon.

13

C'était Noël, Noël recommencé, dans le nouvel appartement de May. On y retrouvait les mêmes têtes qu'au vrai soir de la fête, le même et délectable arôme du thon en cocotte flottait dans l'air, et la même ambiance de gaieté et de chaude camaraderie y régnait.

Il est vrai que, cette fois, les cadeaux, ce n'était ni de la gnole ni du parfum, les cadeaux, c'était du bon et honnête fric, le sentiment d'un exploit accompli et, peut-être, le cadeau renouvelé de la vie elle-même. Le nécessaire avait été fait pour remédier à la perte du tableau, Chauncey, neutralisé, n'allait plus lancer de tueurs à gages dans tous les coins, et, sur la table où naguère se dressait le misérable arbre bidon, c'est l'attaché-case qui bâillait maintenant, découvrant la bruissante, la chatoyante verdure des billets de banque.

Dortmunder, assis dans son fauteuil personnel, les pieds sur son vieux pouf, un verre de bourbon sur lit de glace dans sa main gauche, était tout près de sourire. Les choses avaient marché impeccablement, y compris le transport des meubles et autres effets de l'ancien appartement de May à ce nouveau logis, situé six rues plus loin. Et maintenant tout le monde prenait du bon temps en ces lieux; moins d'une demi-heure après avoir quitté la résidence de Chauncey, et Dortmunder était bien obligé de reconnaître que c'était l'opération la mieux goupillée, nom de nom ! qu'il eût jamais menée.

Andy Kelp passait par là – brave vieil Andy ! – avec une bouteille de bourbon débouchée dans une main et un pot en aluminium plein de glaçons dans l'autre : « Tu remets ça ? dit-il. C'est la fête.

– Je dis pas non.

Dortmunder se resservit et se surprit à sourire au brave vieil Andy. Qu'est-ce que t'en penses, de tout ça ?

Kelp s'arrêta, fit un grand sourire, pencha la tête sur l'épaule et déclara : « Je vais te le dire, ce que je pense. Je pense que t'es un sacré génie. Je pense que t'as trop longtemps opéré dans l'ombre et qu'il était temps que ton vrai génie éclate au grand jour. Maintenant, c'est fait. Voilà ce que je pense. »

Dortmunder opina du bonnet. « Moi aussi », dit-il simplement.

Kelp s'éloigna pour regarnir quelques verres alentour et Dortmunder, le sourire aux lèvres, s'installa confortablement pour siroter en toute tranquillité et se repasser le film de sa réussite si longtemps espérée. L'idée de départ, c'était Andy, mais le plan, c'était Dortmunder, lui seul.

Et, bon dieu, ç'avait marché ! Et au quart de poil avec ça !

C'est vrai qu'il avait toujours été un organisateur de première, personne ne le contestait, mais jamais les événements ne s'étaient déroulés selon ses prévisions. Cette fois-ci, pourtant, tout avait marché comme à la parade.

C'est au cours du réveillon de Noël que Kelp avait laissé entendre aux invités qu'ils pourraient bien donner un coup de main à un vieux copain, et, par la même occasion, ramasser un peu d'argent de poche. Et les invités, une fois éclairés sur la situation, avaient donné leur unanime accord. Wally Whistler, le casseur, avait suivi la voie tracée par Roger Chefwick, en désactivant le dispositif d'alerte de Chauncey et en s'introduisant dans la demeure par la cage de l'ascenseur, tandis que Dortmunder, en arrivant intentionnellement au rendez-vous avec du retard, retenait Chauncey hors de la maison. Fred Lartz, ci-avant driveur, qui avait renoncé au métier après avoir été tamponné par le vol 208 de la ligne Est, ainsi que Herman X…, le monte-en-l'air noir et gauchiste, avaient complété le commando terroriste, avec un minutage, un style et une efficacité au-delà de tout éloge.

Par trois fois, Dortmunder leva son verre : à Herman X…, qui dansait une fois de plus avec sa filiforme petite amie, Foxy, sur une musique d'Isaac Hayes, à Fred Lartz qui, dans un coin, discutait itinéraires avec Stan Murch, et à Wally Whistler qui, l'esprit ailleurs, tripotait les crochets d'une table à rallonges. Whistler et Lartz levèrent leur verre en réponse. Herman X… fit un clin d'œil et leva le poing droit. Étrange cordée que celle-ci : deux crocheteurs et un conducteur qui ne conduisait plus. En fait, pour l'occasion la conduite avait été assurée par Thelma, l'épouse de Fred Lartz, la dame au chapeau de carnaval qui aidait May en cuisine. Maintenant que Fred s'était rangé des voitures, c'est toujours Thelma qui conduisait, mais là, pour la première fois qu'elle tenait le manche en professionnelle, elle s'était montrée pleine de sang-froid et digne de confiance. Dortmunder leva son verre à sa santé mais de la cuisine, elle n'en vit rien. Trois ou quatre personnes avaient remarqué le toast et, avec un grand sourire, se joignirent à Dortmunder en levant leur verre à leur tour. Tout était pour le mieux dans le meilleur des mondes.

Mais le bouquet, ç'avait été le petit sketch, dehors, dans la rue, au bénéfice de Chauncey. Et qui pouvait mieux remplir l'emploi qu'un acteur professionnel ? Alan Greenwood, autrefois braqueur, aujourd'hui vedette de la télévision, avait été ravi d'incarner le tueur boiteux, Léo Zane : « Ce genre de composition, c'est le régal du comédien », avait-il déclaré. Il était donc revenu spécialement de la Côte, pour le plaisir de figurer dans la production privée de Dortmunder. Et le beau boulot qu'il avait fait ! L'espace d'une seconde en le voyant sous son lampadaire, Dortmunder avait véritablement pensé qu'il s'agissait de Zane, miraculeusement sorti de son piège et tout prêt à faire foirer leur coup. Quelle magistrale interprétation ! Dortmunder leva son verre à la santé de Greenwood, en train de danser. Il avait d'abord cru que ce dernier était revenu avec Doreen, la fille de Noël dernier, mais comme cette fois Greenwood l'avait présentée sous le nom de Suzan, il s'agissait peut-être d'une autre. Toujours est-il qu'ils dansaient tous les deux et par-dessus l'épaule de Suzan, Greenwood salua Dortmunder à l'anglaise, les deux pouces dressés en souriant de son trop-plein de dents.

Enfin, maintenant, il ne manquait plus rien. La copie réalisée par Porculey de *La Folie conduisant l'homme à la ruine* avait belle allure, punaisée au-dessus du divan. Et l'attaché-case était tout aussi joli à voir sur la table, au bout de la pièce. Cent mille dollars, pas un de moins, le tout dûment réparti. Bien sûr, les parts auraient été plus épaisses si le premier casse avait réussi… et puis après ? L'important, c'est qu'ils avaient mené l'affaire à bien et que le fric était là. Dix mille iraient à Porculey pour le faux tableau, une rétribution assurément méritée jusqu'au dernier centime. Mille dollars par tête revenaient à Wally Whistler, à Fred Lartz et à Herman X…, en témoignage de reconnaissance, et mille autres étaient offerts à Alan Greenwood pour le défrayer de son aller-retour éclair, quand bien même eût-il été fort réjouissant. Tous les intéressés étaient convenus, d'autre part, que May toucherait mille dollars, pour l'aménagement de son nouvel appartement, mais aussi comme une sorte d'hommage à son thon à la cocotte universellement renommé. Restaient donc quatre-vingt-cinq mille dollars divisés par cinq (Kelp allait donner à son neveu Victor un petit quelque chose prélevé sur sa propre part, comme prime à l'inventeur). Cela laissait à Dortmunder, Kelp, Murch, Chefwick et Bulcher la somme raisonnable, mais respectable de dix-sept mille dollars chacun… Rien à redire ? Rien. (Dortmunder leva son verre en l'honneur de l'attaché-case. Celui-ci ne lui rendit pas son salut d'une façon perceptible. Mais on ne lui en demandait pas tant. Sa présence suffisait.)

Naturellement, il y avait un petit quelque chose d'étrange dans le fait que lorsque la réussite finissait par arriver, elle se présente sous la forme d'un simulacre de cambriolage d'un faux tableau de maître. Mais aussi longtemps que l'argent, lui, était authentique – il l'était, ils avaient vérifié soigneusement tous les billets – pourquoi s'en faire, pas vrai ?

Et voilà Kelp, ce bon vieil Andy Kelp, qui rapportait bourbon et glaçons. Dortmunder constata avec stupéfaction que son verre était pratiquement vide. Il ne lui restait qu'un glaçon tout nu. Il en ajouta un second, Kelp remplit le verre à ras bord et la fête continua de plus belle.

Par la suite, Dortmunder ne sut jamais vraiment à quel moment la soirée s'était terminée. May et Thelma avaient fini par servir le repas et ensuite, ils avaient procédé au partage du butin – May emportant sa part et celle de Dortmunder dans la chambre où elle avait déjà aménagé une cachette. Plus tard, Wally Whistler, qui s'amusait à tripoter distraitement le verrouillage des rallonges de la table, finit par la faire effondrer et, à sa grande honte, une cascade de verres, d'assiettes et de cacahuètes se fracassa au sol dans un vacarme assourdissant. À la suite de quoi les invités commencèrent à prendre congé sans manquer de remercier Dortmunder pour cette agréable soirée et de le complimenter pour son coup d'éclat. Dortmunder se contenta de leur sourire, acquiesçant d'un air bienheureux chaque fois qu'on lui remplissait son verre, mais quelque part, en chemin, il avait dû s'endormir puisqu'on ne peut se réveiller que si l'on a dormi et, sans trop savoir pourquoi ni comment, il avait rouvert les yeux sur une pièce vide, dans la grisaille du petit jour, pour s'exclamer à haute voix : « Qu'est-ce qui va pas ? »

Il perçut alors l'écho de sa propre voix et se redressa dans son fauteuil. Il avait la bouche pâteuse et la tête vaseuse, ce qui arrive après une nuit passée, tout habillé, en position assise, et après quelques verres de trop. Mais tout en explorant l'intérieur de sa bouche d'une langue aussi inadéquate qu'une chaussette dépareillée, il répondit silencieusement à sa propre question : « Tout va bien. » Chauncey était mystifié. Et même si Zane ne l'était pas, il avait perdu la confiance de Chauncey, car celui-ci ne se doutait pas que Dortmunder pouvait connaître les caractéristiques physiques de Zane. Et, de toute façon, Dortmunder allait se rendre insaisissable au cours des prochains mois. En plus du déménagement, en effet, lui et May avaient décidé de distraire une partie de l'argent pour s'offrir de vraies vacances, une belle escapade à deux, et il était probable qu'à leur retour toute l'affaire serait oubliée. Un professionnel comme Zane n'allait pas passer sa vie à poursuivre un type, alors qu'il n'était plus en mission rétribuée et qu'il n'avait rien à y gagner. Avec le temps, il allait se faire une raison, il allait reprendre son train-train et l'incident serait classé définitivement.

Qu'est-ce qui pourrait clocher ? Rien du tout. Le boulot était terminé, succès sur toute la ligne.

Il ferma les yeux. Dix secondes plus tard, son œil gauche s'entrouvrit et contempla la pièce vide.

LE PONT

1

Andy Kelp vint les chercher à l'aéroport, souriant d'une oreille à l'autre : « Vous êtes beaux, tout bronzés ! » dit-il.

– Ouais, fit Dortmunder. Salut.

May dit : « Je l'ai obligé à venir avec moi à la plage. S'il s'était écouté, il serait resté à l'hôtel, devant la télé ! »

– J'allais au Casino, protesta Dortmunder.

Kelp fit : « Ah bon ? T'as gagné ? »

Dortmunder regardait autour de lui, l'air soucieux : « Où c'est qu'on récupère notre fourbi ? »

Le doigt pointé vers les flèches de signalisation, Kelp déclara : « Par là, les bagages ! »

Tous les trois se dirigèrent, avec plusieurs millions d'autres voyageurs, vers les panneaux lumineux suspendus au plafond indiquant l'arrivée des bagages. C'était un dimanche soir, début juin, et le terminal était plein de passagers qui n'en avaient pas terminé du tout : tous semblaient déterminés à se frayer un chemin vers une destination plus lointaine encore. La plupart des gens terminent leurs vacances le dimanche, le jour où les moins organisés commencent les leurs. Teints pâles et bagages de vinyle en partance, bronzages pelés et paniers d'osier sur le chemin du retour. Bataillant au milieu de la cohue, May confia à Kelp : « On a eu un temps formidable… D'un bout à l'autre, ça a été parfait. »

Kelp était enchanté : « La bonne détente, hein ? »

Dortmunder opina du chef, lentement et pensivement, comme si sa conclusion avait exigé une longue introspection : « Ouais, c'était bien. »

C'est May, et elle seule, qui avait tout organisé, du début jusqu'à la fin. Elle s'était rendue à l'agence de voyages et avait rapporté des brochures pleines de plages au sable blanc et de piscines bleues. Elle en avait discuté avec Dortmunder, puis, de son propre chef, avait choisi le séjour, voyage inclus, à Porto Rico. Quatorze jours et treize nuits dans un hôtel de première classe à San Juan la magnifique, avec cocktails et dîner offerts le premier soir. C'est elle qui avait préparé les bagages, réglé tous les détails avec l'agence et fait une descente éclair chez Korvette's pour se fournir en lunettes de soleil, huile solaire, chapeaux et sandales.

Quant à Dortmunder, son aide avait consisté à exprimer des doutes :

– Si les Portoricains viennent tous ici, avait-il dit par exemple, pourquoi ce serait une si bonne idée pour nous d'aller chez eux ?

Une autre fois, il avait émis l'opinion que les avions étaient trop lourds pour voler avant de faire remarquer, un peu plus tard, qu'il ne possédait pas de passeport.

– Tu n'as pas besoin de passeport, lui avait dit May. Porto Rico fait partie des États-Unis.

Il l'avait dévisagée avant de lui lancer :

– Et puis quoi encore ?

Mais il s'avéra qu'elle avait raison sur ce point ; Porto Rico n'était pas exactement un État à proprement parler mais c'était quelque chose à l'intérieur des

États-Unis d'Amérique – peut-être même une petite partie de son territoire. Toujours est-il que la pertinence de May sur ce détail particulier avait encouragé Dortmunder à lui faire confiance pour le reste.

Et, ainsi qu'il l'avait volontiers reconnu, tout s'était passé à merveille.

Jolie plage, joli casino – qui fermait trop tôt, il est vrai –, jolies balades dans les forêts humides, jolies croisières en bateau, parmi une multitude de petites îles... oui, très joli, tout ça. D'ailleurs, à l'exception d'un cendrier de l'El Conquistador et de deux serviettes d'hôtel, Dortmunder n'avait rien barboté de tout le voyage. Des vacances idéales, quoi !

Dortmunder demanda : « Et ici, quoi de neuf ? »

– Rien de sensas ! Pas de beaux coups, pas même un braquage d'hôtel. C'est toujours nous, les champions.

Dortmunder sourit. Un mois après l'opération, le souvenir du casse Chauncey lui mettait encore du soleil au cœur, le sentiment d'avoir mené à bien un beau boulot.

– Ouais, dit-il. C'était pas mal.
– Chefwick, il a pris sa retraite.

Dortmunder parut surpris.

– Sa retraite ? Comment ça ?
– Y a un mec, en Californie, qui a acheté un réseau ferroviaire en Chine et c'est Chefwick qui va le diriger. Avec la part qu'il a touchée sur le boulot, il est parti là-bas avec Maude.

Dortmunder regarda Kelp d'un air méfiant.

– Encore une de tes inventions ?
– Mais c'est vrai !
– Elles sont toujours vraies, tes histoires. Un chemin de fer chinois, hein ?

— Ouais. Il servait à partir de quelque part pour arriver à autre part. Mais maintenant en Chine, ils utilisent des avions, des bus, et…

— Une vraie ligne de chemin de fer ? Pas un train électrique ?

— Pas du tout, c'est une très ancienne liaison ferroviaire construite à la sueur des Irlandais et ils…

— Ça va bien, dit Dortmunder.

— Je te raconte juste ce que Roger m'a dit. Le Californien l'a rachetée. C'est tout. Deux locomotives, quelques wagons, quelques vieux aiguillages et même une petite gare à l'allure de pagode, exactement comme ce mec qui a acheté le London Bridge pour l'installer en Arizona. Exactement pareil.

— Super, dit Dortmunder.

— Ils sont en train de poser des voies, expliqua Kelp. Et ils construisent un parc d'attractions tout autour, pareil que Disneyland. Et c'est Chefwick qui fera le chef de gare. Lui et Maude, ils habiteront dans la gare.

— C'est mignon, dit May en souriant.

Dortmunder hocha la tête, sans pouvoir s'empêcher de sourire à son tour.

— Ouais, c'est sympa. Chefwick qui se dégotte un vrai chemin de fer ! C'est chouette, ça.

— Et bien sûr, il continuera à monter ses trains électriques, continua Kelp.

— Laisse-moi deviner, dit Dortmunder. Il les installera dans la gare, bien sûr.

— Où, sinon ?

— Évidemment.

Kelp acquiesça.

— Ah… Et puis y a Tiny Bulcher qui est retourné en cabane.

— Tiens. Pourquoi ?
— Il a dérouillé un gorille.
— Arrête.
— Qu'est-ce que tu dis ? Il aurait dérouillé quoi ? demanda May
— Pose pas de question, May, coupa Dortmunder. Sinon, il va te répondre !
— C'était dans le *Daily News* et partout, protesta Kelp, comme si cela constituait une justification suffisante. Il semble bien qu'il était…
— Je t'ai dit « arrête », dit Dortmunder.
— Tu veux même pas savoir ce qu'il y a eu ?
— Non.
— Moi, si, dit May.
— Tu lui raconteras ça plus tard, ordonna Dortmunder à Kelp.

Sur ce, ils atteignirent la salle où les voyageurs étaient censés retrouver leurs bagages. Un véritable asile de fous ! Plusieurs structures circulaires bordées de tapis roulants en action offraient une variété de bagages sortis de plusieurs avions différents aux regards des passagers entassés sur trois et quatre rangs dans toutes les directions. Dortmunder, May et Kelp finirent par dénicher le bon tapis roulant, se frayèrent un chemin jusqu'au premier rang et passèrent les dix minutes suivantes à regarder défiler des bagages qui ne leur appartenaient pas.

— Ma parole, dit Kelp, au bout d'un moment. C'est vrai qu'il y en a, des marchandises, en ce bas monde !

Impossible, semblait-il insinuer, pour quiconque de faire main basse sur le tout. Impossible, même, de parvenir à en gratter la surface.

Après que plusieurs millions de bagages anonymes

plus encombrants les uns que les autres eurent défilé sous leurs yeux – certains revenant indéfiniment, leur destination étant, de toute évidence, différente de celle de leurs propriétaires –, May s'écria soudain : « C'est nous ! » et Dortmunder, docilement, saisit la vieille valise marron sur le tapis roulant.

– Y en a une autre ? demanda Kelp.
– On a acheté quelques bricoles, marmonna Dortmunder, en détournant le regard.
– Ah bon ?

Ils durent attendre encore une dizaine de minutes avant que May déclare que la totalité de leurs biens était récupérée.

Dortmunder et Kelp se trouvèrent alors au milieu d'une redoute de sept bagages. En plus des deux valises ordinaires avec lesquelles ils étaient partis en vacances, venaient s'ajouter : deux fragiles paniers d'osier, l'un et l'autre de la taille d'une machine à écrire et maintenus fermés par de la corde, une raquette de tennis (!), un petit emballage de couleurs vives annonçant au monde entier en lettres rouges et jaunes qu'il contenait des alcools et cigarettes détaxés, un carton mal assemblé, solidement fermé par des kilomètres de ficelle fine.

– Bon sang ! s'exclama Kelp. C'est vrai que vous vous êtes payé des bricoles !
– Y avait des affaires intéressantes, expliqua May.

Mais comme la plupart des vacanciers de retour au pays, son expression semblait suggérer qu'elle commençait à avoir quelques doutes sur la question.

– On se casse, maintenant, fit Dortmunder.
– Eh bien, dit Kelp, en ramassant avec entrain deux

paniers d'osier et une raquette de tennis, vous allez voir ce que le corps médical nous a réservé, ce coup-ci.

Ils fendirent la foule, retrouvèrent l'air libre et se mirent à arpenter le parking N° 4. C'était, sous un ciel bas, une nuit de printemps fraîche et humide, avec comme une odeur de pluie, et c'est dans cette fraîcheur humide qu'ils tournèrent interminablement en rond : « Elle est quelque part par là, la bagnole, répétait Kelp, en parcourant des yeux le vaste terrain, avec ses rangées de voitures, vaguement luisantes sous les projecteurs espacés. Je sais qu'elle est là. »

Dortmunder s'arrêta enfin, posa ses valises sur l'asphalte et décréta : « Ça suffit comme ça. »

– Mais on y est presque, protesta Kelp. Je sais qu'elle est là, à deux pas !

– S'il y a deux pas à faire, dit Dortmunder, on laisse tomber.

May intervint : « En voici une avec des plaques MD. »

Elle désignait une Mustang poussiéreuse, aux ailes cabossées, avec un cintre métallique en guise d'antenne.

Kelp eut pour la Mustang un regard de mépris : « Ça ? c'est tout juste bon pour un externe qu'a pas fini ses études. »

– On la prend, décida Dortmunder. Sors tes clefs !

Kelp était choqué, peiné, désemparé : « Mais j'en ai piqué une spéciale, se lamentait-il. Une Rolls-Royce argentée, avec la télé et le bar ! Elle est sensationnelle ! Elle doit appartenir à un toubib qui a sa propre clinique, et tout.

– On prend celle ci, répéta Dortmunder.

– Mais…

– Andy, intervint May d'une voix douce mais chargée de sens.

Kelp s'interrompit, regarda May, regarda Dortmunder, regarda la Mustang avec haine et le parking sans fin avec désespoir, puis il soupira et, plongeant la main dans sa poche, en tira son trousseau de clés.

L'une d'elles déverrouilla la portière et fit démarrer le moteur mais il n'en trouva aucune pour ouvrir le coffre. Ils s'en retournèrent à Manhattan, May assise à côté de Kelp, tandis que Dortmunder fit le trajet sur la banquette arrière, en compagnie des deux valises, du vieux carton, des deux paniers d'osier, des produits détaxés dans leur emballage et de la raquette de tennis.

Ils laissèrent la Mustang à trois cents mètres de la maison et, portant les bagages, ils descendirent toute la rue, puis montèrent l'escalier. May ouvrit la porte. Ils entrèrent, May devant, suivie de Dortmunder, lui-même suivi de Kelp, et passèrent dans la salle de séjour, pour voir Léo Zane s'avancer vers eux en boitant, un sourire froid aux lèvres. Arnold Chauncey s'arracha à la contemplation du faux tableau, punaisé au mur et se tourna vers Dortmunder.

– Dortmunder, fit-il, en désignant la peinture. Avant que Léo vous mette une balle dans la peau, auriez-vous l'obligeance de m'expliquer à quoi rimait cette foutue mise en scène ?

2

– C'est un faux, dit Dortmunder.
– Je sais que c'est un faux, répondit Chauncey. Mais à quoi sert-il ?

Avant que Dortmunder ait pu improviser une réponse (Je voulais garder un souvenir ?... C'est un instrument de travail... ça m'a servi pour préparer le coup ?...), Kelp se crut obligé de ramener sa science. « Dis donc ! c'est pas lui, le mec qui nous a piqué le fric ? Tu sais bien, Dortmunder ? Le boiteux qui était dehors ? »

L'essai était courageux, mais le sourire glacé de Zane et le regard polaire de Chauncey firent comprendre à Dortmunder qu'il était de nul effet. Néanmoins, faute de mieux, il joua le jeu : « Peut-être bien. J'arrive pas à me prononcer. Je l'ai vu qu'un instant... »

Chauncey hocha la tête avec impatience et dit : « Ne perdez pas votre temps et celui des autres, Dortmunder. Je sais tout. Je sais que Léo a enfreint mes ordres et qu'il vous a rencontré en novembre dernier. Je sais que vous l'avez enfermé derrière une barrière de camions, dans un quartier perdu, et que vous avez posté devant ma maison un ringard quelconque qui jouait son personnage. Je sais que le braquage a été monté par vous et je sais que vous avez vendu ma toile à un autre client. Je sais aussi (il eut un geste rageur pour les bagages qui jonchaient le sol) que vous venez de prendre de belles vacances à mes frais. La seule chose que je ne sache pas (Chauncey désigna, bras tendu, la toile toujours fixée au mur), c'est la raison d'être de ce foutu machin.

— Écoutez, commença Dortmunder.

— Et pas de mensonges ! avertit Chauncey.

— Pourquoi voulez-vous que je mente ? demanda Dortmunder qui, néanmoins, enchaîna précipitamment, sans attendre la réponse : « C'est pas parce que ce type vous a placé son baratin qu'il faut tout me mettre sur le dos. Moi, je crois qu'il y était, dans le coup, avec les braqueurs. Et, d'abord, le mec dehors, il lui ressemblait vachement. Pourquoi vous le croyez, lui, et pas moi ?

Chauncey parut porter à cette dernière question plus de considération qu'elle ne le méritait. Tout le monde le regarda réfléchir. (Sauf May qui, le sourcil froncé, interrogeait Dortmunder du regard.) Enfin, Chauncey approuva d'un signe de tête quelque argument informulé et dit : « C'est bon, je vous propose un marché : je vous explique, vous m'expliquez. Je vous explique pourquoi je sais que Léo me dit la vérité et, ensuite, vous m'expliquerez ce que vous foutez avec cette copie – excellente, d'ailleurs – du tableau que vous avez volé !

— Marché conclu, dit Dortmunder.

Mais Léo Zane intervint : « Monsieur Chauncey, c'est vous l'employeur, et la décision vous appartient… mais pourquoi perdre notre temps ? Pourquoi je les effacerais pas, vite fait, ces trois-là, qu'on puisse rentrer chacun chez soi ?

– Parce que je suis curieux, répondit Chauncey. Je suis même captivé. Je veux comprendre ce qui se passe. (Puis s'adressant à Dortmunder :) C'est moi qui commence... Sachez donc qu'une ou deux minutes à peine après votre départ de chez moi, le soir du pseudo-braquage, le téléphone a sonné. C'était Léo qui m'appelait d'une cabine de Greenwich Village.

Dortmunder haussa les épaules : « C'est ce qu'il vous a dit. »

– Et il l'a prouvé. Il m'a expliqué comment vous l'aviez piégé et comment il avait été obligé de briser sa vitre arrière pour s'extirper de la voiture et se sortir de là. Il m'a donné le numéro de téléphone de la cabine, je l'ai appelé et il m'a répondu. Alors je suis allé le chercher là-bas et j'ai pu constater que le téléphone avait bien le numéro qu'il m'avait indiqué et que sa voiture était bien bloquée comme il me l'avait dit.

– Humm..., fit Dortmunder.

– Léo, par la suite, s'est lancé à votre recherche, mais vous aviez déménagé, bien sûr, et il a fallu un certain temps pour retrouver votre trace...

Kelp, brusquement, coupa le récit de Chauncey : « Attendez une seconde... Écoutez... Qu'est-ce que vous diriez de ça ? Et si c'était Zane lui-même qu'avait eu l'idée d'utiliser le faux Zane ? Du coup, en vous donnant la preuve qu'il n'était pas sur les lieux, il vous amenait à croire que quelqu'un d'autre avait monté l'opération. Ça se tient, non ? »

Dortmunder et May prirent un air gêné, mais Chauncey toisa Kelp avec mépris : « Si cet individu ouvre encore la bouche, dit-il à Zane, descendez-le immédiatement. »

– Je n'y manquerai pas.

Kelp se renfrogna. Sa tête était celle d'un homme incompris et profondément vexé, mais il ne desserra plus les lèvres.

Chauncey reporta derechef son attention sur Dortmunder : « Tout cela est déjà assez déplaisant, dit-il. Mais, aujourd'hui, la situation a empiré. Il y a un fait nouveau. »

Dortmunder eut une grimace :

– Ah ?

– Le tableau a fait sa réapparition. En Écosse. Avec des attestations d'experts qui semblent dignes de foi. On prétend que la toile n'est pas sortie d'une certaine famille depuis plus d'un siècle et demi.

– En ce cas, c'est pas la vôtre, dit Dortmunder.

– Trois experts, à Londres, poursuivit Chauncey, affirment qu'il s'agit de l'original. Il va être exposé à la salle des ventes de Parkeby-South, au mois de septembre, et on prévoit que les enchères monteront jusqu'à cent mille livres, au bas mot. (Au léger tremblement dans la voix de Chauncey, on devinait que son sang-froid n'était que de surface.) Ma compagnie d'assurances, qui fait confiance aux experts, est désormais convaincue que la toile n'a pas quitté l'Écosse depuis cent cinquante ans. Elle soutient, en conséquence, que le tableau qui m'a été volé n'était qu'une copie et elle porte plainte, en exigeant la restitution de la somme.

– Oh, fit Dortmunder.

Ce petit frémissement qui parcourait la joue de Chauncey annonçait-il une explosion de colère ?

– Il se peut que la toile écossaise et celle qui m'appartient ne fassent qu'une, reprit Chauncey, et que les certificats des experts aient été forgés. Vous êtes plus à même de le savoir que moi. Il se peut aussi que Veenbes ait peint deux toiles de même inspiration, auquel cas, toutes deux seraient authentiques. De tels faits se sont déjà produits, et c'est cette thèse-là que j'essayerai de faire admettre devant le tribunal. Mais, de toute façon, votre position à mon égard ne change pas. Vous m'avez pris mon argent, vous m'avez pris mon tableau et c'est à vous que je dois d'être traîné en justice par ma compagnie d'assurances. (Chauncey aspira une longue bouffée d'air, se ressaisit et conclut :) Voilà ce que j'avais à dire. À vous de m'expliquer maintenant ce que vous trafiquez avec cette copie. Après quoi Léo vous fera votre affaire et moi, je rentrerai à la maison.

Dortmunder plissa le front, et dans le silence qui se prolongeait, il crut, soudain, entendre la faible plainte des cornemuses. « L'Écosse... », dit-il d'un ton rêveur, tandis qu'une bagarre d'hommes en kilt se déroulait devant ses yeux.

– Il n'est pas question d'Écosse ! (De nouveau, Chauncey pointa le doigt sur le faux de Porculey.) C'est ça qui m'intéresse.

Dortmunder soupira : « Asseyez-vous, Chauncey. Bien que ce soit contraire à mes principes, je crois qu'il me faudra vous dire la vérité. »

3

– Et c'est la vérité, acheva Dortmunder.
– Bon sang, c'en a tout l'air.

Chauncey se cala sur le divan, en hochant la tête. Lui seul était assis. Zane montait la garde près de la porte, muet comme la tombe, tandis que Dortmunder, Kelp et May se tenaient en rang, face à Chauncey.

Dortmunder avait fait le récit des événements sans être interrompu, mais maintenant Kelp voulait placer son mot, après un regard inquiet vers Zane : « Faut bien reconnaître, Monsieur Chauncey, que c'était pas sa faute, à Dortmunder. Il était coincé dans cette cage d'ascenseur quand la peinture a été égarée. S'il avait été là, jamais un coup pareil ne serait arrivé. Vous voulez que je vous dise à qui c'est la faute ? À celui qui s'est baladé dans votre ascenseur ! »

Chauncey s'adressa à Dortmunder : « Pourquoi ne m'avez-vous pas dit tout cela plus tôt ? »

Dortmunder le regarda en silence.

Chauncey opina de la tête : « Vous avez raison. » (Il se retourna sur le divan pour jeter, une fois encore, un regard à la copie fixée au mur derrière lui.) Du beau travail, j'en conviens... Votre ami est très, très fort. »

– Si ça vous intéresse, il pourrait vous montrer d'autres trucs qu'il a faits, proposa Dortmunder. Je pourrais vous le présenter, ce type. Il s'appelle Porculey.

Chauncey lança à Dortmunder un coup d'œil aigu et secoua la tête. Puis il se leva et dit : « Désolé, Dortmunder, je vois que vous cherchez à toucher ma corde sensible et je veux bien admettre que vous êtes victime des circonstances, mais il n'en demeure pas moins que j'ai été floué. Je ne pourrai plus jamais me regarder dans une glace si je ne règle pas cette affaire, si je reste passif. (Il avait l'air à la fois gêné et résolu.) Vous avez réussi à me retourner dans une certaine mesure, puisque je n'ai plus envie d'assister au dénouement. (Il fit face à Zane.) Après mon départ vous attendrez une minute ou deux…

Ayant dit, il se dirigea vers la porte, en enjambant la barricade de valises et de paniers d'osier.

– Euh, fit Dortmunder. Euh… attendez une seconde…

Chauncey s'arrêta, ou plutôt il suspendit son mouvement, mais à en juger par le regard qu'il jeta par-dessus son épaule, il avait déjà, dans son esprit, franchi le seuil de la pièce. Même sa voix semblait venir de très loin : « Oui ? »

– J'aurais, peut-être… euh… (Dortmunder ouvrit les mains, haussa les épaules.) J'aurais, peut-être, une idée, dit-il.

FINAL

1

Ian Macdough – (prononcez Macdeuff), sans relation avec l'ami de Macbeth – était un homme heureux. Naguère obscur, il allait devenir célèbre. Naguère pauvre, il allait devenir riche. Naguère (et bien malgré lui) petit hobereau, dans une campagne perdue, assigné par les circonstances au logis familial, sis non loin d'Inverness, il allait désormais vivre en dandy, à Londres. Solide gaillard, ossu, rouquin, bon enfant, taché de son, ayant passé le cap de la quarantaine, Ian Macdough était donc un homme heureux et il voulait que le monde le sache. « Montez-nous une autre bouteille de *Teacher's*, dit-il au valet de chambre du Savoy, (bien qu'il fût à peine l'heure de déjeuner) et vous apporterez un petit verre pour vous. »

– Merci, Monsieur Macdoud, dit le valet de chambre (un Portugais ou un Turc ou quelque autre pauvre diable basané).

– Macdeuff, corrigea Macdough, d'un ton un peu bref.

Il n'aimait pas les gens qui refusaient de boire avec lui, pas plus qu'il n'appréciait ceux qui prononçaient mal son nom. Jusque-là, la plupart des personnes qu'il avait rencontrées à Londres ne refusaient jamais un verre, au contraire, mais rares étaient celles qui, dès la première rencontre, faisaient un sans-faute. Macdoud !

Et puis quoi encore ! Là-haut, dans les Grampians, tout le monde connaissait son nom.

— Mickduff, acquiesça le Méditerranéen peu contrariant, en s'esquivant avec force courbettes.

Ah, ces étrangers ! Fallait pas trop leur en demander !… Rien ne pouvait assombrir longtemps, au cours de ces journées, l'humeur de Macdough, aussi, en attendant l'arrivée de la bouteille, se planta-t-il devant sa fenêtre, souriant à la Tamise qui luisait et scintillait sous le soleil estival.

Londres… Tous les chemins menaient peut-être à Rome, mais toutes les routes des îles Britanniques menaient à Londres (une des raisons de ces embouteillages impossibles). Un Écossais, un Gallois ou un Irlandais pouvaient bien rester chez eux, à ruminer de sombres pensées contre l'Angleterre – cette petite brute qui, dans la cour de récré du Royaume-Uni, affectionnait tant les brimades – mais quand ils songeaient à une vraie grande ville, ce n'est ni Édimbourg, ni Cardiff, ni Belfast qui leur venaient à l'esprit mais bien Londres.

Heureux celui qui peut se planter à la fenêtre d'une suite, dans un des plus grands hôtels d'une des capitales les plus prestigieuses du monde, en souriant au grand soleil de la belle saison.

Rrrin… rrrin…, fit le téléphone. Rrrrin… rrrin… Londres qui vous appelle !… Son visage rougeaud toujours éclairé par un sourire radieux, Macdough se détourna de la Tamise et répondit : « C'est vous ?… »

Une voix masculine éminemment anglaise, une de ces voix, canalisées par des cordes vocales, qui, méthodiquement, étranglent chaque mot avant de le laisser s'échapper vers la liberté, cette voix demanda : « Monsieur Mackdô ?

— Macdeuff, corrigea Macdough (la double agression – son nom déformé et l'accent « grande école » – suffit à figer complètement son sourire).

— Je suis désolé, vraiment…, dit la voix de fausset. Leamery à l'appareil, de Parkeby-South.

Instantanément, le sourire refleurit sur les lèvres de Macdough : « Ah oui, fit-il. On m'a dit que vous appelleriez. »

— Peut-être pourriez-vous faire un saut jusqu'ici, aujourd'hui ? 4 heures, cela vous conviendrait-il ?

— Certainement.

— Parfait. Vous n'aurez qu'à me demander à la caisse.

— À la caisse ? Entendu. 4 heures.

— Au plaisir de vous voir.

Ayant raccroché le récepteur, Macdough laissa dériver son esprit. Il se remémora l'extraordinaire suite d'événements qui l'avaient conduit à cette heure de félicité : la bagarre à New York, l'hiver dernier, au cours du récital de l'Orchestre Calédonien de la Reine (il y avait assisté grâce à la généreuse contribution des officiers de la Brigade, ses vieux camarades) ; la chance qu'il avait eue de pouvoir se tailler, lors de l'invasion policière, et sa stupeur le lendemain matin, à son réveil (un peu vaseux), en découvrant qu'il était en possession d'un tableau de très grande valeur, un tableau qui (s'il fallait en croire le journal, présenté avec le petit déjeuner par la direction de l'hôtel) avait été dérobé la veille au soir. S'estompait, en revanche, dans sa mémoire, la terreur qui l'avait tenaillé au cours du voyage de retour avec le précieux objet (caché derrière un grand et fade paysage encadré, qu'il avait acheté 25 dollars à seule fin de camouflage. La récente et vilaine croûte avait, d'ailleurs, abrité efficacement des regards le chef-d'œuvre ancien), ainsi que son désarroi lorsqu'il lui fallut résoudre le problème : comment convertir sa bonne fortune en bon argent. Si la Tante Fiona n'avait pas choisi ce moment pour passer dans un monde meilleur (une fin rien moins que prématurée, au demeurant : la tante avait quatre-vingt-sept ans, était aussi folle qu'un général africain et aussi incontinente que l'Atlantide), Macdough serait encore perdu en conjectures. Bénie soit donc Tante Fiona qui fit le meilleur usage de sa vie en la quittant.

Le clan des Macdough, qui comptait Ian et sa Tante Fiona au nombre de ses innombrables descendants, était l'une des plus anciennes familles de l'histoire écossaise et aussi celle qui avait le moins bien réussi. Au fil des siècles, chaque fois que les Écossais guerroyaient contre les Anglais, c'est apparemment sur les terres des Macdough qu'ils livraient bataille, et, invariablement, c'était les Macdough qui en payaient les pots cassés. Si les Écossais se battaient entre eux, les Macdough, sans coup férir, se joignaient immanquablement au camp des vaincus. Si les clans des Campbell et des MacGregor avaient subi des hauts et des bas, de mémoire d'homme, les Macdough, en revanche, n'avaient jamais connu que des bas.

C'était donc avec de bien piètres espérances que Macdough, seul et unique héritier, avait appris la disparition de Tante Fiona.

La vieille dame n'avait jamais rien possédé, si ce n'est le bric-à-brac que lui avaient légué des ascendants Macdough, aussi indigents qu'elle. L'écriture sur plusieurs pages de l'inventaire, annexé à son testament, s'ornait même de volutes en pattes d'araignée du

XVIIIᵉ siècle, pour dénombrer des hampes de pique, des selles et de la ferblanterie, qui, bien que passant, théoriquement, d'une génération à l'autre et de main en main, s'entassaient, en fait, dédaignées et oubliées, dans des granges, des caves et dans la partie encore étanche de l'inhabitable château Macdough, perché dans les sinistres monts Monadhliath. Les règles, néanmoins, devant être respectées, Macdough avait pris place dans le cabinet encombré et confiné d'un avoué, pour entendre lecture du testament et de l'interminable et monotone inventaire (liste des rogatons innombrables et loyalement consignés !) et il était sur le point de succomber au sommeil, quand, brusquement, il se redressa, fixant son regard sur l'avoué qui, étonné, fixa sur lui son propre regard.

– Quoi ? fit Macdough.

L'avoué battit des paupières : « Je vous demande pardon ? »

– C'était quoi, ce que vous venez de lire ?

L'avoué retrouva la place sur la liste : « Fûts à hydromel... chêne... six... avec bondons... »

– Non, avant ça...

– Cerf blessé et deux lapins... bronze... taille trente-neuf centimètres soixante-quatre... andouiller cassé... un...

– Juste ciel, mon vieux ! Avant ça...

– Cadre... bois doré... sculpté, avec peinture huile... personnages comiques...

– Cadre bois, marmonna Macdough. Peinture huile... Des personnages comiques ?

– C'est ce que je lis.

– Où il est ce... euh... ce cadre ?

– Hmm... hmm... (L'avoué dut revenir deux pages

en arrière pour trouver le dernier intitulé.) Ah ! Château Macdough.

– Oh, fit Macdough. Je pourrais, peut-être, trouver emploi à un bon cadre en bois.

Il sommeilla jusqu'à la fin de l'inventaire, puis, dans sa Mini-Austin vénérable, quitta Édimbourg, fila à toute vitesse (enfin, à sa vitesse maximum) sur la route du nord, traversa Perth et Pitlochry sur l'A9, tourna après Kingussie sur une antique route qui ne figurait même pas sur les cartes (plus piste que route, d'ailleurs, et plus ravin que route ou piste) et qui grimpait dans des montagnes inhospitalières, pour enfin s'arrêter devant le château Macdough, ruine lézardée, couverte de moisissure. Subsistait une partie du rez-de-chaussée aux fenêtres brisées et aux parquets gondolés, tandis que les diverses réserves du sous-sol, bien à l'abri des intempéries, étaient pleines de bric-à-brac sans intérêt méticuleusement répertorié dans l'éternel inventaire devenu codicille du propre testament de Ian Macdough. Carré et direct, chaleureux et viril mais néanmoins asexué, celui-ci était un célibataire endurci d'un type étrangement nordique, et le récipiendaire à venir de tout ce bazar était nommément un de ses neveux, un certain Bruce Macdough, pour l'heure âgé de neuf ans.

Après s'être pris les pieds dans un bâton témoin de course à relais, Macdough, en s'éclairant à la torche électrique, s'ouvrait un chemin dans une enfilade de pièces, lorsqu'une lueur attira son œil… Doré ? Oui. Cadre en bois ? Indéniablement. Sculpté ? Ô combien… Macdough dégagea l'objet du fouillis, à première vue un cadre imposant, un bon mètre carré de surface et pas grand-chose d'autre hormis une accumulation de fioritures, volutes, rainures et autres moulurages, en bois doré à la feuille, qui écrasaient sous leur surcharge un petit tableau terne, à vue de nez format quarante/quarante-cinq. Il le traîna à la lumière et découvrit la minuscule œuvrette si richement entourée. C'était, en fait, un tableautin d'amateur qui se voulait drôle, peint à l'huile d'une main assez maladroite, et qui représentait trois ivrognes en kilt, titubant sur une route et se soutenant mutuellement. La lune dans le ciel était toute déjetée, mais l'auteur, apparemment, n'avait pas recherché cet effet.

N'avait-il pas été fait, dans l'inventaire, mention d'une hache d'armes à deux tranchants ? Macdough s'engouffra dans les caves, trouva la chose, la porta assez péniblement – elle était vachement lourde – dans l'escalier de pierre visqueuse et se mit en devoir de réduire le cadre (bois doré, sculpté) ainsi que le tableau (peinture à l'huile, personnages comiques) en une infinité de minuscules fragments. Ceux-ci furent chargés dans la Mini et répandus dans la nature par poignées, sur une distance de cent kilomètres.

Il lui fallut faire un second voyage à Édimbourg pour dénicher un cadre suffisamment ancien, correspondant peu ou prou à la description de l'inventaire et aux dimensions du chef-d'œuvre volé. Ce cadre, fort heureusement, contenait déjà une toile assez vétuste, le portrait d'une grand-mère endormie dans son fauteuil à bascule, près de la cheminée, avec, sur les genoux, un petit chat et une pelote de laine. Ainsi Macdough allait pouvoir se resservir des vieilles semences de tapissier pour fixer le précieux Veenbes. Un autre voyage solitaire au château Macdough fut nécessaire pour mettre le Veenbes dans son nouveau cadre et il ne resta plus à

Macdough qu'à attendre l'occasion favorable pour aborder le sujet de l'héritage au cours d'une conversation, avec deux de ses copains de bamboche, Cuffy et Tooth qui en fait étaient présents le soir du concert new-yorkais. Était-ce Cuffy qui avait fini par dire : « Bon dieu, mon gars, ton truc, ça pourrait avoir de la valeur. Ça mériterait qu'on y regarde de plus près » ?

C'était peut-être Tooth, après tout. Toujours est-il que ce n'était pas Macdough. Lui s'était contenté d'orienter la conversation en laissant les autres prendre les décisions. Et quand il leur avait suggéré de l'accompagner pour aller jeter un œil à son héritage, ses deux compères avaient immédiatement sauté sur l'occasion.

Toutefois, il dut se rendre bien vite à l'évidence : ses compagnons étaient, l'un comme l'autre, plus dénués de flair et de goût que le dernier des ânes et, lorsqu'ils furent passés, traînant la jambe, devant le Veenbes en ne lui accordant qu'un regard distrait, Macdough se vit dans l'obligation de « découvrir » l'œuvre lui-même : « Hé, vous avez vu ce tableau ? Ça a peut-être de la valeur... qu'en pensez-vous ?

– Allons ! dit Cuffy. C'est rien qu'une croûte. Ça se voit tout de suite.

– Le cadre serait peut-être monnayable, suggéra Tooth.

– Eh bien, dans ce cas, je l'emporte, déclara Macdough.

Il le fit et fut, en conséquence, épaté et ravi, quand, un peu plus tard, lui parvint la lettre du marchand de tableaux d'Édimbourg, lui faisant savoir qu'il était propriétaire d'un chef-d'œuvre inestimable.

Ayant emprunté de l'argent sur ses espérances – l'expertise de Parkeby-South constituait une garantie suffisante pour la banque d'Inverness, où Macdough avait un compte – il était arrivé à Londres en juillet, deux mois avant la vente aux enchères qui allait faire de lui un homme riche, et était descendu au Savoy, tout en se cherchant une résidence fixe – appartement, maisonnette, pied-à-terre, un petit quelque chose, où il serait chez lui, lors de ses séjours « en ville »... La vie, sacré nom de nom ! s'annonçait belle.

On frappa à la porte. Macdough abandonna ses diverses contemplations – devant lui, le panorama de Londres ; en son for intérieur, un succès bien mérité – et lança :

– Entrez !

C'était le valet de chambre avec une bouteille de scotch sur un plateau. Ainsi que deux verres, un détail que Macdough remarqua immédiatement.

– Ah, ah ! dit-il avec un sourire complice. Finalement, vous acceptez de vous joindre à moi.

Le valet sourit à son tour d'un air timide avec des mines de conspirateur.

– C'est très gentil à vous, Monsieur. S'il m'est permis de changer d'avis... ?

– Mais très certainement, répondit Macdough en s'avançant pour faire le service. Il faut toujours saisir sa chance au vol, c'est un conseil que je vous donne. Sur cette terre, c'est l'occasion qui fait le larron. Alors, sautez-y dessus quand elle se présente !

2

Dortmunder, à sa grande surprise, pouvait obtenir un passeport. Il avait payé ses dettes à la société – les dettes, à tout le moins, dont la société avait eu connaissance – aussi les privilèges du citoyen lui étaient-ils octroyés à la demande. Cependant, avec les multiples dispositions qu'il fallut prendre, ce n'est qu'au mois de juillet que les préparatifs furent achevés, mais, vingt dieux ! il était là en fin de compte, à bord d'un 747, ayant laissé derrière lui les États-Unis et faisant route vers Londres, Angleterre.

Et, à côté de lui, était assis Kelp, un Kelp plutôt grognon, il est vrai. « Je ne vois pas pourquoi on voyagerait pas en première, nous aussi, répéta-t-il pour au moins la quinzième fois.

– C'est Chauncey qui paye, répondit Dortmunder, pour, peut-être, la septième fois. Alors c'est Chauncey qui décide.

Selon les décisions de Chauncey, en effet, lui-même et Léo Zane étaient installés de l'autre côté du rideau marron, en première classe, avec l'alcool, les vins et le champagne à l'œil, avec les plus jolies hôtesses, avec des fauteuils plus spacieux et moins serrés, et un escalier en spirale menant au bar et au salon du niveau supérieur, tandis que Dortmunder et Kelp voyageaient à l'économie, dans la bétaillère. Dortmunder était assis du côté de l'allée, ce qui lui permettait au moins d'allonger ses jambes quand la voie était libre mais Kelp qui occupait la place du milieu, avait, de l'autre côté, une ample vieille dame indienne en sari, dont le front était orné d'un point rouge. Kelp se sentait assez à l'étroit, et paraissait plutôt mal à son aise – surtout depuis que Dortmunder avait gagné la bataille de l'accoudoir.

Enfin, ça n'allait durer que sept heures en tout et pour tout, et puis l'avion atterrirait et ils seraient à Londres et il ne resterait plus à Dortmunder qu'à mener à bien la dernière opération qu'il avait conçue. Or, les handicaps n'allaient pas lui manquer, il ne connaissait pas la ville et la « cordée » était limitée à Kelp et à deux amateurs (Chauncey et Zane). Mais, à vrai dire, Dortmunder n'avait guère eu le choix. S'il ne parvenait pas à dépanner Chauncey, lui et Kelp ne représenteraient plus que deux nouvelles encoches sur le flingue de Zane, si tant est que ce salopard sans entrailles fût capable d'un geste aussi naïvement humain que de tailler des encoches-mémentos sur la crosse d'une arme à feu.

Le plan de Dortmunder, comme d'habitude, alliait le simple à l'insolite. Cette fois, il se proposait de substituer la copie à l'original, avant la mise en vente de septembre. Chauncey pourrait alors, en se défendant contre la compagnie d'assurances, exiger que le tableau mis aux enchères soit expertisé à nouveau. L'expertise établirait qu'il s'agit d'un faux, les poursuites seraient arrêtées et Chauncey se retirerait avec la toile authentique et son argent intact.

Dortmunder n'avait donc plus qu'à régler les détails de cette affaire si peinarde, dans une ville étrangère, avec une équipe composée par moitié d'amateurs, tandis qu'un pistolet était braqué sur son crâne.

Pour sa part, il aurait préféré que l'avion voguât dans le ciel jusqu'à la consommation des siècles.

3

Chauncey adorait Londres, mais pas dans ces conditions. Primo, on était en juillet. Et personne ne vient à Londres en juillet, alors que la ville est envahie par les Américains et les étrangers. Secundo, les compagnons de Chauncey, en ce voyage, ne le séduisaient guère, ils étaient même, par moments, carrément pénibles.

Dans le taxi, en venant de Heathrow, Chauncey et Zane occupaient la banquette arrière, Dortmunder et Kelp leur faisant face sur les strapontins, et – ainsi que le nota Chauncey – si Kelp prenait soin d'effacer ses genoux, afin de ne gêner Zane d'aucune façon, Dortmunder ne se souciait guère de ses propres genoux, si bien que Chauncey était obligé de coincer ses jambes contre la portière, et sa vue était bouchée par la face lugubre du même Dortmunder. Quant à l'air – un air anglais et humide – qui entrait par la vitre ouverte, il était abominablement chaud.

Mais tout cela devait être subi pour la bonne cause. Au-delà du front sourcilleux de Dortmunder et du taximètre qui tictaquait juste derrière son oreille droite, Chauncey pouvait apercevoir les bagages entassés près du chauffeur et, piqué parmi ses valises personnelles de chez Hermès, un sac de golf contenant, douillettement nichée sous le fourreau, la copie réalisée par Griswold Porculey de *La Folie conduisant l'homme à la ruine*.

265

Bientôt, très bientôt, s'il plaisait au ciel, la copie serait éliminée et l'original prendrait sa place dans le sac de golf, alors Chauncey quitterait la cité et ses millions d'habitants grouillants, et s'envolerait vers Antibes, où tous les gens de bon sens passent l'été.

En attendant, il n'y avait d'autre solution que de faire bonne face à mauvais jeu. Oppressé, néanmoins, par le silence qui se prolongeait dans le taxi, les quatre grands corps transpirant légèrement dans la chaleur du juillet anglais, Chauncey, dans un pathétique effort, tenta d'amorcer la conversation :

– C'est votre premier voyage à Londres, Dortmunder ?

– Ouais. (Dortmunder tourna un peu la tête pour jeter un coup d'œil par la fenêtre.)

Le taxi, qui avait suivi la M4 depuis Heathrow, rampait maintenant à travers l'habituel embouteillage de Cromwell Road.

– On dirait Queens ajouta Dortmunder.

Chauncey automatiquement prit la défense de la ville : « Ici, nous sommes encore loin du centre. »

– Queens aussi est loin du centre.

Brompton Road succéda à Cromwell Road avant que Chauncey fasse une nouvelle tentative.

– Vous avez beaucoup voyagé hors des États-Unis, Dortmunder ?

– Je suis allé au Mexique, une fois, lui répondit Dortmunder. Ça s'est pas bien passé.

– Ah non ?

– Non.

– T'as été au Canada deux fois, intervint Kelp de manière inattendue.

– Pour me cacher.

– Ça compte quand même.
– Juste des fermes et de la neige. Ç'aurait pu être n'importe où, persista Dortmunder.

Le taxi finalement atteignit Hans Place, long anneau ovale, autour d'un jardin plein d'arbres, bordé de maisons assez hautes, en brique orangée, aux façades ornées, à pignon, dans le style baptisé par Sir Osbert Lancaster « Pont Street Dutch ». Dès que le taxi fut arrêté, Chauncey, soulagé, bondit sur le trottoir. Il régla la course, pendant que les autres déchargeaient les bagages. Puis Edith et Bert surgirent, sortant de la maison, pour souhaiter la bienvenue à Chauncey et porter ses valises, laissant ses amis faire ce que bon leur semblait de leur propre attirail.

La maison avait jadis été divisée en quatre résidences indépendantes, selon une disposition complexe. Dans la « maisonnette » de Chauncey, les quartiers du personnel et la cuisine étaient à l'arrière du rez-de-chaussée. Au premier se trouvait le salon, avec ses fenêtres sur rue et, en face, la salle à manger, d'où montait un escalier en colimaçon desservant deux chambres avec salle de bains situées sur l'arrière du deuxième étage.

Edith et Bert, couple minuscule et ratatiné, s'exprimaient en un jargon des faubourgs londoniens absolument incompréhensible, où le « r » était la seule consonne identifiable. Résidents permanents de la maisonnette de Chauncey, ils y occupaient, au rez-de-chaussée, derrière la cuisine, une petite chambre-salle de bains.

Ils cultivaient leurs choux de Bruxelles dans leur portion de jardinet derrière la maison, faisaient leurs emplettes à deux pas de là, chez Harrod's, s'il vous plaît, sur le compte de Chauncey, jouaient au valet et à la cuisinière pendant les brefs séjours londoniens de leur patron et, l'un dans l'autre, vivaient comme des coqs en pâte. Et le savaient. « Hé, hé, hé, se disaient-ils le soir, bien au chaud dans leur petit lit douillet. Une petite maison à Knightsbridge ! Pas si mal, hein, maman ? Oh que oui papa, même pas mal du tout. »

Avec force gazouillis, gloussements joyeux et recours à la lettre « r », l'heureux petit couple présenta à Chauncey ses vœux de bienvenue. Celui-ci perçut le sens sinon la substance de leur accueil et leur dit : « Voulez-vous conduire ces messieurs à la chambre d'amis.

– Oh oui. Oui. R-r-r.

Toute la troupe s'engagea dans la maison, remonta la demi-volée de marches jusqu'au salon puis emprunta l'escalier en colimaçon. Edith et Bert, en farfadets diligents, ouvraient la marche, charriant les bagages de Chauncey sans pour autant cesser de japper gaiement. Suivait Zane qui claudiquait si affreusement qu'il semblait tout droit sorti d'un film d'horreur. Ensuite, venait Kelp, dont la demi-douzaine de sacoches étaient autant d'obstacles et s'emberlificotaient immanquablement aux balustres de l'escalier et à ses propres jambes et aussi – l'espace d'un instant terrifiant – au pied éclopé de Zane. Le regard que l'infirme lui jeta alors fut d'une froideur tellement mortelle que Kelp chancela en arrière et bouscula Dortmunder, lequel gravissait le colimaçon sans le moindre état d'âme de son pas pesant et régulier, telle la mule qui inlassablement tourne autour de son puits dans le désert. Dortmunder s'arrêta quand une partie non négligeable de Kelp lui atterrit droit sur le crâne.

— Andy, s'te plaît, fais pas ça, tu veux ? lança-t-il d'une voix lasse.

— C'est… c'est juste que…

Kelp se redressa, laissa tomber deux de ses sacoches, colla son derrière en plein dans la figure de Dortmunder et poursuivit son ascension. Chauncey fermait la marche prudemment à bonne distance. Aussi, lorsqu'il parvint à l'étage, Edith et Bert déballaient-ils déjà ses valises dans sa chambre, tandis qu'une dispute commençait dans la chambre d'amis. La cause du conflit fut explicitée par la question que Dortmunder posa à Chauncey : « On couche tous les trois là-dedans ?

— Eh oui, répondit Chauncey. Mais plus vite le boulot sera terminé, plus vite vous partirez d'ici pour rentrer chez vous.

Dortmunder, Kelp et Zane contemplèrent leur chambre, conçue et destinée à l'origine pour des couples sinon mariés du moins intimes. Un grand lit, une commode, une coiffeuse, un fauteuil, une fenêtre donnant sur le jardin. Kelp, plein d'appréhension mais très déterminé, annonça :

— Je m'en fiche. Il peut me tirer dessus s'il veut, mais je te le dis tout net, je refuse de dormir avec Zane.

— Je cròis qu'il y a un petit lit pliant dans le placard, déclara Chauncey. Je suis sûr que vous finirez bien par trouver une solution.

— Je ne peux pas dormir sur un lit pliant, dit Zane. Pas avec le pied que j'ai.

— Et moi, c'est avec toi que je peux pas dormir. Pas avec ce pied.

— Et toi, vas-y mollo, dit Zane en pointant un doigt osseux sur le nez de Kelp.

– Et si on y allait tous mollo, suggéra Dortmunder. On pourrait peut-être tirer à la courte paille ?

À cette idée, Zane et Kelp se mirent à protester de concert, lorsque Chauncey quitta la pièce en tirant la porte derrière lui pour regagner ses quartiers privés et civilisés où Bert et Edith, non contents d'avoir défait ses valises, avaient étalé un change de vêtements sur le lit et fait couler un bain chaud.

– Magnifique, fit Chauncey, avant de poursuivre : Un petit détail : les hommes qui m'accompagnent sont américains et terriblement excentriques. Aussi, ne leur prêtez aucune attention. Ils resteront ici quelques jours pour affaires puis ils s'en iront. Contentez-vous simplement de les ignorer le temps de leur séjour et s'ils se comportent avec la moindre étrangeté, faites comme si vous n'aviez rien remarqué.

– Oh, r-r-r, dit Edith.
– Ça marche, promit Bert.

4

Appuyé à un chiffonnier Chippendale, Dortmunder regardait deux gentlemen japonais qui se disputaient à coups de surenchères un petit bol de porcelaine avec un oiseau bleu peint à l'intérieur.

Enfin, il présumait que c'était bien eux qui se livraient bataille dans la mesure où leurs discrets hochements de tête étaient la seule activité perceptible dans cette salle bondée, si l'on ne comptait pas la psalmodie régulière du jeune commissaire-priseur impeccablement vêtu d'un costume sombre.

– Sept vingt-cinq. Sept cinquante. Sept cinquante, sur ma droite. Sept soixante-quinze. Huit cents. Huit vingt-cinq, sur ma gauche. Huit cinquante. Huit soixante-quinze.

Ils avaient démarré à deux cents et, à ce stade, Dortmunder s'ennuyait ferme mais il était décidé à rester sur place le temps nécessaire pour déterminer combien un riche Japonais était disposé à dépenser pour un bol à cacahouètes avec un dessin d'oiseau.

La place en question était l'une des salles de Parkeby-South, hôtel des ventes, d'exposition et d'expertise de Sackville Street, tout près et un peu au nord de Piccadilly. Cet effarant dédale de pièces et d'escaliers, occupant deux bâtiments adjacents, constituait l'un des plus anciens et des plus célèbres établissements du genre, entretenant des relations suivies avec des offices similaires de New York, Paris et Zurich.

Sous ce toit – ou ces toits – s'alignaient des kilomètres de livres rares, des hectares de tapis de prix, un véritable Louvre de peintures et de statues, porcelaines et verres à faire rêver un éléphant et suffisamment d'armoires, commodes, bahuts, chiffonniers, secrétaires, garde-robes, bureaux à cylindres et armoires à vin pour meubler tous les harems de la planète. L'endroit ressemblait à San Simeon, au retour de Hearst, après son périple européen.

Il y avait trois sortes de locaux à Parkeby-South : une demi-douzaine de salles de vente, où des enchérisseurs nombreux, assis en rang sur des chaises pliantes, faisaient des offres incroyables pour un « ceci » en marbre ou un « cela » en cristal. Il y avait des salles d'exposition bourrées de tout ce que l'on peut imaginer, depuis la statue en bronze, grandeur nature, du cheval du Général Pershing jusqu'à une guêpe grandeur nature en verre soufflé. Enfin, il y avait des pièces, aux portes fermées, portant la discrète inscription « Privé ». Les gardiens modestes, aux cheveux gris et sans arme, en uniforme bleu sombre, ne se faisaient guère remarquer, mais l'œil exercé de Dortmunder avait noté leur présence en tout lieu, et lorsque à titre d'essai il ouvrit une des portes « privées », pour voir ce qui arriverait, l'un de ces gardiens se matérialisa sur-le-champ devant lui, sorti, on aurait dit, de sous une plinthe, et demanda, avec un bienveillant sourire : « Monsieur ? »

– Je cherche les lavabos.

– Au premier, Monsieur. Vous les trouverez facilement.

Dortmunder le remercia. Il alla chercher un Kelp en

transe, planté devant une vitrine pleine de bagues en or, puis monta au premier, où il observa deux Orientaux qui se disputaient un bol à pistaches.

Et, tout en observant, il réfléchissait : il y avait dans cette taule de la marchandise pour plus d'un million de dollars. Les gardes y grouillaient comme, au mois de janvier, les microbes de la grippe, et, pour autant qu'il pouvait en juger, il n'y avait pas de dispositif d'alerte aux fenêtres. Cela signifiait que des gardes bien vivants patrouillaient dans les locaux durant la nuit.

— Onze cents, dit le commissaire-priseur.

Les enchères montaient à coups de cinquante livres sterling, maintenant.

— Onze cinquante sur ma gauche. Onze cinquante ? Non ? Onze cinquante sur ma gauche.

Clac ! Le marteau dans sa main gauche s'abattit sur le bloc de bois.

— Adjugé et vendu pour onze cinquante ! Article numéro cent cinquante-sept : une paire de vases.

Une paire d'employés en blouse grise brandissaient maintenant une paire de vases, en porcelaine, eux aussi, avec sur leur flanc, des flamants unijambistes. Kelp, cependant, murmurait, abasourdi : « Les types, tout à l'heure, ils ont casqué onze cent cinquante dollars pour un petit bol ? »

— Livres, corrigea Dortmunder. Argent anglais.

— Onze cent cinquante livres. Ça fait combien en liquide ?

— Plus que ça, répondit Dortmunder qui n'en savait rien.

— Deux bâtons ?

— Quelque chose comme ça. Allez, on se tire.

— Deux bâtons pour un petit bol, dit Kelp en suivant Dortmunder vers la sortie.

Derrière eux, le commissaire-priseur avait démarré les enchères sur les vases à six cents. Livres. Pas dollars.

Une fois dans la rue, Dortmunder mit cap sur Piccadilly, mais Kelp traînait la semelle, en regardant derrière lui, l'air rêveur.

— Avance, lui dit Dortmunder.

Mais Kelp s'attardait, jetant des coups d'œil par-dessus son épaule.

Dortmunder s'impatienta : « Qu'est-ce qu'il y a ? »

— C'est là que je voudrais vivre, déclara Kelp.

Il allait se retourner avec un sourire nostalgique, lorsque, soudain, son expression passa du rêve à la consternation.

Dortmunder, qui regardait du même côté, ne voyait rien de particulier : « Allons bon ! Tu veux vivre dans ce coffre à bijoux ? »

— J'ai cru... Non, c'est pas possible...

— Qu'est-ce que t'as cru ?

— Pendant une seconde... (Kelp haussa les épaules, hocha la tête.) Y a un mec, il ressemblait à Porculey... Un gros comme lui... L'est entré par une de ces portes... Tu sais, des fois, on trouve plein de gens qui ressemblent à d'autres gens. Surtout quand on est loin de chez soi...

— Des gens ressemblent à d'autres gens quand on est loin de chez soi ?

— C'est pas possible... ça peut pas être lui, dit encore Kelp qui, brusquement, pressa le pas, tandis que Dortmunder le regardait, perplexe.

Kelp, tournant la tête, lui cria : « Alors ? Tu viens ? »

5

— Je suis découragé, dit Dortmunder.

Chauncey leva les yeux de son assiette de choux de Bruxelles : « Navré de vous l'entendre dire. »

Les quatre partageaient, dans la maison de Chauncey, un dîner préparé par Edith et servi, avec force « r », par Bert. C'était leur premier repas en commun, depuis leur arrivée, la veille, car les cinq heures de décalage horaire les avaient tous quelque peu barbouillés. La veille, Chauncey était resté éveillé à coup de Dexédrine, avait dormi grâce au Seconal et ce matin, s'était totalement remis à l'heure anglaise. Les autres, apparemment, n'avaient pas eu sa chance et c'était Zane qui, à l'évidence, paraissait le plus mal en point. Son visage javellisé était encore plus pâle et hâve qu'à l'accoutumée et sa claudication en était arrivée à un niveau de grotesque caricatural inconnu en ces lieux depuis la peste noire.

Quant à Dortmunder et Kelp, le décalage horaire et un environnement étranger semblaient tout bonnement les conforter l'un et l'autre dans leurs personnalités préexistantes. Dortmunder était un brin plus renfrogné et Kelp babillait plus que jamais alors que le matin même, il avait connu un moment d'humeur excessivement exécrable, née apparemment de l'agencement définitif des quartiers de couchage dans la chambre d'amis. Par le biais d'une combinaison de nécessités médicales et d'absence naturelle d'empathie, Zane avait fini par occuper le lit double en solitaire tandis que Dortmunder se contentait du lit pliant, laissant Kelp à sa nuit sur un empilement d'oreillers et d'édredons divers à même le sol. Néanmoins, le lit pliant déplié occupait déjà la majeure part de l'espace disponible et Kelp avait été contraint de s'allonger la tête sous la commode et les pieds sous le lit. Résultat des courses : en pleine nuit, il avait sursauté au beau milieu d'un cauchemar et s'était blessé à ce réveil intempestif.

Il avait retrouvé sa bonne humeur coutumière, lorsque au début de l'après-midi il était sorti avec Dortmunder pour voir comment se présentaient les choses au Parkeby-South. Chauncey, lui, était parti peu après prendre le thé chez des amis, aux Albert Hall Mansions, et n'avait retrouvé ses hôtes qu'à l'heure du dîner. C'est au cours de ce dîner que sa question à Dortmunder sur la visite à Parkeby-South provoqua en réponse le mot « découragé ».

Un mot que Dortmunder consentit à expliquer : « La baraque est bourrée de trucs de valeur, dit-il. Bourrée de gardiens aussi. Et j'ai bien l'impression que ces gardiens, ils sont là, la nuit, quand c'est fermé. J'ai pas vu de dispositif d'alarme, mais il se peut qu'il y en ait.

— Autrement dit, vous ne pouvez pas entrer ?

— Je peux entrer, répondit Dortmunder. Je peux entrer partout et je peux sortir de n'importe où. C'est pas ça, le problème.

— Alors, c'est quoi ?

— L'idée, lui rappela Dortmunder, est d'échanger ces peintures sans que personne le sache. Il suffira de débrancher le système d'alarme et plus de problèmes. Vous pouvez aller et venir à votre guise sans être repéré mais vous ne pouvez pas entrer et sortir d'un endroit plein de gardiens sans vous faire voir.

– Ah ! fit Chauncey.

Zane s'immobilisa, une fourchetée de côtelettes d'agneau à la gelée de menthe à mi-chemin de sa bouche.

– Il suffit de faire diversion, lança-t-il.

– Excellent, dit Chauncey avec un regard plein d'espoir à Dortmunder. Qu'en pensez-vous ?

– Quel genre de diversion ? demanda Dortmunder, dubitatif.

– Un cambriolage, répondit Zane. On entre arme au poing, on vole quelques trucs et en cours de route, on procède à l'échange des tableaux.

– Magnifique, dit Chauncey.

Dortmunder ne semblait pas de cet avis.

– Encore un faux cambriolage ? fit-il. Tant qu'à voler, pourquoi ne pas voler le tableau ? Les flics ne manqueront pas de se poser la question.

– Mmm, fit Chauncey.

Zane, en revanche, n'allait pas si facilement lâcher le morceau.

– Vous avez réellement vu la toile pendant que vous étiez là-bas ? Elle était exposée ?

– Non. Je crois qu'ils gardent leurs objets les plus précieux verrouillés à double tour jusqu'à ce qu'ils soient vendus.

– Donc, vous ne l'avez pas vue ? intervint Zane avec un haussement d'épaules. C'est bien pour ça que vous ne l'avez pas volée.

Chauncey, las d'osciller entre espoir et désespoir, se

contenta de hausser un sourcil à l'adresse de Dortmunder dans l'attente de sa réponse négative.

Qui ne vint pas.

Du bout de sa fourchette, Dortmunder, le front soucieux, chassait, dans son assiette, des choux de Bruxelles. Enfin il dit : « J' sais pas trop… ça m'a l'air compliqué. On est que deux sur le coup et on sait pas combien il y a de gardiens dans la baraque. Il nous faut monter un casse bidon dans un coin, pour faire diversion, et, en même temps, dénicher la peinture qu'est bouclée quelque part, dans un autre coin, et puis il nous faut forcer une porte, sans que personne s'en doute, échanger les peintures sans que personne nous voie et puis se tirer avant l'arrivée des flics. Ça me paraît coton. »

Chauncey demanda : « Qu'est-ce qui serait moins coton, à votre avis ? »

Dortmunder, lentement, hocha la tête, n'ayant rien à dire. Il ruminait, il se creusait la tête, mais, très évidemment, ne parvenait à rien.

Ce fut Zane qui rompit le silence, en s'adressant à Chauncey, d'un ton paisible : « J'ai vu votre cour, derrière… les murs, ils sont hauts, on peut rien voir de l'autre côté, et la terre, elle est bien molle… Y aurait toute la place qu'il faut pour deux tombes… »

Dortmunder réfléchissait toujours, faisant mine de ne pas avoir entendu, mais Kelp ne put se retenir :

– Ne vous en faites pas, Monsieur Chauncey ! caqueta-t-il. Dortmunder va trouver une solution. Il s'est tiré d'affaire dans des coups plus compliqués que celui-là. Pas vrai, Dortmunder ?

Dortmunder ne répondit pas. Il gambergeait toujours, en tourmentant ses choux de Bruxelles dans

l'assiette. Sa fourchette en accrocha un trop brutalement, le chou sauta par-dessus le rebord et roula sur la nappe pour s'arrêter contre son verre à vin en laissant une mince traînée de beurre fondu dans son sillage sur le tissu damassé. Un autre détail que Dortmunder ne parut pas remarquer. Paupières baissées, il contempla sa nourriture un instant sous les regards des trois autres convives. Enfin, il poussa un soupir et leva la tête. Braquant simultanément son regard et sa fourchette sur Chauncey, il déclara : « J'ai un boulot pour vous. »
– Ah oui ?
– Oui, dit Dortmunder.

6

La Folie conduisant l'homme à la ruine... C'était bien le Veenbes, le vrai, vu en dernier lieu, au mur de son salon, à New York. Chauncey aurait pu le toucher, en tendant le bras, mais il s'en abstint, se contentant de le contempler avec une fringale secrète, mais aussi avec une grimace apitoyée à la vue du cadre d'un si épouvantable mauvais goût qui enfermait le pauvre cher objet.

– Je n'en crois rien, dit-il calmement, avec un haussement d'épaules dédaigneux. Franchement, je ne crois pas que ceci soit l'œuvre authentique.

– Eh bien, vous feriez mieux de le croire, rétorqua cette canaille de Macdough avec un sourire suffisant. Je vous dis que vous n'y connaissez rien !... prenez ça comme vous voudrez !

J'en ai bien l'intention, songea Chauncey, avec une pointe d'amusement, mais, à haute voix, il déclara : « J'exigerai, bien entendu, un examen de mon propre expert. »

Leamery, le freluquet empressé qui représentait Parkeby-South, minauda diplomatiquement au bénéfice des deux antagonistes et dit : « Mais certainement, mais certainement. Étant donné les circonstances, c'est, bien entendu, la seule chose à faire. Tout le monde en convient. »

– Amenez-les, vos experts, goguenarda Macdough

de sa voix de bourdon, imbibée de whisky. Faites-les défiler en long, en large et en travers, moi, je m'en bats l'œil !

C'est à la demande de Dortmunder que Chauncey se trouvait là, dans la chambre-dépôt, à l'avant-dernier étage de Parkeby-South, où il supportait les simagrées de Leamery, l'exultation mauvaise de Macdough, et regardait son propre bien, le cœur serré, mais avec une feinte indifférence. « Vous pouvez vous arranger pour voir la peinture, lui avait dit Dortmunder. Vous avez une raison valable, cette peinture risque de vous coûter quatre cents sacs à rembourser aux assurances. Vous allez donc vous débrouiller pour entrer dans le local en question, vous reluquerez tout ce qu'il y a à voir et, en rentrant, vous me ferez un plan. Il faudra me dire où il se trouve, le tableau, comment sont faites les portes et les fenêtres, quel est le mur extérieur le plus proche. Je veux connaître aussi le système de la serrure, savoir ce qu'il y a dans la pièce en plus de la peinture, s'il existe un circuit fermé de télé ou des caméras planquées... tout ! »

« Je ferai de mon mieux, avait promis Chauncey. Si toutefois j'ai la possibilité de visiter cet endroit, ce qui me paraît douteux. »

« Vous en connaissez bien, des gens, qui vous goupilleront ça », avait tranché Dortmunder, et les événements lui avaient donné raison.

Le lendemain matin, Chauncey avait appelé des amis en ville, et que le cric le croque, mais un jeune ami travaillant chez un éditeur du coin se trouva être le neveu du chef de la publicité de Parkeby-South. Cette relation avait suffi pour se gagner l'oreille bienveillante d'un sous-directeur de l'entreprise qui était certain que quelque chose pourrait, selon ses termes, « s'arranger ».

L'arrangement en question avait pris quatre jours mais le lundi après-midi, le nommé Leamery avait annoncé au téléphone que Chauncey pouvait certainement examiner le tableau, mais que « Monsieur Macdough insistait pour être présent... un homme charmant, mais un peu raboteux, si j'ose dire, notre Monsieur Macdough...

– Mac quoi ?

– Macdough. Le propriétaire du Veenbes.

– Ah, vous voulez dire Macdô.

– En êtes-vous sûr ? (Le soupir qu'avait alors poussé Leamery siffla à l'oreille de Chauncey.) Ce nom, décidément, je ne saurai jamais le prononcer correctement.

La visite, en tout cas, devait avoir lieu le lendemain, mardi, dans l'après-midi. « J'espère que ça ne vous dérange pas, avait poursuivi Leamery, mais nous préférerions, si vous n'y voyez pas d'inconvénient, vous montrer l'œuvre *in situ*, autrement dit dans notre chambre-dépôt. »

« Tout à fait d'accord », lui avait répondu Chauncey.

Et l'on était mardi, et Chauncey se trouvait dans la chambre-dépôt, entouré des plus précieux trésors confiés à Parkeby-South et enregistrant tout ce qui se présentait à ses yeux.

– J'en ai vu suffisamment, déclara-t-il enfin, en détournant la tête, après avoir jeté un dernier regard à la *Folie* et à son escorte. « Je reviendrai », lança-t-il à la toile par télépathie, reprenant ainsi la formule célèbre du général MacArthur. Mais une fois la porte franchie, il s'attarda pour observer, les yeux plissés, le gardien qui verrouillait les diverses serrures.

Ils descendirent l'escalier et Chauncey, le regard sans cesse en maraude, ouvrit la marche devant Leamery et Macdough.

Arrivé au rez-de-chaussée, Leamery leur offrit un sourire pâle et mouillé de salive.

— Puis-je vous offrir une tasse de thé ? s'enquit-il. Nous allons le servir au bureau…

— Merci. Non.

— Un coup de whisky, peut-être ? proposa Macdough avec son sourire insultant. On dirait que vous avez besoin d'un remontant.

— J'ai le sentiment, Monsieur Macdô, que vous auriez intérêt à garder…

— Macdeuff, rectifia Macdough.

— … à garder tous les remontants que vous avez en réserve. Vous-même, vous en aurez besoin dans un très prochain avenir.

— Mon nom est Macdeuff, répéta Macdough, et je ne crois pas que ce sera le cas.

7

— Reparlons de cette fenêtre, voulez-vous, celle de l'escalier.
— Encore ! Dortmunder, je vous ai dit tout ce que je savais sur cette fenêtre. Je vous ai dit tout ce que je savais sur absolument tout et n'importe quoi. Je vous ai fait des croquis, je vous ai dessiné des esquisses, je suis revenu je ne sais combien de fois sur…
— Parlons de la fenêtre.
— Dortmunder ! Mais pourquoi ?
— Je veux savoir à quoi elle ressemble. Décrivez-la.
— Très bien, mais c'est la énième fois. C'était une fenêtre sur le palier, une demi-volée de marches sous la salle des estimations, ce qui devrait la placer trois étages et demi au-dessus de la rue. Elle était à double battant, un grand panneau vitré au sommet, avec six carreaux plus petits en dessous. Le bois était peint d'un crème grisâtre et elle donnait sur Sackville Street.
— Qu'est-ce qu'on voyait en regardant à l'extérieur ?
— Je vous l'ai dit : Sackville Street !
— Qu'est-ce qu'on voit très exactement ?
— Dortmunder, je suis passé devant cette fenêtre à deux reprises, une fois en montant, une fois en descendant. Je ne me suis pas arrêté pour regarder dehors.
— Qu'avez-vous remarqué en passant ?
— Les immeubles d'en face.

— Voulez-vous les décrire ?
— Décrire les... ? Des étages supérieurs en pierre grise, des fenêtres, rien de... non ! Bon dieu, je me souviens maintenant ! Il y avait un lampadaire.
— Un lampadaire !
— Je l'ai remarqué en descendant. Il était, bien sûr, sous le niveau de la fenêtre. Mais quelle différence ça peut bien faire ?
— D'abord, ça signifie que la cage d'escalier ne sera pas dans l'obscurité. Dites-m'en davantage sur cette fenêtre.
— Davantage ? Il n'y a rien de...
— Le verrouillage.
— Elle n'avait pas de système de verrouillage.
— Mais bien sûr que si, toutes les fenêtres se verrouillent.
— Peut-être, mais elle n'avait pas ce... Vous savez ce truc, là au milieu, je m'en souviens parfaitement. Il y avait... ah, attendez !
— Vous vous souvenez d'autre chose ?
— Dortmunder, quand vous en aurez fini avec moi, je serai tout juste bon pour la maison de repos.
— Reprenez.
— Elle avait deux verrous. Des pênes dormants dans les coins supérieurs de la partie inférieure. Je suppose que le vitrage supérieur doit être inamovible.
— Des pênes dormants ? Ils coulissent dans l'huisserie des deux côtés ?
— Oui.
— Voilà donc de nouveaux détails dont vous venez de vous souvenir, concernant la fenêtre.
— On arrête avec la fenêtre, je vous en supplie.

– Très bien, parlons maintenant du sol du couloir devant la salle d'estimations.
– Dortmunder, vous allez me rendre cinglé.
– C'était quoi, du bois, un tapis, du linoléum ?
– Le sol. Juste ciel, laissez-moi réfléchir…

8

— Quel pays ! dit Kelp.

Il essaya de changer de vitesse en manipulant le bâton qui pointait à la droite de la colonne de direction, sans autre résultat que de signaler un changement de direction à droite. Il dit : « Merde ! Putain ! Saloperie ! » sans cesser de signaler son intention de tourner à droite. Mais ayant trouvé l'autre bâton, surgissant à la gauche de la colonne, il passa en seconde.

— Conduis à gauche, dit Dortmunder.

— J'y suis, à gauche, siffla Kelp. (Il braqua le volant vers la gauche, évitant ainsi, en catastrophe, le taxi qui fonçait sur lui.)

— T'y étais pas, y a un moment.

— J'y étais.

— T'as mis ton clignotant à droite.

— Je vais, p'têt, y aller, à droite.

Kelp était mal luné et cette première tentative de conduite à Londres n'arrangeait pas les choses. Cahotant dans Sloane Street vers Sloane Square, dans une Opel marron, au milieu des taxis noirs et toussotants, d'autobus rouges, hauts de deux étages, et de Minis, grosses comme des machines à laver, couleur de neige sale, faméliques et téméraires, Kelp s'efforçait de refréner tous ses réflexes de chauffeur : assis à droite, il lui fallait conduire à gauche, changer de vitesse de la

287

main gauche... et, pour achever la confusion, appuyer sur des pédales qui, elles, n'étaient pas inversées.

Kelp, au demeurant, d'un naturel aimable et sociable, semblait avoir changé de personnalité avant même d'être monté dans l'Opel. Cinq nuits, passées dans la maison de Chauncey, couché à même le plancher, ou presque, l'avaient laissé courbatu, fourbu et irritable. Sa mise en place initiale, les pieds sous le lit, la tête sous la commode, s'était révélée rapidement inacceptable dans la mesure où Zane et Dortmunder, chaque fois qu'ils se levaient au milieu de la nuit, ne manquaient jamais de marcher sur la partie de son corps qui restait à découvert. Et les deux enfoirés passaient leur nuit à se lever. Sans compter que le pied de Zane, nu et difforme, se posant sur son ventre dans l'obscurité, était une des expériences les plus désagréables de l'existence. Résultat, Kelp dormait – ou essayait de dormir – roulé en boule sous la commode, ce qui avait des conséquences tout à fait néfastes sur sa posture comme sur sa personnalité.

Et voilà Dortmunder, maintenant, qui voulait se balader en ville. « Où on va ? » avait demandé Kelp.

– On fait une virée, avait répondu Dortmunder.

– Pour quoi faire ?

– Je le saurai quand je le verrai, avait répliqué Dortmunder.

Il le saurait quand il le verrait ! Après un après-midi entier passé dans les embouteillages, du mauvais côté de la route, du mauvais côté de la voiture, Kelp mit son clignotant à gauche, lâcha un juron, passa en troisième, passa en quatrième et faillit écraser sur place deux femmes en manteau de laine beige et bottes de cuir qui traversèrent juste devant la voiture.

— Seigneur Jésus, Andy ! dit Dortmunder en se décollant du pare-brise.

— Ces deux... ces deux...

Kelp montrait les femmes du doigt, plus abasourdi que furieux, tandis que celles-ci en retour se plantaient devant la voiture avec des regards de reproche en lui indiquant quelque chose sur le trottoir. Tournant la tête dans cette direction, Kelp aperçut une sphère lumineuse orange et clignotante au sommet d'un poteau.

— Mais nom de dieu, qu'est-ce c'est que ce truc ? demanda-t-il.

— J'en sais que dalle, fit Dortmunder.

Les deux femmes ayant tancé Kelp d'un doigt sévère poursuivirent leur chemin.

Kelp clignait des paupières à l'adresse du globe orange qui lui retourna ses clins d'œil.

— Et je fais quoi maintenant ? demanda-t-il. J'attends que ça s'éteigne ou que ça s'allume pour de bon ?

Pin pon, fit la Mini derrière eux.

— Je crois que tu peux y aller, signala Dortmunder.

Kelp se prépara à tourner à droite.

— MERDE !

Première, écraser l'accélérateur ; deuxième, écraser l'accélérateur ; troisième foutue vitesse et voilà un nouveau globe orange. Écrasant le frein, Kelp aperçut un globe orange similaire sur l'autre trottoir relié au précédent par des lignes blanches sur la chaussée. Il commençait à comprendre de quoi il s'agissait lorsque Dortmunder lui lança :

— C'est un passage pour piétons, voilà tout. Les piétons ont la priorité.

– *Je sais*, rétorqua sèchement Kelp en écrasant à nouveau l'accélérateur.

La voiture entra d'un bond dans Sloane Square.

– On va où maintenant ?

– Où tu voudras.

– Je veux retourner sous ma commode, dit Kelp, à la vue de Sloane Square, encombré de voitures et de piétons.

Emprisonné par le flot de la spirale infernale qui tournait à l'intérieur de la place dans le sens des aiguilles d'une montre, Kelp, crispé de la tête aux pieds parce qu'il estimait mal le volume de sa voiture côté gauche, fit avancer l'Opel millimètre par millimètre pour se retrouver au bout du compte quasiment à son point de départ, lorsqu'il parvint à se libérer enfin de la nasse en s'engouffrant dans King's Road qui se révéla plus étroite que Sloane Street, avec encore plus de voitures et de piétons, plus de boutiques et plus de bus.

– Et en plus, ils n'ont même pas de plaques MD, ici ! s'exclama Kelp. Et s'il y a une urgence ? Comment tu vas trouver un docteur ?

– Cette voiture va très bien, dit Dortmunder.

– T'as qu'à essayer de la conduire, toi. T'as qu'à essayer de... oh merde !

Nouveau passage pour piétons. Celui-ci plein de jeunes gens vêtus de doudounes à poils. Alors même qu'il se préparait à changer de vitesse, Kelp comprit qu'il se trompait une fois encore de levier.

– Bon maintenant ça suffit ! explosa-t-il.

Appuyant de tout son poids sur la manette du clignotant comme pour tourner à droite, il accentua sa pression jusqu'à entendre CRAC.

— Tiens-moi ça, dit-il en tendant la manette à Dortmunder.

Il repassa en première et reprit son chemin une fois que la caravane de doudounes à poils eut rejoint l'autre côté de la rue.

— Ton clignotant signale toujours à droite, fit remarquer Dortmunder.

— Rien à cirer, répliqua Kelp.

Ils tournèrent en rond pendant une demi-heure, descendirent jusqu'à Chelsea, passèrent l'Albert Bridge, pénétrèrent dans Battersea, puis, par le Battersea Bridge, filèrent vers le nord, traversèrent Earl's Court et Kensington. Kelp, cependant, s'adaptait de mieux en mieux à la conduite bizarre. Ils remontaient vers Notting Hill Gate, lorsque Dortmunder dit brusquement :

— Arrête là !

— Ici ?

— Non, là-bas derrière. Fais le tour du pâté de maisons !

Kelp entreprit le tour du pâté de maisons et, très vite, s'égara. Il s'en fichait. Bientôt il constatait, d'ailleurs, qu'ils étaient revenus au même point de Notting Hill Gate, en tournant dans le sens opposé.

— On va attendre maintenant, déclara Dortmunder. Tu ferais bien de couper le moteur.

Notting Hill Gate, la porte de Notting Hill, n'est pas une porte mais une rue ; une rue commerçante, comme on en trouve à Brooklyn, avec des cinémas, des supermarchés et des teinturiers. Devant eux, sur la gauche, une devanture de magasin était barrée de planches avec une benne posée à côté du trottoir et une équipe d'ouvriers sortait des gravats par seaux entiers. Devant l'Opel, à droite, un homme réparait un lampadaire,

debout dans une sorte de baquet métallique qui se dressait sur un fût à l'arrière d'un camion en stationnement, le genre de véhicule qu'en Amérique on surnomme « pique-cerises ». Un peu plus loin, un homme sur une haute échelle remplaçait les lettres au fronton d'un cinéma qui affichait pour l'instant LA CHARGE DES SEPT NAINS. Sur la gauche, au-delà du magasin barré de planches, un laveur de vitres lavait les vitres des boutiques. Les trottoirs étaient pleins d'hommes et de femmes portant des sacs en plastique ou promenant leur chien, scrutant au travers de vitrines fraîchement nettoyées ou marmonnant à voix basse.
 — Tu marmonnes dans ta barbe, dit Dortmunder.
 — Je marmonne pas, dit Kelp.
 — C'est pour le pique-cerises, expliqua Dortmunder.
 — J'avais compris, dit Kelp.

9

Quand un gars a passé toutes ses nuits pendant plus d'une semaine sous une commode, c'est pour lui un jeu d'enfant que de s'endormir à l'intérieur d'une vaste armoire. Kelp rêvait qu'il était un ange joueur de harpe, porté par un nuage doux et floconneux, quand la porte de l'armoire s'ouvrit et qu'il fut brutalement réveillé par Dortmunder qui lui appliquait la main sur la bouche pour lui imposer silence et qui, dans un chuchotement rauque, lui ordonnait : « Debout ! »

« Mmmm ! » mugit Kelp. Puis il se rappela : un, qu'après tout, il n'était pas un ange, deux, que pour être tout à fait franc, il ne savait pas jouer de la harpe et trois, que s'il se trouvait dans cette armoire, c'était uniquement parce qu'il était cambrioleur.

Lui et Dortmunder étaient retournés à Parkeby-South, ce lundi, à la fin de l'après-midi, presque une semaine après la visite de Chauncey à l'hôtel des ventes, ils avaient étudié les lieux, ils avaient tué le temps, errant dans les locaux, jusqu'à ce que l'occasion se présentât de se glisser sans être vus dans les cachettes qu'ils avaient repérées : Dortmunder sous une pile de tapis, drapés sur une rampe entourant la cage d'escalier, et Kelp dans l'armoire. Ils s'y étaient cachés vers 16 heures et il était, maintenant, près de 2 heures du matin. Kelp avait donc dormi pendant environ neuf heures. « J'ai faim », chuchota-t-il, quand Dortmunder lui eut libéré la bouche.

« Plus tard, la bouffe », chuchota Dortmunder. Il s'effaça pour permettre à Kelp de s'extirper sans bruit de l'armoire. Dortmunder avait faim, lui aussi, bien qu'il ne voulût pas l'admettre, et il n'avait pu se reposer comme l'avait fait Kelp, une envie d'éternuer quasi irrépressible l'ayant tenu éveillé la plupart du temps, dans son refuge, sous les tapis. Quand enfin il s'était assoupi, c'est un éternuement qui l'avait réveillé au bout d'une petite heure. Son propre éternuement. Heureusement, aucun gardien ne fut alerté par le bruit, aussi, en voyant, au cadran lumineux de sa montre, qu'il était minuit moins quelques minutes, se glissa-t-il hors de son abri. Il consacra les deux heures qui suivirent à filer les gardiens, guidé par le bruit de leurs pas, et c'est vers 1 h 30 qu'il entendit, au rez-de-chaussée, l'un d'eux annoncer : « Hé, le lampadaire s'est éteint dehors. » Chauncey était donc à pied d'œuvre...

Oui, il l'était. L'avant-veille, Kelp et Dortmunder avaient suivi le pique-cerises à son port d'attache, un vaste terrain, clos d'une palissade, dans le quartier de Hammersmith, au milieu d'autres spécimens de matériel lourd, tous peints uniformément en jaune officiel. La veille, avant de se rendre à Parkeby-South, Dortmunder et Kelp, vêtus de bleus de travail et munis d'un carnet à souches, étaient retournés à Hammersmith, où Dortmunder avait fait un fort joli numéro, celui de l'ouvrier je-m'en-foutiste : il avait déclaré qu'il venait du chantier, qu'on lui avait dit de ramener un de ces machins et que ça devait être confirmé par téléphone. Le fumeur de pipe, dans la petite baraque près de l'entrée, n'avait pas fait trop de difficultés. Il en avait fait d'autant moins que les deux compagnons n'avaient pas demandé mieux que de signer de faux noms tous les papiers qu'il leur avait présentés (« Vous êtes canadiens, je parie ? » « Exact »). Ayant amené le pique-cerises dans un paisible cul-de-sac, donnant sur Holland Road, Dortmunder et Kelp, avec de la peinture émaillée noire, avaient changé son matricule et son numéro minéralogique, puis l'avaient laissé, à la vue de tous, dans Pont Street, à quelque cinq cents mètres de la maisonnette de Chauncey. Et c'est là que le trouvèrent Chauncey et Zane, à 1 heure du matin. Chauncey mit l'engin en marche, grâce à la clef que lui avait donnée Kelp, il conduisit le pique-cerises dans Sackville Street, et là, il enleva la plaque métallique encastrée dans le socle du lampadaire (Dortmunder lui avait montré comment faire sur un lampadaire de Hans Place) et, en coupant un des fils électriques, il éteignit la lumière. Maintenant, lui et Zane, assis dans la cabine du camion, attendaient le signal qui devait venir de Parkeby-South.

À l'intérieur, Kelp s'étirait, bâillait, se grattait le crâne et se secouait, comme un chien sous la pluie. « T'as fini de te tortiller ? fit Dortmunder. Il est temps de s'y mettre. »

– T'as raison, dit Kelp. (Il se palpait sur tout le corps.) Attends une minute... où est passé mon flingue ?

Dortmunder le fouilla mais Kelp n'était plus armé et ils finirent par trouver le pistolet dans l'armoire où il avait dû glisser de sa poche. Ce minuscule Beretta, pistolet automatique d'exercice, calibre 25, avait l'air d'un jouet, mais il était moins ridicule que le pistolet d'exercice calibre 22, à canon de 10,16 centimètres, fabriqué sur commande, que Dortmunder trimbalait sous sa chemise.

Étrangers dans le pays, loin de leurs pourvoyeurs habituels, ils avaient dû se contenter, en effet, de ce que Chauncey avait pu leur dénicher, en l'occurrence, un automatique pour sac de dame et un pistolet de stand de tir.

— Doucement maintenant, dit Dortmunder, en produisant au jour sa propre arme, et les deux, à pas de loup, filèrent vers le bureau.

Dehors, les choses s'étaient un peu compliquées. Chauncey, assez inquiet au départ – il se jugeait plutôt évolué mais le vol à main armé était largement au-delà de ses compétences – avait repris confiance en constatant que tout s'était déroulé selon le plan établi par Dortmunder, et il ne fut pas mécontent d'étaler au monde une insouciance de bon aloi.

Jusqu'à ce que le policier en uniforme s'arrête au cours de sa ronde, vers 1 h 55, pour bavarder un brin.

— Alors, on travaille tard ?

C'était un jeune agent, arborant une moustache de la taille, de la forme et de la couleur d'un balai de cantonnier, et la présence de Chauncey, Zane et du pique-cerises n'avait éveillé chez lui aucun soupçon. Bien au contraire. Comme il s'ennuyait un peu, au fil des rues commerçantes, silencieuses et vides à cette heure avancée de la nuit, il s'était simplement arrêté par désir de contact humain, juste le temps de parler boutique avec ce duo de travailleurs, obligés eux aussi de bosser la nuit.

Chaque Anglais et chaque Américain qui séjourne un tant soit peu en Angleterre se croient capables d'imiter l'accent des faubourgs londoniens et Chauncey ne faisait pas exception à la règle.

De sa plus belle voix de cockney de salon, il lança :
— B'soir, chef. Belle nuit, hé ?
— Vous êtes canadien, non ?
— Heu… ouais, dit Chauncey.

À l'intérieur, Dortmunder et Kelp, ayant étudié le terrain à travers les ouvertures de leurs passe-montagne en laine urtipiquante, entrèrent dans le bureau du caissier et ordonnèrent :
— Mains en l'air !
— Oups, fit le premier gardien.

Son collègue reposa précipitamment sa tasse dans sa soucoupe et se tourna pour regarder les visiteurs avec un étonnement placide.
— Mais d'où vous sortez, tous les deux ? demanda-t-il.
— En l'air, répéta Dortmunder.
— Quoi, en l'air ? Mes pognes ? Et mon thé, alors ? Il va tenir tout seul ?
— Le thé, tu le reposes, et ensuite, tu lèves les mains en l'air, ordonna Dortmunder.
— Ben voyons, grogna le gardien en larguant tasse et soucoupe sur un classeur proche.
— Un conformiste, le mec ! Il aime faire les choses dans les règles, dit l'autre gardien, assis tranquillement sur sa chaise, les pieds sur le bureau. (Sans se presser, il mit les mains en l'air.)
— Un syndiqué, renchérit l'autre gardien qui venait de se décider, lui aussi, à lever les mains. De la Fraternité des Voleurs à la Tire.

Dortmunder pointa le canon interminable de son pistolet d'exercice sur le gardien assis.

– Y a deux de vos collègues en haut. Vous leur téléphonez et vous leur dites de descendre.

Le gardien assis ôta ses pieds du bureau et ses mains de l'atmosphère : « Deux autres en haut ? Tiens, tiens. Où c'est que vous avez vu ça ? »

– Un dans le bureau, au second, lui dit Dortmunder, l'autre sur une chaise, dans le couloir du quatrième.

Les gardiens échangèrent un coup d'œil approbateur. « Il connaît son métier », dit le premier.

– Mais il se goure d'étage[1], n'empêche, fit observer le second.

– Doit être canadien. (Le premier gardien se tourna vers Dortmunder.) Z'êtes canadien ?

– Australien, répondit Dortmunder qui en avait assez d'être canadien. Allons, dépêchons !

– Fais ce qu'il te dit, Tom, conseilla le second. Décroche le biglo.

– Et attention à ce que vous dites, conseilla Dortmunder.

À l'extérieur, Chauncey faisait très attention à ses propos au cours de sa conversation avec le bobby. Après avoir parlé de la pluie et du beau temps – la sécheresse de l'été dernier se reproduirait-elle chaque année et, si oui, était-ce une bonne idée ? – ils passèrent à la rémunération des heures supplémentaires puis aux ennuis personnels du policier avec le London Electricity Board qui avait bien failli lui couper l'électricité par erreur, et Chauncey se mit à souhaiter ardemment que le salopard tombe raide mort sur le trottoir. À côté de Chauncey, Zane tripotait quelque chose sous sa

---

1. En Amérique et au Canada, on compte les étages à partir du rez-de-chaussée (premier étage).

veste, indubitablement habité par des pensées semblables, quoique peut-être de nature plus active.

Dans la poche intérieure de la veste du policier se trouvait un talkie-walkie miniature qui se faisait entendre à l'occasion. Bavarder avec quelqu'un dont la poche se joignait à la conversation était assez déconcertant. Le policier s'interrompit soudain avec une expression alerte pour répondre à l'une de ces injonctions en staccato et répondit : « Bien ! »

— Le devoir m'appelle, expliqua-t-il en touchant le rebord de son casque en signe de salut désinvolte. Bye, bye.

— Bye, bye, acquiesça Chauncey avant de suivre du regard, dans le rétroviseur du pique-cerises, le bobby qui se hâtait en direction de Vigo Street.

— J'étais prêt à lui mettre une balle la peau, dit Zane.

— J'en avais bien peur, en effet, rétorqua Chauncey.

Il lança un coup d'œil en direction de Parkeby-South.

— Et eux, là-bas, qu'est-ce qui leur prend si longtemps ?

Rien. En fait tout se passait le mieux du monde. Tom avait décroché le biglo et avait parlé à Frank d'abord, à Henry ensuite, en leur demandant de se ralléger au bureau, une minute, et ils se rallégèrent de bonne grâce. Dortmunder et Kelp s'étaient postés de part et d'autre de la porte et, quelques instants plus tard, les quatre gardiens se faisaient lier les mains derrière le dos par Kelp, pendant que Dortmunder, planté à distance respectable, baladait son flingue à long canon à bout de bras, comme un conférencier commettant une projection.

— Ça y est, dit enfin Kelp. Je leur attache les chevilles aussi ?

299

Cette amorce de dialogue avait été dûment répétée, et Dortmunder donna la réponse prévue : « Non. On les emmène. Je veux pas les lâcher des yeux, tant qu'on est pas sortis d'ici. » Ce qui, en fait, signifiait exactement le contraire : c'est les gardiens qui devaient pouvoir témoigner qu'aucun des deux bandits n'était monté dans les étages.

Kelp sortit le premier, suivi par les quatre gardiens, Dortmunder fermant la marche. Mais avant de quitter le bureau, ce dernier avait pris le temps de tirer de sa poche une lampe électrique et de la braquer sur la fenêtre la plus proche, allumant, éteignant, allumant, éteignant, allumant, éteignant.

« Enfin ! » dit Chauncey.

Il descendit de la cabine, portant la copie du Veenbes, enroulée dans son étui à parapluie en vinyle noir, et contourna le camion, tandis que Zane se poussait à la place du conducteur. Chauncey monta dans la benne du pique-cerises, qui était nantie de ses propres commandes, et, après une seconde d'hésitation, s'envoya vers les hauteurs. Il fut d'abord un peu maladroit, manqua d'emboutir le lampadaire, fut à deux doigts de se fêler le crâne contre le globe, mais, l'expérience aidant, il prit de l'assurance et, après quelques légers ajustements, parvint très vite à cette sacrée fenêtre, sur laquelle Dortmunder avait jeté son dévolu. De la poche de sa veste, Chauncey tira un aimant assez volumineux, lequel se fixa, aussitôt et énergiquement, à la paroi du baquet. « Salaud », marmonna Chauncey, en arrachant le foutu engin à la plaque.

Il le haussa, non sans peine, jusqu'à la fenêtre – c'était comme d'aller promener un chiot setter irlandais au bout d'une laisse trop courte – et se mit au travail.

Pour exécuter cette partie de la mission, il s'était, d'ailleurs, fait la main. Dortmunder, en effet, avait vissé un boulon à l'une des fenêtres de la maison de Hans Place, et Chauncey s'était excercé longuement à l'extirper du châssis à l'aide de l'aimant.

D'abord, faire glisser l'aimant jusqu'en haut de la vitre pour libérer la petite poignée du petit pêne de son petit logement, en l'obligeant à pivoter. Ensuite, faire glisser l'aimant à la surface de la vitre lentement, tout doucement, et le petit pêne obéissant glissera lentement et tout doucement de son nid dans le dormant de la fenêtre. Répéter l'opération avec le second pêne et ainsi, déverrouiller la fenêtre. À maintes et maintes reprises, Dortmunder était revenu sur la question de la fameuse fenêtre, cherchant obstinément à savoir si lesdits pênes étaient en laiton ou en fer, jusqu'à ce que finalement Chauncey s'écrie :

– En fer, pour l'amour du ciel !

– J'espère que vous avez raison, avait répondu Dortmunder. Parce qu'un aimant ne marche pas sur le laiton. (Et c'est à cette occasion que, pour la toute première fois, Chauncey avait appris l'existence de l'aimant et que depuis, lui aussi espérait qu'il ne s'était pas trompé. Ce fut donc un véritable soulagement de s'apercevoir que les pênes étaient réellement en fer. Jusque-là, cela n'avait été qu'une hypothèse.)

Enfin, la fenêtre à guillotine glissa dans ses rainures et Chauncey put l'enjamber, passant, l'étui à parapluie à la main, du baquet à l'escalier. Il eut soin de refermer la fenêtre derrière lui (« Ça la foutrait mal, si les gardiens, ils sentaient passer un courant d'air inexplicable », avait dit Dortmunder) et escalada en hâte la demi-volée de marches, vers la chambre-dépôt. Arrivé à la porte, il sortit le paquet de clefs, attachées à une ficelle, que lui avait remis Kelp. (« Pour les serrures anglaises, je suis pas expert, avait dit Kelp, mais si vous tenez compte de la marque et de la forme, vous devriez trouver là-dedans de quoi ouvrir les deux serrures. » Et il avait haussé les épaules pour ajouter : « Sinon, l'opération est foutue. »)

Deux serrures... tâtonnant dans le noir, s'impatientant, les clefs cliquetant dans ses mains fébriles, Chauncey finit par en prendre une au hasard et il tenta de l'insérer successivement dans les deux serrures... Non... Une deuxième... Non... Une troisième...

La onzième clef tourna dans la serrure du haut. La dix-septième – il n'en restait plus que quatre non essayées – tourna dans la serrure du bas. Chauncey ouvrit la porte de la chambre-dépôt et entra. Au même instant, au rez-de-chaussée, il y eut un fracas de verre brisé.

C'était Kelp qui défonçait une vitrine d'exposition avec la crosse de son petit Beretta. Il passa le bras dans l'ouverture et se mit à ramasser par poignées des bagues en or, aussitôt transférées dans ses poches. Un peu plus loin, Dortmunder braquait toujours son pistolet tringle à rideaux, jetant parfois un coup d'œil à sa montre.

À l'étage, Chauncey consultait, lui aussi, sa montre. Selon le plan de Dortmunder, il disposait de dix minutes, une fois reçu le signal de la torche électrique. Et il en avait déjà gaspillé sept, rien que pour pénétrer dans la chambre. En d'autres circonstances, il se serait attardé, pour admirer les merveilles réunies dans le local, mais, dans la situation présente, il n'avait temps que pour le Veenbes, et le Veenbes se trouvait... oui... là-bas...

Au rez-de-chaussée, Kelp avait empli ses poches, mais la montre de Dortmunder indiquait qu'il fallait prolonger le jeu trois minutes encore. « On fait un tour dans la salle d'à côté », dit-il, et il poussa les gardiens devant lui, Kelp ouvrant la marche.

À l'étage : la toile était dégagée du cadre, la copie était tirée du fourreau, la copie était punaisée au cadre, l'original était roulé (doucement, doucement) et glissé dans l'étui. Chauncey et le fourreau quittaient la pièce, la porte se refermait et les serrures s'enclenchaient automatiquement.

Au rez-de-chaussée : « Baste ! » disait Dortmunder. Puis, s'adressant aux gardiens : « Par ici ! » Il conduisait les gardiens à la porte des sous-sol. Les quatre gardiens descendaient l'escalier. Dortmunder et Kelp fermaient la porte à clef, puis faisaient demi-tour et s'élançaient vers la sortie principale.

À l'étage : Chauncey, emportant l'étui, passait par la fenêtre, entrait dans le baquet, fermait la fenêtre, tirait l'aimant de sa poche, l'aimant se collait à la paroi du baquet, l'aimant était arraché à la paroi du baquet, l'aimant, expertement manié, remettait en place le boulon de gauche, puis le boulon de droite.

En bas : Dortmunder et Kelp, au coude à coude, débouchaient dans la rue, Kelp tintinnabulant comme un carillon de Noël. Tous deux bondissaient, chacun de son côté, dans la cabine du pique-cerises, poussant Zane au milieu de la banquette. Kelp prenait le volant. Dortmunder, qui, avant de monter, avait regardé vers le haut et qui avait vu le baquet descendre du ciel, disait à Kelp : « Il est sorti. Vas-y. »

Kelp y alla. Il embraya et le pique-cerises s'ébranla. Kelp était devenu champion de la conduite à l'envers. Il fonça sur Piccadilly, direction Piccadilly Circus.

Chauncey, dans le baquet, n'en crut pas ses yeux, en voyant, soudain, le monde basculer, alors que lui-même descendait encore. « Hé ! » fit-il, en lâchant les manettes. Le baquet s'arrêta dans sa marche descendante, mais non dans son mouvement de roulis, et Chauncey s'agrippa à son rebord des deux mains, tandis que les étages supérieurs des immeubles de Sackville Street filaient devant lui. « Vingt dieux ! » s'exclama Chauncey. L'embardée du pique-cerises, lorsqu'ils virèrent à gauche, dans Piccadilly, ne fut pas du tout à son goût.

Dortmunder regarda derrière lui, à travers la vitre arrière de la cabine. « Il est toujours en l'air, dit-il. Qu'est-ce qu'il attend pour se poser ? »

– Il va nous faire verser ! (Kelp était furieux.) Où est-ce qu'il se croit ? À la foire ?

Chauncey ne s'y croyait pas. Il se croyait en enfer.

Saint James Street… Encore un virage à droite, cette fois dans une montée. Sous l'œil inquiet de Chauncey, le feu, plus haut, dans Piccadilly, passa au rouge. Kelp ne freina qu'à la toute dernière seconde, aussi le camion chercha-t-il à poursuivre sa course sur son élan, et ses seules roues porteuses furent, pendant un instant, les deux roues avant, si bien que le pique-cerises ressembla à un dinosaure jaune qui se serait pris pour un cheval sauvage, en exécutant le saut de mouton.

Mais, quand il retomba sur ses quatre roues, il y eut une suspension brusque du mouvement, dont profita Chauncey pour saisir les manettes de commande. Le baquet plongea et atteignait la caisse du camion au moment où le feu passait au vert et où Kelp prenait, à la voltige, le tournant à gauche, pour remonter Piccadilly pleins gaz, vers Hyde Park Corner. À mi-chemin, un autre feu rouge s'alluma et, à peine le pique-cerises eut-il stoppé dans un grand frémissement, que Chauncey sautait à terre, la gaine de parapluie au poing, montait dans la cabine et s'affalait sur Dortmunder. « Quoi ? Quoi ? » fit Dortmunder.

– Ça suffit, déclara Chauncey, assis sur les genoux de Dortmunder, ça suffit comme ça !

– Nous, ici, on prend le boulot au sérieux, lui dit Kelp avec colère, mais vous, derrière, faut que vous fassiez le zigoto !

Et tandis que Chauncey le regardait bouche bée et sans voix, Kelp passa en première et reprit sa route.

10

Quand Dortmunder s'éveilla, Zane était déjà levé et sorti, mais Kelp dormait encore, roulé en boule, comme un épagneul. « Réveille-toi, lui conseilla Dortmunder, en le poussant de son orteil. C'est aujourd'hui qu'on rentre chez nous. »

Kelp avait appris à se lever précautionneusement, sans se redresser brutalement de sa couche. D'une roulade, il se dégagea de la commode et se redressa au son d'une mélodie de craquements, de claquements et de geignements aussi divers que variés, tandis que Dortmunder se rendait à la salle de bains afin de se faire beau pour le voyage en avion... Départ de Heathrow à 13 heures, arrivée à 18 heures (après huit heures de vol et en avance de cinq fuseaux horaires) à l'aéroport Kennedy, New York. Dortmunder se surprit à sourire à son image dans la glace, en conséquence de quoi il se fit une vilaine estafilade.

Ayant passé sur sa coupure un pansement de papier hygiénique, Dortmunder s'habilla et descendit. Il trouva un Chauncey, tout guilleret et bien remis de sa promenade en benne, qui buvait son café, en lisant le *Times*, près de la fenêtre de la salle à manger. « Bonjour », lui dit Dortmunder.

Chauncey leva les yeux de son journal. Il était radieux : « Bonjour ?... Vingt dieux, Dortmunder, c'est le jour le plus exaltant de ma vie ! Et c'est à vous que je le dois. Vous avez fait de moi un heureux monte-en-l'air et je suis ravi de notre collaboration.

— Pour sûr, dit Dortmunder en soulevant la cafetière.

Edith entra, en se frottant les mains, sur le devant de son tablier, elle sourit et posa une question inintelligible.

— On prendrait bien des harengs fumés, ce matin, Edith, lui répondit Chauncey. Qu'il y en ait largement pour quatre, vous serez mignonne.

Edith s'en fut, empressée, tandis qu'un Kelp tout raide, mais tout réjoui, faisait son entrée.

« Tu te rends compte, plus jamais sous la commode ! fit-il. C'est comme si le gouverneur m'avait gracié. » (Il s'assit, se versa du café et demanda à Dortmunder :) « Qu'est-ce qu'on en fait de la marchandise qu'on a raflée hier soir ? »

— Ma foi, dit Dortmunder, faut pas compter la passer à la douane américaine. Zéro pour la question.

— D'après le *Times*, dit Chauncey, la nuit dernière, au Parkeby-South, vous en avez pris pour quatre-vingt mille livres.

Kelp fit : « On parle de nous dans le canard ? »

— Tenez ! (Chauncey lui tendit le journal.)

Dortmunder dit : « Quatre-vingt mille livres ? Ça fait quoi en dollars ? »

— Cent cinquante mille en gros... Un fourgue vous en donnerait combien ?

— Dix pour cent, peut-être.

Chauncey parut surpris : « C'est tout ? Quinze mille ? »

— On vous file pas un max de pognon quand vous

fourguez de la marchandise volée répertoriée par les flics.

– Moi, je vous donnerais bien, tout de suite, un chèque de dix mille dollars, proposa Chauncey. Ça vous suffira ?

– Pas de chèque, dit Dortmunder.

– Oui, je vois. (Chauncey réfléchit, le sourcil froncé.) Ce régime exclusivement liquide doit bien vous compliquer la vie.

Kelp dit : « C'est marqué qu'on est très certainement des Anglais cultivés, mais qu'on a cherché à donner le change, en « prenant l'accent australien ».

Minaudante et frétillante, Edith apparut, portant quatre assiettes où s'étalaient des filets, chauds et bien beurrés, de hareng fumé, agrémentés de quartiers de citron. Tout le monde attaqua le plat de résistance, Kelp continuant à lire, sans perdre une ligne, le compte rendu détaillé du vol, publié dans le *Times*.

Chauncey, enfin, prit la parole : « Qu'en pensez-vous, Dortmunder ? Je téléphone à mon comptable, cet après-midi, et je lui dis de prendre sur mon compte dix mille dollars en liquide, que vous irez toucher lundi prochain. Et vous aurez un mot de passe. De cette façon, il saura que c'est à vous qu'il doit remettre la somme.

– Très bien, dit Dortmunder.

– Si Zane ne se dépêche pas de descendre, dit encore Chauncey, son poisson va être froid.

– C'est comme ça qu'il l'aime, peut-être bien, dit Dortmunder.

Kelp demanda : « Je peux le garder, le journal ? »

– Bien sûr.

Chauncey avala la dernière bouchée de hareng,

acheva son café et se leva en disant : « Il faut que je le regarde encore ! Il me tarde de le revoir », et il passa dans la salle de séjour. C'est là, en effet, dans le placard, près de la porte d'entrée, qu'il avait rangé quelques heures plus tôt l'étui à parapluie.

Kelp demanda : « Je me trompe pas ? Il nous file dix sacs pour la camelote ? »

– C'est ce qu'il a dit.

– Alors, finalement, ça ne se solde pas si mal, pour nous. Avec ce qu'on a déjà palpé, ça nous fera... (Kelp fit un rapide calcul mental, en s'aidant de ses doigts)... vingt-trois mille par tête de pipe.

– Vingt-trois mille dollars par an, ça fait pas la grosse paye, dit Dortmunder.

Au même instant retentit dans la pièce voisine un hurlement atroce de yak blessé. Dortmunder et Kelp se retournèrent vers la porte pour voir Chauncey franchir le seuil en titubant, son visage, encadré de mèches jaunes, était exsangue et effrayant. Il tenait, dans sa main pendante, la toile, à moitié déroulée, qui traînait sur le tapis.

– Ça ne va pas recommencer ! dit Dortmunder.

Il se leva et alla retirer la toile des doigts affaiblis de Chauncey. Pourtant, lorsqu'il jeta un coup d'œil au tableau, tout lui parut normal : la Folie conduisait toujours l'homme à sa ruine.

Kelp s'approcha, sa main droite armée d'une fourchette, sur laquelle s'empalait un bout de hareng fumé.

– Qu'est-ce qui s' passe ? demanda-t-il.

– Un faux, dit Chauncey. (Sa voix était éraillée, comme s'il avait reçu une manchette en travers de la gorge.)

Dortmunder le regarda, consterné : « C'est le faux, ça ? Çui que vous avez amené là-bas, cette nuit ? »

— Un autre, dit Chauncey. Un autre faux.

— Quoi ? (Dortmunder, exaspéré, secouait la toile.) Vous l'aviez vu, y a une semaine, ce foutu machin. Comment vous avez fait pour pas vous apercevoir que c'était un faux ?

— Le tableau que j'ai vu, c'était le vrai. (Chauncey commençait à retrouver ses esprits, mais son visage était blême et son œil étrangement dilaté.) C'était le vrai, Dortmunder.

— Autrement dit, y aurait deux copies ?

— La nuit dernière, affirma Chauncey, j'ai tenu dans mes mains le tableau authentique.

— C'est pas possible. (Lorgnant la toile d'un regard irrité, Dortmunder poursuivit :) Vous vous êtes emmêlé les pédales, Chauncey, à un moment ou à un autre, vous n'avez pas…

Il s'interrompit soudain, consterné, regarda le tableau de plus près, le souleva à hauteur de ses yeux.

Chauncey demanda : « Qu'est-ce qu'il y a, Dortmunder ? »

Mais déjà Dortmunder se retournait et étalait la toile sur la table. Il désigna l'un des personnages escortant la Folie, une jeune paysanne dodue, avec son panier d'œufs.

— Regardez !

Chauncey et Kelp se penchèrent ensemble sur le tableau. Chauncey dit : « Regarder ? Regarder quoi ? »

C'est Kelp qui lui répondit : « Ma parole, mais c'est Cléo ! »

— Cléo ? Cléo ?

- Cléo Marlahy, expliqua Dortmunder. La nana à Porculey.

- Je t'ai bien dit, cria Kelp, que je l'avais vu, l'autre jour, devant Parkeby-South !

- Porculey ? (Chauncey phosphorait, cherchant à faire le point.) Porculey aurait fait une deuxième copie ? Mais pourquoi ? Comment... Comment est-elle arrivée ici ?

Il fixa sur Dortmunder un regard insistant, mais Dortmunder, lui, s'intéressait à quelque chose qui se trouvait à l'autre bout de la table. Chauncey suivit son regard et vit la quatrième portion de hareng fumé, non entamée, refroidie. Dehors, le soleil s'était glissé derrière un nuage. La pluie se mit à tomber.

- Zane, dit Chauncey.

11

Léo Zane dit : « Nous avons donc le tableau. »
– Je ne vous crois pas, répondit Ian Macdough.
– Faites pas l'idiot, lui dit Zane. Bien sûr que vous nous croyez.

Zane sentait la victoire à portée de la main et cette certitude lui donnait du tonus, des yeux brillants et un ton presque chaleureux. Il avait conçu un plan complexe et hardi et il l'avait mené à bien, au nez et à la barbe de Chauncey et de ses voleurs mercenaires. Dortmunder et consorts allaient-ils encore se glorifier de leur astuce ?

L'idée était venue à Zane, en un éclair, ce jour-là, à New York, alors que Dortmunder expliquait à Chauncey son propre projet de substitution de tableaux. L'argent, l'occasion, tout arrivait à point. Porculey avait accepté volontiers de peindre un deuxième faux Veenbes, à la promesse de toucher le quart du bénéfice escompté ; l'échange des toiles avait été fait et ils étaient, maintenant, réunis au Savoy, Zane menant la discussion, tandis que Porculey mangeait les toasts du petit déjeuner inachevé de Macdough. Ils étaient venus poser leurs conditions à l'Écossais.

– La moitié, dit Macdough amèrement. Vous vous figurez que je vous laisserai la moitié !

La moitié. Deux cent mille dollars environ, de quoi

commencer une vie nouvelle. L'année écoulée avait fortifié la décision de Zane : plus d'hivers froids et humides dans les brumes du Nord. Il allait pouvoir vivre dans quelque région chaude et sèche, retrouver la santé, voire même le bonheur, se faire des amis, s'acheter, peut-être, un chien, une télé… La vie redeviendrait vivable. Avec deux cent mille dollars, on se paie une débauche de chaleur.

Macdough, cette bourrique au poil orange et à la bouille rouge, gaspillait le temps des autres et sa propre salive, en s'abandonnant à la mauvaise humeur : « De deux choses l'une, disait-il. Ou vous êtes des sales menteurs, ou alors de méprisables voleurs. »

— La moitié, dit Zane tranquillement. Si vous tenez à récupérer votre peinture, s'entend.

— En admettant que vous l'ayez… Montrez-la-moi, si c'est vrai.

— Que non, dit Zane. Faut d'abord nous signer le contrat.

— Qu'est-ce qui me prouve que vous l'avez ?

— C'est facile à vérifier, dit Zane, et vous le savez bien. Vous allez à Parkeby-South, vous regardez le tableau là-bas, et vous voyez si c'est le bon.

Macdough hésitait et Zane devinait les calculs de son petit cerveau retors. Le bonhomme qui, de toute évidence, l'avait cru sur parole, cherchait maintenant un moyen de se défiler, mais il n'en avait pas. Zane avait bouché toutes les issues. « Eh bien ? » fit-il.

— C'est bon, déclara Macdough. Je vais y aller, à Parkeby-South, je jetterai un coup d'œil à mon tableau, et ensuite, j'ai bien l'intention de vous faire arrêter comme escroc.

— On y va tous ensemble, dit Zane en se levant.

– Vous m'attendrez dehors.
– Bien sûr. Vous venez, Porculey ?
– Une petite minute !... Une petite minute !...

Porculey glissa la dernière tranche dédaignée de bacon entre les deux derniers toasts de Macdough, après quoi les trois amis quittèrent l'appartement et prirent un taxi jusqu'à Parkeby-South.

L'œil farouche, Macdough entra au pas de course dans l'immeuble, laissant Zane et Porculey dans le taxi.

Porculey, qui se laissait gagner par une certaine nervosité, maintenant que Macdough était hors de vue, demanda : « Et s'il appelle la police ? »

– Il n'en fera rien, affirma Zane. Ou alors, il est encore plus abruti que je ne le crois. S'il appelle la police, il paume tout, et il le sait.

Macdough ne s'attarda pas plus de cinq minutes au Parkeby-South et, lorsqu'il sortit, ce fut comme un bolide, catapulté du trottoir au taxi. Le regard qu'il lança à ses compagnons fulminait de rage impuissante : « C'est vu, bande de salopards. C'est vu. »

– Chauffeur, on retourne au Savoy, cria Zane.

Et comme le taxi démarrait, il tira de sa poche le contrat de deux pages, qu'il avait lui-même rédigé et tapé, et le tendit à Macdough, en disant : « Je pense que vous voudrez le lire avant de le signer. »

– Y a des chances, dit Macdough.

Comme l'attention de tous était concentrée sur le contrat, personne dans le taxi ne remarqua la Vauxhall bleu clair qui déboîtait du trottoir et se coulait dans leur sillage.

Zane souriait en regardant la tête que faisait Macdough en lisant le contrat. En termes clairs et nets, celui-ci spécifiait que Macdough devait remettre à

Zane et à Porculey, pour leur aide dans la mise en valeur du tableau, en vue de sa vente aux enchères, la moitié de la somme que cette vente lui rapporterait, taxes non déduites.

« ... ou la remettre au survivant » lut Macdough à voix haute. (Il jeta un coup d'œil amer aux deux autres.) « La confiance règne, on dirait ? »

— Certainement, répondit Zane, sans prêter attention au regard oblique et stupéfait de Porculey.

Macdough poursuivit sa lecture, puis hocha la tête et déclara : « C'est bon. Vous êtes d'infâmes monstres, mais vous me tenez à la gorge. »

— Mon stylo ? proposa Zane, en présentant l'objet. (Toujours souriant, il regarda Macdough gribouiller son nom au bas de la deuxième page.)

— Et maintenant, rendez-moi mon tableau, dit Macdough en restituant stylo et contrat.

— Bien entendu. Mais, si vous avez un endroit sûr où le cacher, je vous conseille de ne le confier à Parkeby-South qu'à la veille de la vente publique.

Macdough eut l'air tout à la fois interloqué et soucieux : « Mais Chauncey pourrait chercher à le récupérer. »

— C'est évident, et les deux types qui l'accompagnent en feront autant.

— Les enfants de salaud !

— Disposez-vous d'une bonne planque ? demanda Zane. Ou voulez-vous qu'on vous le garde ?

— Bande de crapules ! marmonna Macdough. Mon bien, je le garderai moi-même, si vous n'y voyez pas d'inconvénient.

— Pas le moindre, répondit Zane sans se démonter. Mais si, de votre côté, vous n'y voyez pas d'inconvénient,

M. Porculey et moi-même, nous vous tiendrons compagnie tant que la peinture n'est pas à l'abri.

— C'est loin d'ici, dit Macdough peu enthousiaste. Et ma bagnole, elle est pas énorme.

— Nous nous en contenterons, déclara Zane. N'est-ce pas, monsieur Porculey ?

Porculey, plongé apparemment dans des conjectures, hocha vaguement la tête : « Oui, très bien. Ça ira très bien. »

— On va donc faire une bonne virée, tous ensemble, dit Zane.

Il posa une main froide sur le genou de Macdough, il posa son autre main froide sur le genou de Porculey, il sourit à chacun de ces deux hommes accablés et conclut : « Un pour tous et, il va sans dire, tous pour un. »

12

Il n'est pas facile de faire le guet discrètement, quand on est en voiture, sur le Strand, au beau milieu de l'épouvantable circulation londonienne, mais c'est bien ce que faisait Chauncey, accroché farouchement à son bord de trottoir, malgré les coups d'avertisseur des taxis, les gueulements des chauffeurs de camions et les regards torves des piétons.

Dortmunder avait traversé la rue, il avait franchi les portes du Savoy et avait disparu, à la suite de Zane, Porculey et Macdough, laissant Chauncey et Kelp affronter, dans cette artère à circulation intense, les difficultés de l'heure.

C'est Dortmunder qui avait deviné que Zane n'aurait d'autre choix que de se retourner vers Macdough, le client le mieux placé pour lui racheter le tableau. Il avait deviné aussi que Macdough serait amené à vérifier l'authenticité de la toile, conservée au Parkeby-South. Et c'est ainsi qu'ils avaient loué la Vauxhall et qu'ils s'étaient postés face à l'hôtel des ventes, de l'autre côté de la rue. (« Miséricorde ! avait dit Dortmunder d'une voix quasi terrifiée, je retourne sur la scène du crime ! ») Mais Dortmunder lui-même fut incapable d'expliquer pourquoi le vil trio, dans le taxi, les avait ramenés au Savoy et non à l'endroit où était entreposé le tableau. Et c'est pourquoi Dortmunder se trouvait maintenant à l'intérieur de l'hôtel, pour découvrir, mine de rien, ce qui se tramait.

Kelp, sur la banquette arrière, tranquillement plongé dans ses pensées, se pencha en avant et lança :

– Vous savez pas quoi ? Je crois que je commence à m'habituer à cette ville.

– Heureux de l'entendre, rétorqua Chauncey, les yeux fixés sur le passage qui conduisait à l'entrée du Savoy.

– Ça ressemble beaucoup à New York, poursuivit Kelp. En plus dingo. Vous voyez ce que je veux dire ?

Mais voilà Dortmunder qui revenait déjà. Il traversait la rue au petit trot, se glissait à côté de Chauncey et annonçait : « Il quitte l'hôtel et il a demandé sa voiture. Une Mini blanche, immatriculée WAX trois-six-un A. Vous me devez cinq livres de pots-de-vin. »

– Où vont-ils ? (Chauncey se creusait la tête : Macdough qui, brusquement, donne congé à son hôtel... Pourquoi ?)

Apparemment, Dortmunder était tout aussi déconcerté. « Je pense qu'ils vont aller chercher la peinture, dit-il. Mais ensuite, je ne sais pas. Tout ce qu'on peut faire, c'est leur coller au train. »

– La Mini qui sort ! dit Kelp.

De la cour du Savoy déboucha une Mini blanche, bourrée comme un œuf. Macdough conduisait, courbé sur le volant, dans l'attitude d'un ours sur un tricycle, avec, à son côté, la rigidité cadavérique de Zane et Porculey, sur la banquette arrière, étalé comme de la pâte à pain.

Les ressorts de la Mini défaillaient sous la charge. Brrrong... le plancher de la bagnole toucha le pavé, tandis que Macdough l'engageait dans la sirupeuse circulation du Strand.

– Vous approchez pas trop, conseilla Dortmunder.

– D'accord, d'accord.

Le Strand. Fleet Street, le tour du Ludgate Circus, pour remonter Farringdon Street et la route de Farringdon, puis virage à droite dans Roseberry Avenue, pour s'enfoncer dans le sordide délabrement de Finsbury. La Mini s'arrêta à proximité de Saint John Street et Zane descendit pour permettre à Porculey de s'en extirper, geignant et grinçant, comme le bouchon d'une bouteille de champagne éventée. Zane attendit sur le trottoir, tandis que Porculey pénétrait dans une pension de famille. Chauncey, Dortmunder et Kelp attendirent, la tête enfoncée dans les épaules, deux cents mètres plus loin.

– C'est elle ! (Chauncey avait regardé à travers ses doigts entrecroisés, et maintenant tout son corps vibrait, car il voyait Porculey traverser la rue vers la Mini, avec à la main un objet tubulaire, enveloppé de papier brun.) Il faut la reprendre immédiatement ! Allons-y vite ! Qu'est-ce qu'ils peuvent nous faire dans un lieu public ?

– Nous tuer, répondit Dortmunder. Je suis sûr que Zane est armé et je sais que je ne le suis pas.

Porculey passa le paquet à Zane, le temps de se forcer un passage jusqu'à la banquette arrière de la Mini – une opération en tout point semblable au rebouchage de la bouteille de champagne susnommée – puis Zane rendit le cylindre à Porculey, reprit sa place près du conducteur et fit claquer la portière de la Mini. Elle redémarra, suivie à distance prudente par la Vauxhall.

Saint John Street, Upper Street, Holloway Rd, Archway Rd... « Mais où vont-ils ? » s'écria Chauncey. (Rien de plus irritant que cette équipée à l'aveuglette.)

— Va savoir ! dit Dortmunder. Moi, cette ville, je la connais pas.

— Mais ils en sortent, de la ville ! Ils vont prendre la M1 !

— Contentez-vous de pas les perdre.

La route de Lyttleton, la grande voie du nord, la rampe d'accès à la M1. La Mini filait maintenant sur l'autoroute, s'évertuant à tenir le cent à l'heure, touchant l'asphalte à chaque dénivellation de la chaussée. La Vauxhall suivait à une cinquantaine de mètres.

— Où elle va, cette route ? demanda Dortmunder.

— N'importe où, dit Chauncey. À Manchester, à Liverpool… c'est la grand-route qui s'en va de Londres vers le nord. Elle remonte jusqu'à… (Il s'interrompit, frappé par une soudaine révélation.)

Dortmunder dit : « Vous disiez ? »

— En un murmure, Chauncey acheva sa phrase : « …jusqu'en Écosse. »

13

Le voyage vers le nord : la Mini et la Vauxhall firent toutes deux le plein à une station-service près de Northampton puis passèrent de la M1 à la M6 avant de s'arrêter pour le déjeuner au-dessus de Birmingham Macdough, Zane et Porculey s'installèrent à une table de la cafétéria et prirent un repas chaud tandis que Chauncey, Dortmunder et Kelp, sans quitter leur voiture, mastiquèrent leur sandwich en buvant leur café dans des gobelets en plastique. Porculey conserva la toile auprès de lui jusque dans le restau, au grand désespoir de Macdough, Dortmunder et Kelp. Nouvel arrêt pour le plein des deux voitures au nord de Manchester et puis un autre juste avant Carlisle (ces aires d'arrêt autoroutières étaient des lieux vastes et pleins de mouvement où la Vauxhall pouvait rester à distance respectueuse de la Mini sans être remarquée).

L'autoroute se terminait au-dessus de Carlisle et les deux voitures s'engagèrent sur la A74 et la A75 et s'arrêtèrent pour un nouveau plein à Carluke. La Mini choisit une petite station Shell tandis que la Vauxhall était contrainte de poursuivre sa route où, non loin de là, elle trouva une station Fina.

À l'est de Glasgow, les deux voitures prirent la M8 vers Édimbourg, contournèrent la ville par la rocade pour gagner le Pont de Forth, traversèrent l'estuaire de

Forth, prirent la M90, puis l'A90, au nord de Perth. À Perth, la Mini avait tourné en rond pendant pas mal de temps, si bien que Chauncey fut convaincu que Zane avait repéré ses suiveurs et s'efforçait de les semer. En fait, Macdough avait cherché un certain restaurant, dont il avait gardé un tendre souvenir. Il ne le trouva pas. Les occupants de la Mini finirent par dîner dans un restaurant italien, tandis que ceux de la Vauxhall faisaient le plein et mangeaient des « plats à emporter », achetés dans un Wimpy.

Après le dîner, la nuit approchant, Macdough s'était arrêté à une station-service, puis il mit cap au nord, prenant l'A9, une route de montagne. La route sinuait et se rétrécissait de plus en plus, les villes étaient espacées et la Vauxhall était obligée de quasiment chevaucher la Mini pour ne pas la perdre de vue. Ils remontaient donc toujours, cap au nord, à travers les monts Obney et la forêt de Craigvinean, la Passe de Killiecrankie, les Bois de Dalmacardoch et le Val de Truim. Ils avaient dépassé Kingussie et la Vauxhall venait de virer sec pour contourner le mur grêlé d'une antique grange, quand la Mini disparut.

— Et maintenant, quoi ? fit Dortmunder.

Les phares de la Vauxhall éclairaient une route en pente raide, qui, filant vers la droite, escaladait le flanc rocheux et déchiqueté d'une crête. Mais la Mini ne pouvait être parvenue si vite sur l'autre versant. Chauncey, néanmoins, passa de seconde en première et accéléra pleins gaz dans la côte, l'arrière rebondissant et trépidant sur le sol défoncé, les roues arrière giclant des graviers.

Au sommet, on découvrait une descente en lacets, entre des haies vives et des murettes de pierre, et, au loin, on devinait trois segments de route goudronnée, mais on n'apercevait nulle part un halo de phares.

— Ils ont dû tourner avant, dit Dortmunder.
— Mais il n'y avait pas de route où tourner.
— Là-bas ! Des lumières ! dit Kelp.

Ils regardèrent Kelp, ne sachant où était « là-bas », et Kelp montrait un point à gauche. Sur la gauche, en effet, quelque part, dans les hauteurs ténébreuses, des lueurs clignotaient qui pouvaient être les feux d'une voiture. Elles disparaissaient, apparaissaient, disparaissaient encore.

— On a raté le tournant.
— Merde !

Chauncey se tortilla, regarda, par-delà l'oreille de Kelp, la route escarpée qu'il venait de parcourir, et relâcha prudemment le frein. C'était un piètre conducteur en marche arrière, il malmenait le volant et lançait la Vauxhall, en zigzags déments, d'un côté de la route à l'autre. Il parvint néanmoins au bas de la côte… juste à temps pour percuter le capot argenté d'une Jensen Interceptor III, avec stéréo quatre pistes, AM-FM, A-C, int. marron, sièges cuir, vitres électriques, comm. central., état impec., particulier, qui, en vrombissant, reprenait de la vitesse, pour tourner le coin de la grange en pierre.

— Putain de merde, je l'ai emboutie !
— Le tableau ! dit Dortmunder en désignant une étroite piste qui, après avoir longé la grange, escaladait la montagne.

« Le tableau ! » Chauncey regarda Dortmunder, puis le rétroviseur et il se décida. Il passa en première, braqua sec à gauche et accéléra.

Le premier coup de boutoir avait brisé le clignotant

arrière gauche de la Vauxhall et bosselé légèrement ses plaques, il avait également fracassé l'un des phares de la Jensen, avait défoncé son radiateur et froissé ses deux ailes. Le brusque bond en avant de la Vauxhall, au moment même où le conducteur de la Jensen en descendait, en proie à une stupéfaction horrifiée, fit exécuter à la Jensen un saut de carpe, envoya son propriétaire dans la boue et la caillasse, sur le bas-côté de la route, et arracha le pare-chocs.

Le bruit que fit le pare-chocs en heurtant le pavé résonna comme un coup de gong, pour annoncer l'entrée en scène d'un camion du service de la voirie, un gros Leyland jaune, plein de pierres et de déblais, qui contournait, à son tour, la grange et, à son tour, tamponnait très proprement la Jensen par l'arrière.

Cependant, dans la Vauxhall qui cahotait dans l'abrupt chemin de terre, Chauncey, le masque sombre, se cramponnait au volant. Dortmunder s'accrochait désespérément à tout ce qui dépassait sur le tableau de bord, tandis que Kelp, secoué sur la banquette arrière, regardait par la lunette la route tout en bas : « Il y a eu droit encore un coup, dit-il. Y a un camion qui vient de lui rentrer dedans. »

Mais ni Chauncey ni Dortmunder ne se souciaient de ce qui se passait derrière. Une demi-lune et quelques millions d'étoiles dans un ciel sans nuages leur révélaient, plus nettement encore que les phares de la Vauxhall, un paysage tourmenté, couvert de broussailles, aussi sauvage qu'à l'époque où Hadrien avait érigé sa muraille. Certes les Pictes et les Celtes ne hantaient plus la région (sauf le week-end, pour les matches de foot), mais le pays, qui avait façonné leur rude et teigneux tempérament, n'avait guère changé depuis ces temps lointains, plus molesté par la nature que par la main de l'homme. Tout au long de la montée, parmi la pierraille, aucun des occupants de la Vauxhall ne vit trace de la Mini, mais, soudain, alors qu'ils passaient cahin-caha, sautant sur les cailloux et les racines, entre deux pins noueux et rabougris, Porculey apparut dans le faisceau de leurs phares, clignotant nerveusement, et, du geste, leur intimant l'ordre de tourner à droite.

Stupéfait, Chauncey ôta son pied de l'accélérateur et la voiture, qui déjà roulait au ralenti, stoppa net.

Aussitôt la portière s'ouvrait, du côté de Chauncey, et la voix de Léo Zane commandait : « Descendez !… Dortmunder ? Kelp ? Vous n'êtes pas bêtes au point de vous amener avec des flingues, j'espère ? »

Non. Ils étaient bêtes au point de ne pas en avoir sur eux. Tous trois sortirent de la Vauxhall, Chauncey l'air crispé, mais non effrayé, Dortmunder salement embêté, Kelp écœuré. Zane leur dit : « Vous allez monter ce raidillon, à droite. Griswold, vous suivrez dans leur bagnole. Gardez les phares sur nous. »

Les trois prisonniers, suivis de Zane, lui-même suivi de Porculey au volant de la Vauxhall, montèrent la pente, leurs ombres noires s'étirant devant eux comme des traits au fusain. Après avoir, sur l'ordre de Zane, tourné, une fois encore, à droite, ils se retrouvèrent au milieu des vestiges, croulants et couverts de mousse, de ce qui, apparemment, avait été jadis un château de belle taille. Ils ne virent d'abord que quelques pans délabrés d'un mur de pierre, semblable à une esquisse de Stonehenge, mais quand Porculey eut éteint les phares de la Vauxhall, ils purent distinguer, dans la clarté plus douce de la lune et des étoiles, des corps de logis encore debout qui leur barraient le passage.

Zane maintenant avait allumé une torche électrique pour les guider, à travers un espace envahi d'ajoncs, sans doute une ancienne cour, vers un mur de pierre grise, abritant une volée de marches usées qui s'enfonçaient au-dessous du rez-de-chaussée. Au bas de l'escalier s'ouvrait une lourde porte en forme de bouclier retourné, et ils pénétrèrent dans un couloir, humide et désert, dont le fond se perdait dans l'ombre. La torche de Zane les dirigea le long du couloir, puis les fit tourner à gauche, pour passer une porte, tandis que derrière eux, s'élevait la plainte grinçante des gonds de la porte extérieure que refermait Porculey.

Ils étaient entrés dans une vaste pièce fort encombrée, aux murs de pierre, dont l'un était percé de plusieurs fenêtres espacées, placées très haut sous le plafond et munies de barreaux. Sur le devant de la pièce et dans le secteur, à gauche de la porte, s'amoncelaient des vieux meubles, des tas de caisses et de boîtes en carton, des piles de vieux journaux, des fragments d'armures et d'armes anciennes, un bataillon de chopes, de cruches et de bouteilles, des faisceaux de drapeaux moisis, des pendules, des chandeliers, un inextricable fouillis de vieilleries. Mais, à droite de la porte, devant l'immense cheminée, un espace avait été déblayé en une sorte de demi-cercle. Le sol, à cet endroit, était recouvert d'un vieux tapis déteint, et, sur le tapis, étaient posés quelques meubles – des chaises et des tables – massifs et d'apparence peu engageante. Trois bougies brûlaient sur le manteau de la haute cheminée et, devant le foyer sans feu, était planté un Ian Macdough à l'air chagrin. « C'était donc vrai ! » dit-il, en voyant les trois nouveaux arrivants franchir le seuil.

– Comme je vous l'ai dit, répondit Zane qui s'écarta en boitillant, tandis que Porculey fermait la porte.

– Jolie garçonnière que vous avez là, déclara Kelp avec un sourire espiègle. Sauf que la femme de ménage, elle doit pas être à la fête.

Dortmunder, quant à lui, fixait sur Porculey un regard accusateur : « Vous me décevez, dit-il. Je savais que les deux autres, ils valaient pas cher, mais vous, je vous prenais pour un type correct. »

– C'est à cause de ces dix mille que vous m'avez filés, expliqua Porculey, en cherchant à éviter le regard de Dortmunder. L'argent, c'est un drôle de truc, ajouta-t-il. (On aurait dit que son propre comportement l'avait quelque peu surpris.) Dès qu'on en a un peu, de fric, c'est lui qui exige qu'on en ramasse d'autre. Et c'est à partir du jour où j'ai touché les dix mille dollars, que j'ai compris qu'il m'en fallait cent mille.

Macdough, cependant, toujours soucieux, demandait à Zane : « Maintenant qu'on les tient, qu'est-ce qu'on en fait ? »

– Rien, trancha Chauncey qui poursuivit : « Écoutez, Macdough... Il y a une controverse au sujet de ce tableau, entre vous, moi et la compagnie d'assurances. Croyez-vous que la vente aux enchères pourrait avoir lieu, si je disparaissais avant que la situation soit éclaircie ? »

Macdough se frotta les lèvres de son doigt recourbé et se racla la gorge : « Z'auriez pas dû nous suivre », dit-il.

– Le tableau est à moi, protesta Chauncey. Et c'est avec moi que vous devez traiter.

– Que je partage le paquet en six ! Enfin, voyons ! J'aurais même pas de quoi me payer l'hôtel !

— Ces deux-là ont déjà touché leur dû, dit Chauncey. (Il avait désigné Dortmunder et Kelp d'un geste si négligent, si dédaigneux, que Dortmunder n'eut plus de doute : une équipe s'était reformée, qui les excluait tous les deux, lui Dortmunder, et Kelp.)

Aussi parla-t-il d'un ton tout aussi détaché : « Exact. Si on est là, c'est parce qu'on a voulu donner un coup de main à Chauncey. Alors, maintenant, on va vous laisser palabrer entre vous. Vous n'avez pas besoin d'outsiders… »

— Pas question, Dortmunder ! interrompit Zane, tout souriant derrière son pistolet braqué. Vous m'avez l'air bien pressé !

Chauncey intervint, agacé : « Enfin, Zane… pourquoi pas ? Ils ne demandent rien. Laissez-les partir. »

— Avec ce qu'ils savent ? (Zane secoua la tête.) Ils peuvent encore exploiter quelques filons pour se faire de l'argent. Ne serait-ce que par votre compagnie d'assurances.

Chauncey jeta à Dortmunder un regard vif et aigu.

— Vous savez bien qu'on n'y songe pas, dit Dortmunder. Tout ce qu'on veut, c'est le prix des billets retour, et on sera quittes.

— Je peux pas m'occuper de ça pour le moment, Dortmunder, dit Chauncey en hochant la tête, comme pour chasser des moucherons.

Il se retourna vers Macdough : « Je veux mon tableau. »

— Vous n'avez qu'à l'acheter aux enchères.

— Mais je l'ai déjà payé une fois. Il m'appartient.

— Je ne vous le donnerai pas, déclara Macdough, pas question ! Et je n'ai pas l'intention, non plus, de me contenter de clopinettes quand le fric sera là.

Dortmunder demanda : « Pourquoi vous referiez pas le coup de l'assurance ? » Tous les yeux se tournèrent vers lui.

– Quel coup de l'assurance ? fit Macdough.

– Vous retournez à Parkeby-South, expliqua Dortmunder, vous leur dites que vous vous faites des cheveux, rapport au vol qu'il y a eu là-bas, et vous leur demandez de faire réexaminer le tableau par les mêmes experts. Les experts s'amèneront, ils verront que c'est un faux, et vous, vous soutiendrez que l'original a été piqué par les voleurs de l'autre soir…

– C'est bien ce qui s'est passé, fit remarquer Macdough d'un ton amer.

– Comme ça, vous n'aurez même pas à mentir. La compagnie d'assurances qui couvre la salle des ventes vous versera la prime, vous aurez donc votre fric, vous vendrez l'original à Chauncey pour une poignée de dollars et tout le monde y trouvera son compte.

Macdough l'avait écouté avec un certain intérêt, tout comme Chauncey, mais il fallut que Zane ramène sa science : « Astucieux, Dortmunder ! Mais ça peut pas marcher. »

– Pour sûr que ça marchera.

– Les compagnies d'assurances, elles paieront pas deux fois pour la même peinture, affirma Zane.

Oui, c'était là le point faible de la proposition de Dortmunder. Il l'avait d'ailleurs su avant même de l'exposer, mais il fallait bien qu'il se débrouille avec les moyens du bord : « Mais si, ils seront obligés de payer, insista-t-il. Comment voulez-vous que la compagnie refuse de dédommager Macdough pour le vol d'un tableau que tout le monde a reconnu comme vrai ?

– En faisant traîner les choses, répondit Zane. C'est

même leur habitude, aux compagnies d'assurances. Chauncey est déjà en procès aux États-Unis avec ses assureurs. Alors la compagnie anglaise va dire, tout simplement, à Macdough qu'elle ne peut faire droit à sa demande, tant que la justice américaine ne s'est pas prononcée… Il est possible, en fin de compte, qu'une somme soit versée à l'un de vous, mais pas aux deux.

« Chauncey, il l'a déjà touchée, la sienne », grommela Macdough, dont la figure dépitée fit comprendre à Dortmunder que sa manœuvre avait raté.

– Je vous donnerai cent mille pour le tableau, disait Chauncey à Macdough. Je ne peux guère me le permettre, mais il faut bien qu'on se sorte de l'impasse.

– Pas assez, déclara Macdough. Je leur ai signé un papier, à ces deux-là, comme quoi je leur laissais la moitié. Du coup je n'en tirerais que cinquante mille livres.

Chauncey secoua la tête avec un sourire triste : « Désolé, dit-il. Mais c'est encore plus tragique que vous ne le croyez. Je parlais, moi, de cent mille dollars.

– Quoi ? Soixante mille livres ? C'est-à-dire trente pour moi ?

– Gardez les soixante pour vous, conseilla Chauncey. Le tout exempt d'impôt. La somme vous sera remise de la main à la main. Vous n'aurez donc pas à la déclarer. Quant à ces deux-là, ils ne peuvent vous traîner en justice.

– Je n'aurai pas à le traîner en justice, dit Zane. Allez, Chauncey, laissez tomber ! Il se trouve que nous avons l'intention, Macdough et moi – et Porculey, bien sûr ! – de nous partager quatre cent mille dollars. Si vous nous les donnez, parfait ! Sinon, on les aura à la salle des ventes.

Dortmunder intervint : « N'y comptez pas trop... Chauncey peut se mettre en rapport avec la police de Londres, par un coup de fil anonyme, et lui dire d'aller jeter un coup d'œil au faux de Parkeby-South. Vous pouvez pas vous permettre de neutraliser Chauncey, mais lui, il peut vous neutraliser. Une fois que les flics seront rencardés sur le vol de l'original, Macdough n'osera plus le sortir au jour. Et vous vous retrouverez, encore une fois, avec un seul acheteur possible : Chauncey.

Chauncey adressa un sourire à Zane : « Il a raison, vous savez. »

— Il n'a pas à se mêler à la conversation, protesta Zane avec colère.

— C'est moi, dit Dortmunder à Macdough, qui ai enlevé le tableau. Je pourrais le remettre en place.

— Moi, je peux le remettre en place ! gueula Zane, en foudroyant Dortmunder du regard. (Puis s'adressant aux autres :) On ne va pas discuter en présence de ces types. Ils sont pas dans la course.

Chauncey dit : « Vous ne pouvez pas les laisser partir et vous n'allez pas les révolvériser, non plus : personne ici ne sera d'accord.

Kelp dit : « Je voudrais juste vous signaler qu'aujourd'hui c'est mon anniversaire. »

— Y a des pièces à côté qui ferment au verrou, fit Zane, conciliant. On va mettre ces deux-là à l'écart, tant qu'on est en conférence.

Dortmunder dit à Macdough : « Je peux vous être utile. »

Mais cela ne suffit pas. Cela ne fit pas le poids, face au pistolet de Zane. Macdough détourna les yeux, en mordillant l'intérieur de ses joues, et Zane agita le canon de son arme : « Avancez, vous autres ! »

Il n'y avait pas le choix. Dortmunder et Kelp se mirent en mouvement. Ils passèrent la porte et descendirent le couloir jusqu'à une porte que fermait une épaisse barre de bois, placée horizontalement en travers du battant. « Ôtez la barre et appuyez-la au mur ! » ordonna Zane, qui s'était arrêté à distance suffisante pour que Dortmunder ne puisse l'assommer.

Puis il obligea ses prisonniers à entrer dans la pièce, remplie – ils le constatèrent à la lumière de la torche électrique – des mêmes débris et déchets que la salle qu'ils venaient de quitter.

– C'est pas éclairé, là-dedans, dit Kelp en franchissant le seuil.

– Y a rien d'intéressant à voir, l'assura Zane. Éloignez-vous de la porte… reculez !

En voyant Dortmunder planté devant lui, de l'autre côté du seuil, Zane lui sourit et dit : « Vous tracassez pas ! Vous savez bien qu'ils m'empêcheront de vous descendre. »

– Ils vous empêcheront pas de nous laisser en plan dans ce trou. Vous croyez que c'est mieux, comme mort ?

Zane haussa les épaules : « Tant qu'y a de la vie, dit-il, paraît qu'il y a de l'espoir. »

Sur quoi, il ferma la porte et assujettit la barre.

14

— Il est dingue, vous savez, dit Chauncey à Macdough, dès que Zane eut passé la porte avec ses prisonniers. Ce qu'il veut, c'est garder l'argent pour lui et il nous aura tous tués avant de prendre le large.

— C'est mon associé, dit Macdough. Ce que vous cherchez, c'est à nous monter l'un contre l'autre.

— C'est un tueur. Et s'il m'a intéressé au départ, c'est à cause, précisément, de ce qu'il est.

Porculey s'approcha des deux hommes : « Monsieur Chauncey, dit-il, je partage entièrement votre avis et je tiens à ce que vous sachiez que mon seul et profond regret, c'est de m'être laissé embringuer avec ce personnage. »

— Je saurai le mettre au pas, Zane, déclara Macdough, avec une assurance un peu forcée. Et vous de même !

Ni lui ni Chauncey n'accordèrent un regard à Porculey, comme s'il n'avait rien dit, comme s'il n'avait pas existé.

— Vous vous foutez le doigt dans l'œil, Macdough, déclara Chauncey. C'est moi qui aurai le dernier mot et, d'ailleurs, Zane lui-même se rend compte qu'il ne peut me contrer.

— On trouvera un autre acheteur. On peut gagner

tout autant au marché noir... Un cheik arabe quelconque...

Porculey, ayant compris qu'il n'avait à espérer aucune sympathie de ses deux compagnons, et constatant, d'autre part, qu'ils étaient bien engagés dans leur discussion, se faufila vers la porte aussi discrètement que peut le faire un gros bonhomme terrifié, mais non sans avoir ramassé en chemin le tableau encore emballé. Et doucement, sans déranger personne, il s'éclipsa.

Chauncey, cependant, rappelait à Macdough que, pour vendre des tableaux au marché noir, il fallait une certaine expérience. À quoi Macdough répondait qu'il disposait de tout son temps et qu'il arriverait, très certainement, non seulement à vendre le tableau, mais à toucher l'assurance de Parkeby-South. Ce qui lui attira cette réplique de Chauncey : « Et à la minute où vous empocherez cet argent, vous pourrez dire adieu à la vie. »

C'est alors que Zane fit son entrée en demandant : « Alors, Chauncey, on dit du mal de moi ? »

– Je lui dis la vérité.

« Macdough ne s'en laissera pas conter », affirma Zane, bien qu'il pût lire dans le regard de Macdough que celui-ci s'en était, bel et bien, laissé conter.

Zane n'en continua pas moins, d'un ton joyeux : « Porculey et moi, nous n'avons pas... » Il s'interrompit, fronça les sourcils, se tourna à droite, puis à gauche, et demanda : « Où il est passé, mon petit copain ? »

– Porculey ?

– Le tableau ! (Macdough désignait la table, sur laquelle la toile avait été posée.)

– Il… non, il n'oserait pas…

Les trois hommes pivotèrent vers la porte, prêts à s'élancer à la poursuite du fugitif, et déjà Zane brandissait son pistolet au-dessus de sa tête, quand Porculey lui-même passa le seuil à reculons, puis, se retournant, avec un sourire penaud, vers les trois figures ébahies, présenta le paquet tubulaire à hauteur de sa poitrine, comme pour une inspection.

– Vous ! » rugit Macdough, en se portant en avant, aussitôt suivi par Chauncey et Zane.

Porculey, le sourire apeuré, poussa un glapissement et s'enfuit dans le fouillis, les trois autres sur ses talons. Zane n'hésita même pas à tirer en l'air un coup de feu qui, dans la pièce close, éclata comme une explosion énorme et assourdissante, si bien qu'aucun d'eux, pas même Zane, ne s'entendit gueuler : « Arrêtez ! »

Porculey, de toute façon, n'aurait pas obéi. Il escaladait un divan de cheviotte dressé contre le mur, se hissait vers le plafond, s'accrochant à des coussins, des bureaux et des candélabres, tandis qu'une demi-douzaine de mains cherchaient à le saisir aux chevilles.

Les assaillants, maintenant, tiraient leur captif en arrière, ils le tiraient vers le bas et Porculey piaillait et bafouillait une suite de justifications absurdes, quand soudain, une voix s'éleva, derrière leur dos à tous : « Eh bien, eh bien, eh bien, qu'est-ce qui se passe ici ? »

Tous se retournèrent, étagés sur l'amas de détritus, tel un quarteron d'alpinistes qui auraient perçu le grondement lointain de l'avalanche, pour voir un jeune agent de police passer le seuil, portant un haut casque et poussant sa bicyclette.

15

Il faut préciser que le conducteur de la Jensen Interceptor III accidentée était, dans la région, une personnalité très en vue. Il s'appelait Sir Francis Monvich, il était âgé de cinquante-six ans et il était fort riche – quand son vieux père, âgé de quatre-vingt-trois ans, quitterait ce bas monde, il deviendrait le quatorzième vicomte de Glengorm, ce qui, dans ces contrées, n'était pas mal du tout. La Jensen de Sir Francis Monvich ayant été emboutie par-devant et par-derrière et le voyou, fauteur de l'accident, s'étant rapidement volatilisé dans la nature, la police locale ne pouvait manquer de donner à l'affaire une attention toute particulière. Elle allait même procéder, sur l'heure, à la recherche des individus, dont le témoignage contribuerait à faire avancer l'enquête.

– Par là ! dit Sir Francis aux deux premiers agents, parvenus sur les lieux, en désignant d'un geste dramatique la piste sinueuse qui s'amorçait près de la grange, pour escalader le flanc de la montagne.

Les deux agents avaient des vélos, plus encombrants qu'utiles, au long du sentier abrupt qu'ils devaient suivre, dans l'exercice de leur fonction, tout conscients qu'ils étaient du vertigineux plongeon qu'il leur faudrait exécuter au retour. Arrivés enfin au château Macdough, ils s'étaient mis en devoir d'examiner la

Vauxhall et la Mini vides, quand deux autres agents les rejoignirent, à bord d'une voiture de police blanche. Les quatre se déployèrent alors en éventail, braquant leurs torches électriques dans tous les sens. Les deux premiers arrivés gardèrent pourtant leurs vélos, de peur qu'ils ne soient volés par quelque malandrin à l'affût. Et c'est en sortant de l'encoignure, où il avait dû s'aplatir au passage de Zane (celui-ci, ayant enfermé Dortmunder et Kelp, rentrait dans la pièce commune), que Porculey vit s'avancer vers lui un agent de police qui poussait un vélo et baladait, d'un mur à l'autre, le faisceau de sa torche. Aussi Porculey, sur la pointe des pieds, mais à toutes jambes, retourna-t-il auprès de ses compagnons et ne comprit qu'avec une seconde de retard l'erreur qu'il venait de commettre.

Si l'agent de police, nommé Quillin, n'avait pas remarqué Porculey filant le long du couloir devant lui, il entendit parfaitement des hurlements qui éclatèrent un moment plus tard et il perçut plus nettement encore le coup de feu. Il en fut de même pour ses trois collègues qui poursuivaient leurs recherches non loin de là, et aussi pour les trois représentants de la loi envoyés en renfort, qui venaient d'arriver dans une seconde voiture de patrouille.

Quand l'agent Quillin entra dans la pièce, Zane eut la furtive idée de le descendre, de descendre le reste de la compagnie, d'embarquer le tableau et de recommencer l'opération dans d'autres lieux et avec une équipe entièrement renouvelée.

Mais trois agents venaient de faire leur entrée. Aussitôt Zane décida de ne trucider personne. Il préféra même se débarrasser de son pétard en le fourrant parmi les tabourets et les hallebardes.

Macdough et Chauncey, incontinent, se mirent à débiter aux forces de l'ordre des mensonges variés.

De nouveaux agents pénétrèrent dans la salle.

Porculey se mit à leur débiter toutes les vérités qui lui venaient à l'esprit. Zane ne dit mot, mais il adressa des sourires aimables (ou qu'il croyait tels) à chaque policier.

L'agent Quillin, ayant noté que le paquet tubulaire semblait susciter l'intérêt de toutes ces bavardes crapules, le prit des mains consentantes de Porculey et l'ouvrit.

Chauncey essaya de soudoyer un agent de police.

L'agent de police Baligil lui lança un regard bref et peu amène : « Z'êtes américain ? »

— Canadien, dit Chauncey.

— On verra ça de plus près au commissariat, décida l'agent Baligil. Lequel c'est, qui a l'arme à feu ?

L'arme à feu ? L'arme à feu ? Tout le monde s'étant récrié, l'agent Quillin fit une brève inspection et, en moins de trente secondes, trouva l'objet accroché à une hallebarde.

— Attention aux empreintes, lui dit l'agent Baligil.

Macdough leva vers Chauncey un œil mauvais : « Je vous tiens pour responsable de tout ce qui arrive », déclara-t-il.

— Et moi je prétends que c'est vous, le responsable, rétorqua Chauncey, espèce de margoulin opportuniste !

— Vous vous direz vos quatre vérités au commissariat, suggéra l'agent Baligil. Comme ça, on pourra tout prendre par écrit. Allez, en avant !

Ils n'étaient guère enthousiastes, mais ils se mirent en marche, échangeant des reproches et proposant de nouveaux mensonges aux policiers qui ne leur accordaient que peu d'attention.

— Pendant qu'on y est, autant aller voir s'il n'en reste pas d'autres, dit l'agent Baligil à un jeune collègue du nom de Tarvy. Il nous suffira de jeter un œil dans ces pièces-là…

Donc l'agent Tarvy prit un côté du couloir et l'agent Baligil l'autre, braquant leur torche dans une succession de réduits bourrés de détritus. « C'est rien que des débarras », dit l'agent Tarvy.

— Oh, ils auront quelques explications à nous donner, ces fripouillards, répondit l'agent Baligil. Ce serait de la marchandise volée, tout ça, que ça ne m'étonnerait pas.

Il se retourna, en entendant l'agent Tarvy ôter la barre qui bâclait l'une des portes : « Ça va pas ? fit-il. Tu penses pas trouver quelqu'un dans une pièce fermée du dehors ? »

— Oh, juste un coup d'œil… » L'agent Tarvy ouvrit la porte à la volée et dirigea le faisceau de sa lampe sur un spectacle sans surprise : meubles, vieilles malles, pièces disparates d'armures jonchant le sol. (En vérité il n'y avait guère de raison, en la circonstance, de barrer cette porte en particulier, mais n'était-ce pas, tout compte fait, la meilleure façon de disposer d'une barre ?)

— Allez, tu viens, Tarvy ? fit l'agent Baligil.

L'agent Tarvy s'éloigna donc, en laissant la porte non seulement débarrée, mais ouverte (c'est comme ça que s'égarent les barres de porte) et les deux hommes prirent l'escalier pour rejoindre dehors leurs collègues et les prisonniers.

L'aube se lève de bonne heure, en été, dans les

montagnes d'Écosse. C'est à minuit que la Mini avait quitté la route A9 et que la Vauxhall était décrochée de la Jensen. Il était maintenant 2 heures du matin passées et les premiers reflets, aux couleurs pâles, cernaient déjà les sommets sur le ciel de l'est, tandis que les policiers, ayant réparti dans les quatre voitures leurs vélos, leurs prisonniers et leurs propres personnes, reprenaient le chemin du retour.

Pendant quelques minutes, ce fut le silence dans les ruines du château Macdough, inondées de lune. La ligne orangée qui ondulait sur les sommets, à l'est, s'élargit un peu, s'illumina et vira au jaune rosé. Mais, soudain, le silence fut troublé par une sorte de cliquetis qui montait des entrailles du château, et, pesamment, ding-à-dong, une armure apparut au haut des marches. Elle s'arrêta à l'entrée de la cour, regarda à droite, regarda à gauche, grinçant et geignant à chaque mouvement. Puis elle cria, avec la voix de Dortmunder : « Sont partis ! »

Et voilà que surgit une seconde armure, aussi empêtrée et cliquetante que la première. (Ces deux armures complètes avaient été étendues sur le sol et parsemées de quelques pièces supplémentaires et dépareillées de harnois, lorsque l'agent Tarvy avait éclairé la cellule de sa torche.) La deuxième armure, parlant avec la voix de Kelp, déclara : « C'était du peu. »

– Pire que ça, dit la première armure. Y a Chauncey qui se casse avec les dix plaques qu'il nous avait promises, y a les bijoux et le reste qui sont restés chez lui et puis y a nous, sans le blé nécessaire pour nous payer les billets de retour.

– J'y ai pensé justement, dit la deuxième armure,

pendant que je faisais le mort sur le sol, là-bas... Et il m'est venu une idée qui m'a l'air fantastique.

— Ah ?

— Écoute voir... On fait semblant de détourner un avion, mais ce qu'on fait pour de vrai...

Mais aussitôt, la voix exaltée se brouilla et se tut car la première armure avait tourné vers elle son masque de métal immobile pour la regarder fixement. « Qu'est-ce qu'il y a, Dortmunder ? demanda la deuxième armure. Ça va pas ? »

Pour toute réponse, la première armure leva son poing ganté et le balança en un demi-cercle, mais la deuxième armure avait sauté (clic-clac !) en arrière, si bien qu'il s'en fallut de peu que la première armure, emportée par son élan, ne dégringole au bas des marches. Ayant retrouvé son équilibre, elle s'avança sur la deuxième armure, qui recula en disant : « Dortmunder, sois pas comme ça ! Tu vas le regretter, quand tu seras calmé. »

Mais la première armure s'avançait toujours. Elle balança une fois de plus son bras droit, et fit, cette fois, jaillir une étincelle en éraflant le nez de la seconde.

— Non !... Dortmunder, non ! » cria la seconde armure. Mais déjà elle avait fait volte-face, déjà elle courait, elle traversait la cour et, sous le clair de lune, dévalait la pente raide et pierreuse. À ses trousses, la première armure trébuchait dans un bruit de casserole, et toutes deux, maintenant, braillaient à tue-tête.

Droit sur les crêtes, à fond dans les vallons, direction plein est, vers le soleil levant, deux armures se pourchassant l'une l'autre dans un fracas de tôle et de sonnaille... un spectacle qu'on n'avait pas vu dans ces contrées depuis des années et des années. Et des années.

Rivages / noir
Dernières parutions

Petits romans noirs irlandais (n° 505)
Sherlock Holmes dans tous ses états (n° 664)

André Allemand	*Un crime en Algérie* (n° 384)
Eric Ambler	*Au loin le danger* (n° 622)
	Je ne suis pas un héros (n° 661)
Claude Amoz	*Bois-Brûlé* (n° 423)
	Étoiles cannibales (n° 487)
	Racines amères (n° 629)
Paul Argemi	*Le Gros, le Français et la souris* (n° 579)
	Les Morts perdent toujours leurs chaussures (n° 640)
Olivier Arnaud	*L'Homme qui voulait parler au monde* (n° 547)
Cesare Battisti	*Terres brûlées* (n° 477)
	Avenida Revolución (n° 522)
William Bayer	*Tarot* (n° 534)
	Le Rêve des chevaux brisés (n° 619)
	Pèlerin (n° 659)
Marc Behm/Paco Ignacio Taibo II	
	Hurler à la lune (n° 457)
A.-H. Benotman	*Les Forcenés* (n° 362)
	Les poteaux de torture (n° 615)
Joseph Bialot	*La Ménagerie* (n° 635)
James C. Blake	*L'Homme aux pistolets* (n° 432)
	Les amis de Pancho Villa (n° 569)
	Crépuscule sanglant (n° 637)
Lawrence Block	*Moisson noire* (n° 581)
Marc Boulet	*L'Exequatur* (n° 614)

Frederic Brown	*La Nuit du Jabberwock* (n° 634)
Edward Bunker	*L'Éducation d'un malfrat* (n° 549)
Declan Burke	*Eight Ball Boogie* (n° 607)
James Lee Burke	*Cadillac juke-box* (n° 462)
	Vers une aube radieuse (n° 491)
	Sunset Limited (n° 551)
	Heartwood (n° 573)
	Le Boogie des rêves perdus (n° 593)
	Purple cane Road (n° 638)
J.-J. Busino	*Le Théorème de l'autre* (n° 358)
James Cain	*Au bout de l'arc-en-ciel* (n° 550)
Daniel Chavarría	*Le Rouge sur la plume du perroquet* (n° 561)
George Chesbro	*Le Langage des cannibales* (n° 368)
	Veil (n° 369)
	Crying Freeman (n° 403)
	Le Chapiteau de la peur aux dents longues (n° 411)
	Chant funèbre en rouge majeur (n° 439)
	Pêche macabre en mer de sang (n° 480)
	Hémorragie dans l'œil du cyclone mental (n° 514)
	Loups solitaires (n° 538)
	Le Rêve d'un aigle foudroyé (n° 565)
	Le Seigneur des glaces et de la solitude (n° 604)
Andrew Coburn	*Sans retour* (n° 448)
	Des voix dans les ténèbres (n° 585)
Piero Colaprico	*Kriminalbar* (n° 416)
	La Dent du narval (n° 665)
Michael Connelly	*Moisson noire* (n° 625)
Christopher Cook	*Voleurs* (n° 501)
Robin Cook	*Mémoire vive* (n° 374)
	Quelque chose de pourri au royaume d'Angleterre (n° 574)
Peter Corris	*Le Grand Plongeon* (n° 394)
Peter Craig	*Hot Plastic* (n° 618)
David Cray	*Avocat criminel* (n° 504)
	Little Girl Blue (n° 610)
Jay Cronley	*Le Casse du siècle* (n° 468)

A. De Angelis	*Les Trois orchidées* (n° 481)
	Le Banquier assassiné (n° 643)
J.-P. Demure	*Noir Rivage* (n° 429)
J.-C. Derey	*Toubab or not toubab* (n° 379)
	L'Alpha et l'oméga (n° 469)
Pascal Dessaint	*Une pieuvre dans la tête* (n° 363)
	On y va tout droit (n° 382)
	Les Paupières de Lou (n° 493)
	Mourir n'est peut-être pas la pire des choses (n° 540)
	Les hommes sont courageux (n° 597)
	Loin des humains (n° 639)
Peter Dickinson	*L'Oracle empoisonné* (n° 519)
	Quelques morts avant de mourir (n° 537)
Tim Dorsey	*Florida Roadkill* (n° 476)
James Ellroy	*Le Dahlia noir* (n° 100)
	Crimes en série (n° 388)
	American Death Trip (n° 489)
	Destination morgue (n° 595)
	Revue POLAR spécial Ellroy (n° 662)
	Moisson noire (n° 668)
Howard Fast	*Un homme brisé* (n° 523)
	Mémoires d'un rouge (n° 543)
Davide Ferrario	*Black Magic* (n° 560)
François Forestier	*Rue des rats* (n° 624)
Kinky Friedman	*Le Chant d'amour de J. Edgar Hoover* (n° 507)
	Passé imparfait (n° 644)
B. Garlaschelli	*Alice dans l'ombre* (n° 532)
	Deux sœurs (n° 633)
Doris Gercke	*Aubergiste, tu seras pendu* (n° 525)
Barry Gifford	*La Légende de Marble Lesson* (n° 387)
A. Gimenez Bartlett	*Les Messagers de la nuit* (n° 458)
	Meurtres sur papier (n° 541)
	Des serpents au paradis (n° 636)
Joe Gores	*Privé* (n° 667)
James Grady	*Comme une flamme blanche* (n° 445)
	La Ville des ombres (n° 553)
	Les six jours du condor (n° 641)
Davis Grubb	*Personne ne regarde* (n° 627)

Wolf Haas	*Silentium !* (n° 509)
	Quitter Zell (n° 645)
Joseph Hansen	*Le poids du monde* (n° 611)
	À fleur de peau (n° 631)
Cyril Hare	*Meurtre à l'anglaise* (n° 544)
John Harvey	*Eau dormante* (n° 479)
	Couleur franche (n° 511)
	Now's the Time (n° 526)
	Derniers sacrements (n° 527)
	Bleu noir (n° 570)
	De chair et de sang (n° 652)
M. Haskell Smith	*À bras raccourci* (n° 508)
Tony Hillerman	*Le Premier Aigle* (n° 404)
	Blaireau se cache (n° 442)
	Le Peuple des ténèbres (n° 506)
	Le vent qui gémit (n° 600)
	Rares furent les déceptions (n° 605)
	Le Cochon sinistre (n° 651)
Craig Holden	*Les Quatre coins de la nuit* (n° 447)
Philippe Huet	*L'Inconnue d'Antoine* (n° 577)
Fergus Hume	*Le mystère du Hansom Cab* (n° 594)
Eugene Izzi	*Chicago en flammes* (n° 441)
	Le Criminaliste (n° 456)
Bill James	*Raid sur la ville* (n° 440)
	Le Cortège du souvenir (n° 472)
	Protection (n° 517)
	Franc-jeu (n° 583)
	Sans états d'âme (n° 655)
Hervé Jaouen	*Les moulins de Yalikavak* (n° 617)
Stuart Kaminsky	*Il est minuit, Charlie Chaplin* (n° 451)
	Biscotti à Sarasotta (n° 642)
Thomas Kelly	*Le Ventre de New York* (n° 396)
Helen Knode	*Terminus Hollywood* (n° 576)
Jake Lamar	*Le Caméléon noir* (n° 460)
Terrill Lankford	*Shooters* (n° 372)
Michael Larsen	*Le Serpent de Sydney* (n° 455)
	Le Cinquième soleil (n° 565)
Hervé Le Corre	*L'Homme aux lèvres de saphir* (n° 531)
Alexis Lecaye	*Einstein et Sherlock Holmes* (n° 529)
Cornelius Lehane	*Prends garde au buveur solitaire* (n° 431)
	Qui sème le vent (n° 656)

Dennis Lehane	*Un dernier verre avant la guerre* (n° 380)
	Ténèbres, prenez-moi la main (n° 424)
	Sacré (n° 466)
	Mystic River (n° 515)
	Gone, Baby, Gone (n° 557)
	Shutter Island (n° 587)
	Prières pour la pluie (n° 612)
	Coronado (n° 646)
Ernest Lehman	*Le Grand Chantage* (n° 484)
Christian Lehmann	*La Folie Kennaway* (n° 406)
	Une question de confiance (n° 446)
	La Tribu (n° 463)
Robert Leininger	*Il faut tuer Suki Flood* (n° 528)
Elmore Leonard	*Beyrouth Miami* (n° 412)
	Loin des yeux (n° 436)
	Le Zoulou de l'Ouest (n° 437)
	Viva Cuba Libre ! (n° 474)
	La Loi à Randado (n° 475)
	L'Évasion de Five Shadows (n° 486)
	Hombre (n° 494)
	Duel à Sonora (n° 520)
	Valdez arrive ! (n° 542)
	Be Cool (n° 571)
	Retour à Saber River (n° 588)
	La Brava (n° 591)
	Killshot (n° 598)
	Les Fantômes de Detroit (n° 609)
	La Loi de la cité (n° 632)
Bob Leuci	*L'Indic* (n° 485)
Ted Lewis	*Billy Rags* (n° 426)
Steve Lopez	*Le Club des Macaronis* (n° 533)
J.-P. Manchette	*Chroniques* (n° 488)
	Cache ta joie (n° 606)
D. Manotti	*Kop* (n° 383)
	Nos fantastiques années fric (n° 483)
Thierry Marignac	*Fuyards* (n° 482)
	À quai (n° 590)
Ed McBain	*Leçons de conduite* (n° 413)
Bill Moody	*Sur les traces de Chet Baker* (n° 497)
R. H. Morrieson	*L'Épouvantail* (n° 616)
Tobie Nathan	*613* (n° 524)

Jim Nisbet	*Prélude à un cri* (n° 399)
	Sombre complice (n° 580)
Jean-Paul Nozière	*Le silence des morts* (n° 596)
	Je vais tuer mon papa (n° 660)
Jack O'Connell	*Porno Palace* (n° 376)
	Et le verbe s'est fait chair (n° 454)
	Ondes de choc (n° 558)
Renato Olivieri	*Fichu 15 août* (n° 443)
	Ils mourront donc (n° 513)
	L'Enquête interrompue (n° 620)
J.-H. Oppel	*Chaton : trilogie* (n° 418)
	Au Saut de la Louve (n° 530)
Abigail Padgett	*Poupées brisées* (n° 435)
	Petite tortue (n° 621)
Hugues Pagan	*Dernière Station avant l'autoroute* (n° 356)
	Tarif de groupe (n° 401)
	Je suis un soir d'été (n° 453)
Robert B. Parker	*Une ombre qui passe* (n° 648)
David Peace	*1974* (n° 510)
	1977 (n° 552)
	1980 (n° 603)
Pierre Pelot	*Le Méchant qui danse* (n° 370)
	Si loin de Caïn (n° 430)
	Les Chiens qui traversent la nuit (n° 459)
Anne Perry	*Un plat qui se mange froid* (n° 425)
Andrea G. Pinketts	*Le Vice de l'agneau* (n° 408)
	La Madone assassine (n° 564)
Gianni Pirozzi	*Hôtel Europa* (n° 498)
Philip Pullman	*Le Papillon tatoué* (n° 548)
Michel Quint	*L'Éternité sans faute* (n° 359)
	À l'encre rouge (n° 427)
Hugh C. Rae	*Skinner* (n° 407)
Rob Reuland	*Point mort* (n° 589)
John Ridley	*Ici commence l'enfer* (n° 405)
Christian Roux	*Les Ombres mortes* (n° 575)
Marc Ruscart	*L'homme qui a vu l'homme qui a vu l'ours* (n° 657)
D. Salisbury-Davis	*L'Assassin affable* (n° 512)
James Sallis	*Drive* (n° 613)

Louis Sanders	*Comme des hommes* (n° 366)
	Passe-temps pour les âmes ignobles (n° 449)
G. Scerbanenco	*Le sable ne se souvient pas* (n° 464)
	Les amants du bord de mer (n° 559)
	Mort sur la lagune (n° 654)
John Shannon	*Le Rideau orange* (n° 602)
Roger Simon	*Final cut* (n° 592)
Pierre Siniac	*Bon cauchemar les petits...* (n° 389)
	Ferdinaud Céline (n° 419)
	Carton blême (n° 467)
	La Course du hanneton dans la ville détruite (n° 586)
Neville Smith	*Gumshoe* (n° 377)
Jerry Stahl	*À poil en civil* (n° 647)
Richard Stark	*Comeback* (n° 415)
	Backflash (n° 473)
	Le Septième (n° 516)
	Flashfire (n° 582)
Jason Starr	*Mauvais karma* (n° 584)
Rex Stout	*Le Secret de la bande élastique* (n° 545)
Paco I. Taibo II	*Rêves de frontière* (n° 438)
	Le Trésor fantôme (n° 465)
	Nous revenons comme des ombres (n° 500)
	D'amour et de fantômes (n° 562)
	Adios Madrid (n° 563)
Hake Talbot	*Le bras droit du bourreau* (n° 556)
Josephine Tey	*Le plus beau des anges* (n° 546)
Brian Thompson	*L'Échelle des anges* (n° 395)
Nick Tosches	*Dino* (n° 478)
	Night Train (n° 630)
Jack Trolley	*Ballet d'ombres à Balboa* (n° 555)
E. Van Lustbader	*Tableau de famille* (n° 649)
Marc Villard	*Personne n'en sortira vivant* (n° 470)
	La Guitare de Bo Diddley (n° 471)
M. Villard/J.B. Pouy	*Ping-pong* (n° 572)
J.-M. Villemot	*Ce monstre aux yeux verts* (n° 499)
	Les petits hommes d'Abidjan (n° 623)
M. Wachendorff	*L'impossible enfant* (n° 653)
John Wessel	*Le Point limite* (n° 428)
	Pretty Ballerina (n° 578)

Donald Westlake	*Le Couperet* (n° 375)
	Smoke (n° 400)
	361 (n° 414)
	Moi, mentir ? (n° 422)
	Le Contrat (n° 490)
	Au pire qu'est-ce qu'on risque ? (n° 495)
	Moisson noire (n° 521)
	Mauvaises nouvelles (n° 535)
	La Mouche du coche (n° 536)
	Jimmy the Kid (n° 554)
	Dégâts des eaux (n° 599)
	Pourquoi moi ? (n° 601)
	Pierre qui roule (n° 628)
	Adios Shéhérazade (n° 650)
	Personne n'est parfait (n° 666)
J. Van De Wetering	*L'Ange au regard vide* (n° 410)
	Mangrove Mama (n° 452)
	Le Perroquet perfide (n° 496)
	Meurtre sur la digue (n° 518)
	Le Cadavre japonais (n° 539)
Charles Willeford	*L'Île flottante infestée de requins* (n° 393)
	Combats de coqs (n° 492)
	La Différence (n° 626)
John Williams	*Gueule de bois* (n° 444)
Colin Wilson	*Le Tueur* (n° 398)
	L'Assassin aux deux visages (n° 450)
	Meurtre d'une écolière (n° 608)
Daniel Woodrell	*La Fille aux cheveux rouge tomate* (n° 381)
	La Mort du petit cœur (n° 433)
	Chevauchée avec le diable (n° 434)

Composition et mise en pages : FACOMPO, LISIEUX

Achevé d'imprimer en février 2008
par Novoprint (Barcelone)

Dépôt légal : novembre 2007
Imprimé en Espagne